ROBYN CARR
Otro amanecer

Editado por Harlequin Ibérica.
Una división de HarperCollins Ibérica, S.A.
Núñez de Balboa, 56
28001 Madrid

© 2012 Robyn Carr
© 2018 Harlequin Ibérica, una división de HarperCollins Ibérica, S.A.
Otro amanecer, n.º 243 - 26.9.18
Título original: Sunrise Point
Publicada originalmente por Mira Books, Ontario, Canadá.
Traducido por Fernando Hernández Holgado

Todos los derechos están reservados incluidos los de reproducción, total o parcial.
Esta edición ha sido publicada con autorización de Harlequin Books S.A.
Esta es una obra de ficción. Nombres, caracteres, lugares, y situaciones son producto de la imaginación del autor o son utilizados ficticiamente, y cualquier parecido con personas, vivas o muertas, establecimientos de negocios (comerciales), hechos o situaciones son pura coincidencia.
® Harlequin, TOP NOVEL y logotipo Harlequin son marcas registradas por Harlequin Enterprises Limited.
® y ™ son marcas registradas por Harlequin Enterprises Limited y sus filiales, utilizadas con licencia. Las marcas que lleven ® están registradas en la Oficina Española de Patentes y Marcas y en otros países.
Imagen de cubierta utilizada con permiso de Harlequin Enterprises Limited. Todos los derechos están reservados.

I.S.B.N.: 978-84-9188-395-1
Depósito legal: M-20127-2018

CAPÍTULO 1

Había una pequeña nota en el tablón de anuncios de la iglesia presbiteriana de Virgin River.

Comienza la cosecha en el manzanar Cavanaugh. Las solicitudes se presentarán en persona.

Nora Crane, recién llegada a Virgin River, tenía la costumbre de leer regularmente el tablón y, cuando vio la nota, preguntó al reverendo Kincaid por lo que sabía sobre el empleo.

—Muy poco —respondió él—. La temporada de cosecha es bastante larga y a los Cavanaugh les gusta incorporar a su plantilla a varios trabajadores a tiempo completo. No muchos, sin embargo. He oído que pagan muy bien, es un trabajo muy exigente y se acabará en unos cuantos meses.

Lo de que pagaban muy bien le llamó la atención. En aquel momento, Nora llevaba a su hija de dos años de la mano y cargaba a una bebé de nueve meses en la mochila.

—¿Podrías facilitarme la dirección del manzanar? —preguntó.

El reverendo alzó las cejas.

—Está a varios kilómetros de aquí. No tienes coche.

—Iré allí y preguntaré por el sueldo y el horario. Si es un buen trabajo y está bien pagado, seguro que podré dejar a las crías en la nueva escuela infantil. Eso sería estupendo para Berry

—se refería a su hija de dos años—. Casi nunca está con otros niños y necesita socializar. Es demasiado tímida. Una buena caminata no me da miedo. Y tampoco hacer autoestop: la gente de aquí es generosa. No son más que unos cuantos kilómetros. Así haré ejercicio.

El ceño de Noah Kincaid se profundizó.

—Caminar de regreso a casa puede ser bastante duro después de una larga jornada de trabajo físico. Recoger manzanas es un trabajo duro.

—También lo es estar sin blanca —repuso ella con una sonrisa—. Apuesto a que Adie agradecerá ganarse unos dólares haciendo de canguro. Va muy justa. Y es tan buena con las niñas...

Adie Clemens era amiga y vecina de Nora. Aunque tenía una edad, se las arreglaba muy bien con las niñas porque Berry se portaba muy bien y Fay daba muy pocos problemas. Fay acababa de empezar a gatear. Y a Adie le encantaba cuidarlas, aunque no podía hacerlo a tiempo completo.

—¿Qué pasará con tu trabajo en la clínica? —quiso saber Noah.

—Creo que Mel me dio ese trabajo más por compasión que por necesidad, pero, por supuesto, hablaré con ella. Noah, aquí no llueven las ofertas de trabajo. Tengo que aprovechar todo lo que surja. ¿Vas a indicarme cómo se va allí?

—Voy a llevarte —le dijo él—. Y calcularemos exactamente los kilómetros. No estoy seguro de que esa sea una buena idea.

—¿Cuánto tiempo lleva pinchada aquí esta nota? —preguntó Nora.

—Tom Cavanaugh la pinchó esta misma mañana.

—¡Bien! Eso significa que no la habrá visto mucha gente.

—Nora, piensa en las niñas —le dijo el reverendo—. No querrás estar demasiado cansada para ocuparte de ellas.

—Oh, Noah, te agradezco tu preocupación. Le preguntaré a Adie si puede cuidármelas un rato mientras voy al manzanar a echar la solicitud. Ella siempre me dice que sí, está tan encariñada con ellas... Volveré en diez minutos. Eso si estás seguro de querer llevarme hasta allí... No quiero aprovecharme.

El reverendo sacudió la cabeza y se rio por lo bajo.

—Siempre tan empeñada y decidida, ¿eh? Me recuerdas a alguien…

—¿Oh?

—Alguien tan impetuosa como tú. Creo que me enamoré de ella en el acto.

—¿Ellie? —preguntó Nora—. ¿La señora Kincaid?

—Sí, la señora Kincaid —repuso él con una carcajada—. No te imaginas lo mucho que os parecéis las dos. Pero dejaremos eso para otra ocasión. Date prisa en avisar a Adie para que pueda llevarte al manzanar Cavanaugh.

—¡Gracias! —dijo Nora con una sonrisa de oreja a oreja antes de abandonar la iglesia y dirigirse calle abajo a la mayor prisa posible.

Jamás se le había pasado por la cabeza que pudiera tener algo en común con la esposa del pastor. Ellie Kincaid era una mujer guapa, segura de sí misma y la persona más bondadosa que había conocido nunca. Y por la manera en que la miraba Noah, se notaba que la adoraba. Era curioso ver al reverendo como un hombre perfectamente normal; miraba a su esposa con pasión, como si no pudiera esperar a quedarse a solas con ella. No eran simplemente una pareja bien avenida. Evidentemente, estaban muy enamorados.

Fue directamente a la casa de Adie Clemens.

—No necesito más que unos pocos pañales y la fórmula —dijo Adie—. ¡Y buena suerte!

—Si consigo el trabajo y tengo que trabajar a tiempo completo, ¿crees que podrás ayudarme con las niñas?

—Haré todo lo que pueda —le aseguró Adie—. Puede que yo, Martha Hutchkins y otras vecinas podamos cubrirte las espaldas.

—Detesto pedir ayuda a todo el mundo en el pueblo…

Pero, por mucho que lo detestara, no tenía muchas opciones. Había aterrizado allí con las niñas y prácticamente sin equipaje alguno justo antes de la última Navidad: solo un viejo sofá, un colchón que poner directamente sobre el suelo y las ropas que llevaban puestas. Había sido Adie quien había alertado al reverendo Kincaid de que Nora y su familia se encontraban en estado de necesidad, y el primer gesto de ayuda llegó en forma de una cesta navideña. Gracias a la generosidad de sus vecinas y del pueblo, había conseguido también unos cuantos artículos básicos: una vieja nevera, una alfombra para el suelo, ropas para las niñas. La iglesia organizaba regularmente un mercadillo y la señora Kincaid la aprovisionaba de ropa de segunda mano, también. Su vecina de tres puertas más abajo, Leslie, le dejaba usar la lavadora y la secadora mientras estaba en el trabajo, mientras que Martha se ofrecía también a hacerle la colada. Sabía que nunca sería capaz de pagar todas aquellas amabilidades, pero al menos se esforzaría para poder arreglárselas sola un día.

¿Recoger manzanas? Bueno, tal como le había dicho a Noah, haría lo que fuera con tal de salir adelante.

Noah poseía una vieja camioneta que debía de tener aún más años que la propia Nora, con los amortiguadores destrozados. Mientras uno y otra daban botes a lo largo de la carretera 36, Nora tuvo la impresión de que recorrer aquella distancia a pie no sería tan malo para su espalda como aquello. Pero conforme avanzaban se sintió cada vez más intimidada por la distancia, mucho mayor de la que había esperado. No estaba muy segura de cómo se las iba a arreglar para recorrerla caminando. Tendría que pedirle a Noah la marca del cuentakilómetros cuando llegaran. Si acaso funcionaba el de aquel viejo trasto…

Abandonaron la carretera principal para continuar por otra secundaria, atravesaron una verja abierta y continuaron por una pista flanqueada de manzanos. Inmediatamente se quedó distraída por tanta belleza. Había algo puro y sencillo en aquellas filas y filas de manzanos perfectamente espaciados, con sus frutos colgando de las ramas en variados estadios de madurez, algunos todavía simples manzanitas verdes mientras que otros mostraban una ligera coloración rojiza. Y al final de lo que parecía un largo sendero de entrada, que atravesaba todo el manzanar, la casona:

una gran casa blanca, como de cuento de hadas, con contraventanas rojas y una puerta del mismo color en un maravilloso porche corrido, con pequeñas mesas y sillas. No podía siquiera imaginar el lujo de sentarse allí, relajadamente, después de una larga jornada de trabajo. A lo largo de la pista, a trechos regulares, había grandes cajones de madera, probablemente para la recogida de las manzanas. Pasaron por delante de una carretilla elevadora, aparcada entre dos filas de manzanos, y un poco más allá, un tractor.

A medida que se iban acercando a la casona, Nora descubrió que había dos grandes edificios detrás: graneros, almacenes de algún tipo o... Sí, las naves de la maquinaria de la granja. Uno de los edificios ostentaba el cartel *Manzanas Cavanaugh*.

Para alguien que se había criado en un pequeño piso del bullicioso Berkeley, Nora no podía dejar de contemplar aquella casa y aquellas tierras con tanta fascinación como envidia. Una persona podía llegar a sentirse muy afortunada de haber crecido en un lugar semejante.

Vio varios tractores de recogida y cuatro hombres al final de una de las naves, al pie de un portón cerrado.

—¿Nora?

Se volvió al escuchar la voz del reverendo Kincaid.

—Mientras tú vas a hablar con Tom Cavanaugh, yo iré a hacerle una visita a Maxie, la señora de la casa. Siempre está o en la cocina o en el porche.

—Pero ¿adónde voy? —preguntó, sintiéndose de repente mucho menos segura de sí misma.

El reverendo señaló a los hombres.

—Supongo que estará allí.

—De acuerdo —dijo ella. Bajó de un salto de la camioneta, pero antes de cerrar la puerta, se asomó dentro—. Noah, si necesito una recomendación, ¿me la darás?

Vio que volvía a fruncir el ceño. Nora sabía que le preocupaba cómo iba a arreglárselas con un trabajo como aquel. Pero entonces su gesto hosco se derritió en una sonrisa al tiempo que decía:

—Por supuesto, Nora.

Noah continuó hasta aparcar en el sendero de entrada, cerca de la casa, mientras ella se dirigía hacia donde se encontraban los hombres.

—¿Están aquí por el trabajo del anuncio?

Los cuatro se volvieron hacia ella. Sintiéndose como si estuviera en una competición, se dedicó a observarlos. Uno era mayor, casi calvo del todo, con un resto de pelo fino e hirsuto, pero fuerte y alto, de espaldas anchas. Otro era un adolescente de unos dieciséis años, atractivo, musculoso. Había otro mexicano, de unos veintitantos años y aspecto sano y enérgico; el cuarto hombre, el que tenía al lado, bien podría ser su padre.

—¿Es aquí donde se solicita el empleo?

El hombre mayor frunció el ceño, el adolescente se sonrió y el mexicano mayor la miró de arriba abajo como si estuviera calibrando sus fuerzas por su estatura, que era bastante escasa. El mexicano que podía ser su hijo le respondió:

—Sí, este es el lugar. ¿Has recogido manzanas alguna vez antes?

Nora negó con la cabeza.

—¿Quieres un consejo? Quizá deberías decirle al jefe que sí.

—¿Por qué? ¿Tan duro es aprender?

Los hombres se rieron.

—Lo duro es trabajar —dijo el adolescente—. Yo te enseñaré los trucos si te contratan —la miró de la cabeza a los pies—. ¿Seguro que estás preparada?

Nora contuvo el aliento. Haría cualquier cosa con tal de sacar adelante a sus hijas. Mel Sheridan y el reverendo Kincaid la habían asesorado a la hora de conseguir ayuda oficial del condado: bonos para comida y atención médica, pero con eso no tenía suficiente para vivir. Había tenido algunos empleos en la clínica y en el programa de actividades de vacaciones de la nueva escuela, pero siempre a tiempo parcial, dada la corta edad de sus hijas.

Quería ganarse la vida ella sola. Y hasta el momento no había tenido muchas oportunidades de hacerlo.

—Soy más fuerte de lo que parezco —le informó—. Pero no puedo mentir sobre mi inexperiencia. Es... —«una promesa que me hice a mí misma», se recordó, desolada. Se estaba esforzando por rectificar pasados errores y no estaba dispuesta a cometer más—. Sé asumir un compromiso. Aceptaré cualquier consejo que me den. ¿Visteis entonces el anuncio de la iglesia?

—Nosotros trabajamos aquí cada año —dijo el adolescente—. Llevo recogiendo manzanas desde que estaba en primer año de instituto. Y Jerome lleva haciéndolo cien años por lo menos —señaló al hombre mayor—. Eduardo y Juan viven valle abajo y las manzanas aquí se pagan mejor que las verduras. La mujer de Juan tiene un pequeño negocio. Les está yendo bastante bien últimamente, ¿verdad, Juan?

El mexicano mayor asintió con gesto grave. Orgulloso.

—Tom suele trabajar por aquí. Por lo general, son el señor Cavanaugh y su capataz, Junior, los que se encargan de la contratación —el chico le tendió la mano—. Soy Buddy Holson, por cierto.

Ella se la estrechó con una sonrisa.

—Nora. Encantada de conocerte.

El cerrojo se descorrió al fin y el portón se entreabrió un tanto. Jerome fue el primero en entrar. Salió solo un momento después y Eduardo y Juan entraron juntos en la nave. Salieron también enseguida.

—Todos hemos trabajado aquí antes —le explicó Buddy—. Ya estamos fichados, así que el trámite es rápido. Buena suerte.

—Gracias —repuso ella—. Espero que nos veamos por aquí.

—Eso espero yo también —respondió el chico, tocándose el ala del sombrero con un dedo.

Nora supuso que probablemente la juzgaría mucho más joven de lo que era. Seguro que nunca se le ocurriría pensar que era madre soltera.

—Debes de vivir por la zona.

—En Virgin River —le informó ella.

—Yo estoy en Clear River. Bueno, será mejor que entre...

—y desapareció en el interior de la nave, pero solo para reaparecer segundos después mientras se guardaba una hoja de papel en un bolsillo. Con una seductora sonrisa de despedida y otro toque al ala de su sombrero, se encaminó hacia la última camioneta que permanecía allí aparcada.

Nora inspiró profundamente y empujó el portón. El hombre que se hallaba sentado detrás del escritorio alzó la mirada y ella se quedó momentáneamente sorprendida. Ignoraba por qué, pero había esperado a alguien mucho mayor... quizá al marido de la señora Cavanaugh que habitualmente se encargaba de la contratación, según le habían dicho. Pero aquel hombre era joven. Y tan guapo que casi quitaba el resuello. Era ancho de hombros, rostro atezado, pelo castaño, unas cejas expresivas y ojos de un color castaño oscuro que estaba segura de que relampaguearían al sol. Tal vez sus rasgos no fueran nada del otro mundo, pero combinaban a la perfección, lo cual le daba un aspecto más que atractivo. Un aspecto tan atractivo como peligroso, muy propio de los hombres que la habían atrapado en el pasado... Pensó que probablemente se habría ruborizado antes de quedarse completamente pálida. Había tenido muy mala suerte con hombres así y no tenía razón alguna para pensar que esa suerte hubiera cambiado.

—¿Puedo ayudarla en algo? —le preguntó él.

—He venido por el trabajo. La cosecha de manzanas.

—¿Tiene experiencia? —le preguntó él.

Nora negó con la cabeza.

—Aprendo rápido y soy fuerte. Tengo toneladas de energía. Y necesito un trabajo como este.

—¿De veras? ¿Por qué le parece tan adecuado para usted?

—El reverendo Kincaid dice que pagan bien y que la temporada no es larga. Soy madre soltera y probablemente pueda conseguir que me ayuden con las niñas por un tiempo. Además tengo un par de empleos a tiempo parcial en Virgin River que retomar para cuando acabe la cosecha. Suena perfecto para alguien como yo.

—Bueno, puede que la temporada se prolongue más de lo que usted cree. La mayor parte de los años se extiende desde finales de agosto hasta casi diciembre. Así que entiendo que no sería adecuado para...

—Podría hacerlo... han abierto una nueva escuela infantil en el pueblo.

—¿Qué edad tiene usted? —le preguntó él.

—Veintitrés.

Él sacudió la cabeza.

—¿Y ya es madre divorciada a los veintitrés años?

La sorpresa se dibujó por un instante en el rostro de Nora. Se irguió cuan alta era.

—Hay cosas que no está usted autorizado a preguntarme, ni yo a responderle —le recordó—. Lo dice la ley. Si no tienen que ver con el empleo...

—Eso es irrelevante. Me temo que ya hemos alcanzado el cupo de contrataciones, todas ellas de gente con experiencia. Lo siento.

Aquello acabó con la determinación de Nora. Bajó la barbilla y miró fugazmente al suelo. Alzó luego la vista hasta sus ojos.

—¿Sabe usted de algún otro empleo que pueda estar disponible? No abundan las ofertas de trabajo por aquí.

—Escuche... ¿su nombre? —le preguntó, levantándose de detrás de su desordenado escritorio y demostrándole que era todavía más alto de lo que ella se había imaginado.

—Nora Crane.

—Escuche, Nora, este puede ser un trabajo terriblemente duro y no se ofenda por lo que voy a decirle, pero no me parece usted lo suficientemente fuerte para algo así. Solemos contratar a hombres y mujeres fuertes, fornidos. Nunca hemos contratado a chicos ni a mujeres menudas... Es algo demasiado frustrante para ellos.

—Buddy lleva trabajando aquí desde que estaba en primer año de instituto...

—Es un chico muy fuerte. A veces hay que bajar de una escalera con cestos de cincuenta kilos. La temporada de cosecha es agotadora.

—Yo puedo hacerlo —insistió ella—. Puedo cargar con mi bebé de nueve meses en la mochila de espalda y con mi hija de dos años en brazos —alzó un brazo y flexionó el bíceps—. La maternidad no es para flojas. Y estar sin blanca tampoco. Puedo hacer el trabajo. Quiero hacerlo.

Él se la quedó mirando asombrado por un momento.

—¿Nueve meses y dos años?

—Berry pronto cumplirá los tres. Son unas niñas preciosas e inteligentes, solo que tienen la mala costumbre de comer mucho.

—Lo siento, Nora. Ya tengo a toda la gente que necesito. ¿Quiere dejarme su número de teléfono en caso de que surja algo?

—La iglesia —dijo, decepcionada—. Puede dejarme un mensaje en la iglesia presbiteriana de Virgin River. Paso por allí cada día. Dos veces al día.

Él esbozó una leve sonrisa.

—No espero que vaya a surgir nada, en realidad, pero ya tengo su número, por si eso se produce —apuntó su nombre y garabateó al lado el número de teléfono de la iglesia—. Gracias por haber venido.

—Claro. Tenía que intentarlo. Y, si se entera de algo, sea lo que sea...

—Por supuesto —dijo él, pero Nora sabía que no estaba hablando en serio. No iba a ayudarla a conseguir un empleo.

Abandonó la pequeña oficina y fue a esperar a Noah al pie de la camioneta, apoyándose en ella. Esperaba que el reverendo estuviera pasando un rato agradable visitando a la señora Cavanaugh, al menos, ya que al final le había hecho ir allí por nada. Al margen de lo que le hubiera dicho Tom Cavanaugh, sabía que la había rechazado porque no la había juzgado ni fuerte ni digna de confianza para aquel trabajo.

La vida no siempre había sido así de difícil para ella. Bueno, sí, había sido difícil, pero no de aquella forma. No había crecido en la pobreza, por ejemplo. Nunca había disfrutado de una situación económica que pudiera llamarse cómoda, pero siempre había tenido algo que llevarse a la boca, un techo sobre su cabeza, ropa no cara, pero sí decente que ponerse... Había pasado poco tiempo por la universidad y, mientras aquello duró, había tenido un empleo a tiempo parcial, como la mayoría del resto de estudiantes. Sí que había tenido una vida familiar triste, en tanto que única hija de una amargada madre soltera. Fue en aquel momento cuando cedió a los flirteos de un sexy jugador de béisbol de una liga menor... sin que hubiera tenido la menor idea de que, ya por entonces, se había convertido en un adicto a la droga dura. El mismo tipo que la dejó tirada con dos niñas en una población diminuta, y sin dinero alguno, ya que sus pocas pertenencias se las había vendido para financiar su... afición.

Pese a todas aquellas dificultades, se había alegrado de haber ido a parar a Virgin River, donde había hecho unas cuantas amistades y donde contaba con el apoyo de gente como Noah Kincaid, Mel Sheridan y sus vecinas. Tal vez le llevara un tiempo y algo más de suerte, pero al final se las arreglaría para salir adelante y dar a sus hijas un hogar decente donde crecer.

De repente oyó un portazo: el inequívoco sonido de una puerta de rejilla, con mosquitera. Siguieron unas risas. Cuando alzó la mirada, vio a Noah en compañía de una atractiva mujer de pelo blanco cortado al estilo moderno, melena corta. Era algo regordeta con un busto generoso y caderas algo anchas. Tenía las mejillas rosadas, o por el maquillaje o por el sol, y las cejas depiladas, repasadas con lápiz castaño oscuro. Llevaba los labios pintados y se reía. Poseía una sonrisa tan atractiva como juvenil. Nora no logró adivinar su edad. ¿Cincuenta y ocho? ¿Sesenta y cuatro? Fue entonces cuando la mujer soltó una breve carcajada, agarrándose al brazo de Noah.

Se dirigían hacia ella. Nora sonrió tímida, insegura como se sentía después de haber sido rechazada para el trabajo.

—Nora, te presento a Maxie Cavanaugh. El manzanar y la factoría de sidra son suyas.

—Es un placer conocerte, Nora —dijo Maxie, tendiéndole la mano.

Nora advirtió que padecía algo de artritis en los dedos, dadas las protuberancias de sus articulaciones. Llevaba las uñas pintadas de un rojo brillante.

—¿Así que vas a recoger manzanas para nosotros?

—Pues no, señora... Su hijo me dijo que ya tenía suficientes trabajadores y que no podía contratarme.

—¿Mi hijo? —inquirió Maxie—. Chica, ese es mi nieto, Tom. Lo crie yo. Pero ¿qué es eso que me ha dicho el reverendo Kincaid? ¿Tienes dos hijas pequeñas y ahora mismo solo cuentas con un empleo a tiempo parcial?

—Sí, señora, pero creo que para el otoño conseguiré unas horas más, cuando tengan más necesidad de trabajo en la nueva escuela. Y conseguiré también un descuento en la guardería. El caso es que se trata de una escuela nueva que tiene que hacer todo tipo de papeles, así que tardaremos todavía un tiempo en recibir alguna ayuda... Yo me entusiasmé pensando que, hasta entonces, podría conseguir un trabajo bien pagado que me durara varios meses... Pero si ya tienen mano de obra suficiente...

—Seguro que habrá hueco aquí para una persona más —le aseguró la mujer, sonriente—. Espera un momento —y atravesó a buen paso el patio, en dirección a la nave donde se hallaba la pequeña oficina.

Nora se volvió hacia el reverendo.

—¿Abuela? ¿Qué edad tiene?

—No tengo ni idea —repuso él, encogiéndose de hombros—. Rebosa energía, ¿verdad? Eso la mantiene joven. Ha sido siempre un fantástico sostén de la iglesia, pese a que no suele ir a misa. Dice que los domingos suelen ser los días más ocupados y que, cuando no lo son, ella se los reserva para dormir. Maxie trabaja muy duro durante toda la semana.

—¿Y él es su nieto? —quiso saber Nora.

—Sí. Debió de ser una madre muy joven. Creo que Jack tuvo a Tom a los treinta.

—¿Qué irá a decirle? Porque él no quiere contratarme. Solo necesitó mirarme una vez para concluir que no era lo suficientemente fuerte, lo cual es una tontería, pero... Incluso tú no querías que solicitara el trabajo porque pensabas que iba a ser demasiado para mí.

—Ahora es cosa de Maxie y de Tom. Y a lo mejor yo estaba equivocado. Vamos a ver qué pasa.

Tom Cavanaugh permaneció sentado ante su viejo escritorio de la prensa de sidra durante un buen rato después de que Nora se hubiera marchado, completamente sorprendido y decepcionado. Nada más verla entrar, pensó que era una ingenua adolescente y lo primero que pensó fue que Buddy andaría a la zaga tras ella. Era tan guapa, con aquella cola de caballo, aquel rostro dulce y aquel cuerpo tan perfecto y menudo... Cuando ella le dijo que tenía veintitrés años y dos niñas pequeñas, Tom fue incapaz de disimular su asombro. Pero peor que el asombro había sido otra cosa: estaba seguro de que, si aquella chica le hubiera dicho directamente que tenía veintitrés años, sin mencionarle que era madre soltera, él le habría hecho alguna insinuación con la intención de salir con ella. Aunque, de todas formas, tampoco la habría contratado porque eso habría resultado problemático, el hecho de emplear a alguien capaz de encenderlo de aquella forma... Sí, eso habría podido terminar en una refriega amorosa entre los manzanos, algo que estaba estrictamente prohibido. O debería estarlo.

Tom se había pasado la vida entera en aquella finca y estaba seguro de que algunos empleados hacían el amor entre los manzanos en flor y los cajones de fruta, pero su abuela siempre le había advertido sobre la estupidez de aquella clase de cosas. Maxie solía decir que eso podía estar muy bien, hasta que se estropeaba para acabar convirtiéndose en una simple demanda ante los tribunales. Pero al margen de sermones, la primera experiencia íntima de Tom con una muchacha había tenido lugar en una tórrida noche de verano, justo antes de que se marchara a la universidad. El recuerdo todavía le hacía sonreír.

Pero la sonrisa subió de temperatura cuando sustituyó mentalmente a aquella muchacha del pasado por Nora.

Maldijo para sus adentros: aquella pequeña Nora era puro deseo a primera vista. Aquellos ojos brillantes, aquellos labios dulces y carnosos, aquella nariz salpicada de pecas... Era justo su tipo, si no se hubiera casado y concebido un par de crías para luego divorciarse, y todo ello con tan solo veintitrés años. No, él estaba buscando una clase distinta de mujer. Una mujer más parecida a su abuela: centrada, inteligente, con un sólido código moral. Maxie solamente se había casado una vez, con su abuelo. Se había quedado viuda cuando Tom estaba en la universidad y ya no había vuelto a casarse, no había expresado interés alguno por ningún hombre después de la muerte de su esposo. Y eso que no le habían faltado pretendientes en Virgin River... Maxie llevaba muchísimo tiempo consagrada al manzanar, al pueblo y a sus numerosas amistades.

La puerta del despacho se abrió de golpe y, hablando del rey de Roma... allí estaba su abuela. Maxie sacudió la cabeza y frunció sus labios pintados.

—No has contratado a esa chica, pese a que necesita desesperadamente el trabajo. Tiene dos niñas que alimentar.

—Probablemente no pese ni cuarenta kilos con la ropa mojada.

—Nosotros no contratamos a la gente por su peso corporal. Y nos podemos permitir ser caritativos. Voy a decirle que tiene el empleo. ¿Cuándo vas a empezar a recoger?

—Maxie...

—¿Cuándo?

—No creo que sea una buena idea, Maxie. Podría distraer a los trabajadores. Todos son hombres.

Todo en el interior de Maxie pareció relampaguear y Tom

comprendió de inmediato que su abuela lo había calado. Había adivinado exactamente lo que le preocupaba. Pero no dijo nada al respecto.

—De acuerdo, le retendremos la paga por ser tan atractiva. ¿Cuándo?

—Para el veinticuatro de agosto, calculo. Pero, Maxie...

—Ya está hecho. Es una buena chica. El reverendo Kincaid responde por ella y apuesto a que se esforzará más que nadie. Las madres jóvenes pueden llegar a ser muy duras. Diablos, Tom, ¡yo todavía recojo manzanas y tengo setenta y cuatro años! Tienes que ser más generoso.

Y abandonó el despacho.

CAPÍTULO 2

Había cinco kilómetros cuatrocientos setenta metros justos hasta la finca Cavanaugh. Nora hizo una prueba, y fue entonces cuando descubrió que sus mejores ideas al final terminaban siendo las peores. Había pensado en ahorrar dinero para comprarse una bicicleta de segunda mano. Desde Virgin River, eran unos cinco kilómetros cuesta abajo hasta una zona algo más baja y boscosa, cercana al río. Y luego cuatrocientos setenta metros cuesta arriba. Podía llegar al manzanar en una hora, más o menos, pero regresar al pueblo, con la mayor parte del trayecto cuesta arriba, era otra historia. La idea de la bicicleta no iba a ser tan buena para la vuelta, sobre todo después de haber estado trabajando todo el día.

En lugar de una bicicleta de segunda mano, gastó el poco dinero que logró reunir en las botas de goma que le había sugerido Maxie que se comprara. Tenía un pequeño y viejo cochecito con sombrilla en el que Adie podría sacar a Fay. Adie Clemens no era lo bastante fuerte para cargar en la mochila a la bebé, que ya pesaba sus buenos ocho kilos.

Había ideado un sistema para cuidar de las niñas: Adie podría acercarse a casa de Nora, en la misma calle, y quedarse con las niñas cuando todavía estuvieran dormidas, despertarlas, darles el desayuno, vestirlas y llevarlas a la escuela infantil, con Fay en el cochecito.

—Bueno, así podrás hacer esa caminata matutina que tan

bien te viene, aunque yo no esté aquí para recordártelo y acompañarte —le dijo Nora—. Tu presión sanguínea y tu nivel de colesterol han mejorado mucho desde que empezamos a dar paseos juntas.

—Oh, a la orden, señora —se burló Adie.

Lo muy temprano de la hora no significaba ningún problema para Adie porque era muy madrugadora; se acercaría a su casa a eso de las cinco de la mañana, con un libro o un periódico y su taza de té. La hora era perfecta porque Nora deseaba salir para el manzanar con tiempo suficiente para demostrar a todo el mundo que estaba dispuesta a lo que fuera con tal de hacer un buen trabajo. Según sus cálculos, podía permitirse pagar la escuela infantil y pagar al mismo tiempo a Adie unos veinte dólares a la semana por su ayuda. Adie iba muy justa con su pensión de jubilación. Alegaba que no quería recibir dinero alguno, pero Nora sabía que ese dinero le sería de gran ayuda. Podría utilizar aquel pequeño ingreso semanal para sus propias necesidades.

Pero entonces ocurrió el gran milagro: el reverendo Kincaid le dijo que había conseguido una especie de «beca» parcial para la escuela infantil de Fay y Berry. Casi se le saltaron las lágrimas, incrédula, pero al parecer la iglesia había asumido la tarea de ayudar de esa manera a algunas madres de la población, de manera que pudieran compaginar el trabajo con el cuidado de sus hijos. Ello suponía un descuento bastante elevado de la matrícula, con lo que la presión que estaba sufriendo Nora se alivió un tanto.

—No tengo la menor duda. Una vez que hayas respirado un poco, te sumarás a la causa y ayudarás tú a otras madres —le aseguró el reverendo Kincaid.

—Puedes contar con ello —repuso Nora—. Es increíble la cantidad de ayuda que he recibido de esta población. No me la merezco.

—Vamos a tener que trabajar con esa actitud tuya. Por supuesto que te la mereces.

Aquella primera mañana de trabajo, cuando se estaba despidiendo de Adie, le dijo:

—Conseguiré el número de teléfono de la finca para que puedas llamarme allí si tienes problemas —aunque no estaba muy segura de lo que haría si llegaba a recibir una llamada de ese tipo. ¿Dónde estaría, por ejemplo? ¿Entre los manzanos, lejos de la casa y la oficina? Y, si se trataba de algo importante, ¿tendría que regresar a casa corriendo? ¿Cuesta arriba?—. Por supuesto, en caso de emergencia, llamarás a Mel Sheridan a la clínica, ¿verdad?

—No hace falta que te preocupes tanto —dijo Adie—. No soy tan corta como parezco. Tengo los números de un montón de vecinos. Llevaré a las niñas a la escuela a las nueve, y Martha y yo las recogeremos a las cinco para traerlas a casa y darles la merienda. Tú ya estarás en casa para esa hora o poco después, espero —sonrió. Adie tenía la sonrisa más dulce del mundo—. Estaremos bien.

A veces Adie parecía tan mayor y tan frágil... todo lo contrario que Maxie Cavanaugh, que parecía como si fuera a vivir para siempre. La noticia de que Martha también le echaría una mano consiguió tranquilizarla todavía un poco más.

Su plan era llegar a la finca antes de que saliera el sol, antes incluso de que llegaran los demás trabajadores, pero al final eso no resultó fácil. Fue aterrador bajar la montaña cuando aún estaba oscuro, con la niebla enroscándose a su alrededor conforme iba descendiendo. Oía rumores, el ululear de los búhos, graznidos... los pájaros se estaban despertando y ella no estaba segura de qué otros animales más podría haber allí, acechando entre los árboles, pensando en su desayuno... La aterraba la posibilidad de ser devorada por algún animal salvaje, lo que la impulsaba a bajar la cabeza y a apretar el paso.

Finalmente, la verja de la finca apareció a la vista y pudo relajarse por un momento. Cuando llegó, distinguió luces en la parte trasera de la casona, pero ningún movimiento en parte alguna de la zona. Fue hacia la nave que albergaba la oficina y se sentó en el suelo, apoyándose en la puerta. Quería hablar antes con el señor Cavanaugh, asegurarle que se esforzaría todo lo posible. Y la oportunidad se le presentó, porque de repente lo vio salir del porche trasero de la casa seguido por un perro de pelaje dorado, destacada su figura en medio de la niebla mientras se dirigía hacia la nave. Se levantó del suelo.

Él se detuvo en seco cuando la vio.

—¿Cómo es que estás aquí? —le preguntó.

—¿Ha cambiado la fecha de comienzo de los trabajos? —replicó Nora.

—No, es hoy. Pero no recogemos manzanas cuando todavía está oscuro a no ser que amenace helada.

—Yo… yo solo quería que supiera que pienso tomarme muy en serio este trabajo.

—Bueno, de momento parece que puedo contar contigo para que estés por aquí de brazos cruzados hasta que lleguen los demás… teniendo en cuenta que nunca antes has recogido manzanas y no sabes dónde está nada.

«Qué hombre más gruñón», pensó Nora. Iba a ser muy difícil complacerlo. Bueno, gracias a su madre, sabía lidiar con la gente de su tipo.

—¿Hay algo que pueda hacer antes de que lleguen los demás?

—¿Sabes hacer café? —le preguntó él.

—Claro. ¿Dónde está la cafetera?

—El la sala de descanso. Detrás de la oficina.

Inmediatamente pensó: «Soy una imbécil». ¡Claro, había una sala de descanso, un comedor para los trabajadores! En ningún momento había pensado en la comida. Bueno, tomaría una manzana o dos y al día siguiente se llevaría un bocadillo. En la sala de descanso había una enorme cafetera, para treinta tazas, e intentó recordar cuánta agua llevaría, esperando acertar.

—¡Diablos! —exclamó Tom Cavanaugh—. ¡Sí que está fuerte, casi se me ha quedado clavada la cuchara! ¿Esperas hacer un buen café con tan poca agua?

—A mi padre le gustaba fuerte —replicó, cuadrando los hombros, aunque en realidad no tenía la menor idea de si su padre había tenido costumbre de tomar o no café.

—Ve a la casa, anda —le ordenó él—. Maxie está en la cocina. Pídele leche y azúcar.

No se lo había pedido por favor.

—Claro.

Más que caminar, trotó hasta allí. Llamó a la puerta de rejilla.

—Entra, Nora —la invitó Maxie. Todavía estaba en bata y zapatillas, sentada a la mesa de la cocina con una taza de café delante, haciendo un crucigrama—. ¿Qué puedo hacer por ti?

—Su nieto me ha mandado a buscar leche y azúcar para el café. He llegado con demasiada antelación y el café que he preparado está demasiado fuerte.

Maxie se echó a reír.

—¿En serio? Pues águaselo, que con eso se quedará tranquilo. ¿Y qué tiene de malo que hayas llegado demasiado pronto?

—Que, dado que es mi primer día de trabajo y que no sé dónde están las cosas, no hago más que estorbar... Haciendo mal el café, por ejemplo.

Maxie la estaba mirando de una forma extraña.

—Me parece a mí que alguien se ha levantado con el pie izquierdo. Yo, estas cosas, las admiro en una trabajadora. Lo de llegar al tajo con antelación, quiero decir. Para mañana, ya sabrás dónde está todo. Y él sabe hacerse perfectamente el café —señaló la encimera—. Ahí tienes la leche y el azúcar... que, por cierto, Tom se olvidó de llevarse a la nave —y añadió, mientras Nora recogía la jarra y el azucarero—: Probablemente me esté quedando sorda, pero no he oído llegar ningún vehículo...

Nora se volvió hacia ella.

—No tengo vehículo.

—Entiendo. Una larga caminata, ¿eh?

—Casi cinco kilómetros y medio —dijo Nora, y sonrió—. Se me ha dado bien. Mañana no llegaré tan temprano, dado que el señor Cavanaugh no parece estar de humor para compañías a primera hora de la mañana.

Maxie repuso con gesto sonriente:

—Águale el café como te dije. Los primeros días en un trabajo nuevo siempre son difíciles. Te las arreglarás bien.

—Lo intentaré. Ah, y gracias por el empleo: ya sé que fue cosa suya. No sabe usted cuánto le agradezco que...

—Hace mucho, mucho tiempo, muchos años antes de que tú nacieras, cuando no tenía dónde caerme muerta, una mujer mayor me contrató para recoger manzanas y ese fue el mejor trabajo que tuve nunca. Espero que la cosa funcione igual de bien para ti.

Aquello arrancó a Nora una sonrisa de profundo agradecimiento.

—Gracias, señora Cavanaugh.

—Llámame Maxie. Bienvenida.

Las altas botas de goma se revelaron una excelente inversión a la hora de mantener los pies secos. El suelo solía estar muy embarrado. Se había puesto las botas sobre sus deportivas. Pero el suelo, además de húmedo, estaba frío, sobre todo a primeras horas de la mañana, con lo que al final de poco sirvieron las botas para calentarle los pies. Sentía los dedos helados y, cuando llegó la hora de comer, se las quitó con las deportivas y los calcetines y se dio un masaje para hacerles entrar en calor.

Los otros trabajadores, todos hombres, llevaban calzado de montaña con puntera de metal debajo de las botas de goma. No tenían necesidad de calentarse los dedos de los pies.

A Nora le dolían las manos, los pies, los brazos, los hombros... se había hecho ampollas en las manos de cargar el saco de lona y, al cabo de unos pocos días de recoger manzanas, las ampollas estallaron y sangraron, provocándole terribles dolores. Se cortaba también las manos con los cajones de madera cuando no ponía el suficiente cuidado. Los hombres solían llevar guantes de trabajo: ella no los tenía y en consecuencia sus manos se resintieron. También tenía ampollas en los talones, ya que en toda su vida había caminado tanto. Llevaba tiritas, pero se le despegaban enseguida. Aunque disfrutaba de una buena forma física, tener que cargar con pesos de más de veinte kilos de manzanas mientras subía y bajaba por una escalera, en un saco cruzado a la espalda, representaba toda una tortura. El hombro derecho le dolía terriblemente, pero no se atrevía a aflojar el ritmo. Le dolía prácticamente todo el cuerpo.

Tenía que esforzarse mucho para seguir el ritmo de los hombres. Pero Buddy elogiaba de cuando en cuando sus esfuerzos, diciéndole que lo estaba haciendo muy bien para tratarse de la primera vez. Por supuesto, Buddy parecía aspirar a salir con ella, pero ella intentaba ignorar sus flirteos dado que eso nunca iba a suceder.

Después de aquel primer día, retrasó su salida para no ponerse a andar en medio de la noche, pero los rumores del bosque continuaron atemorizándola. Se las arregló para llegar a la finca algo avanzada la mañana y a tiempo de preparar el café, cuya técnica había perfeccionado. Se llevaba cada día un bocadillo y, de postre, una manzana. Y siempre era la última en marcharse a casa, a eso de las seis de la tarde.

Para cuando llegaba a casa, se encontraba siempre con que Adie había unido fuerzas con Martha para recoger a las niñas de la escuela infantil, bañarlas y darles la merienda. Una ayuda tan monumental que se le saltaban las lágrimas de emoción cada vez que pensaba en ello.

—Adie, tienes que estar exhausta —le dijo—. ¡Las niñas agotan a cualquiera!

—Me las estoy arreglando muy bien —replicó la mujer—. Me siento útil. Necesitada. Pero tengo que admitir que lo del baño cuesta.... ¡Les gusta demasiado la bañera!

—¡Qué suerte poder contar con Martha! —exclamó Nora mientras intentaba disimular lo mucho que le costaba sentar a Fay en su sillita de bebé. Afortunadamente, Adie no le estaba prestando atención.

—Me encanta lo contentas que se ponen cuando me presento en la escuela para recogerlas —le confesó Adie mientras Nora alistaba a las niñas para llevárselas a casa—. Las maestras dicen que las niñas marchan muy bien: comen y duermen la siesta de maravilla, y parece que adoran la escuela.

Casi más importante que los ingresos de su nuevo trabajo, lo que sus hijas necesitaban era estar rodeadas de adultos cariñosos y de otros niños, en un entorno de seguridad.

—¿Va por allí de vez en cuando Ellie Kincaid?

—La veo todas las mañanas. Creo que es una especie de patrocinadora de la escuela infantil —le explicó Adie—. Da la bienvenida a los niños y se ocupa de ellos cada día. Yo me he ofrecido voluntaria para ayudar a cocinar y vigilarlos a la hora de la siesta.

—Oh, Adie, eres increíble...

—¿Y por qué no? Tengo tiempo. Y me encantan los niños.

Nora vio muy poco a Tom Cavanaugh durante aquella primera semana, y en las pocas ocasiones en que lo hizo, no cruzaron palabra alguna ni mantuvieron contacto visual, ni siquiera cuando ella se presentaba con antelación para prepararle el café. Pero eso, a ella, más bien le resultaba indiferente. No tenía ninguna gana de que le recriminara su debilidad, sus manos heridas, sus movimientos lentos o sus gestos de dolor. Lo veía hablando con los otros trabajadores de cuando en cuando, manejando la carretilla para desplazar cajones de manzanas o en la zona de prensa de la sidra. Pero ni trabajaban juntos ni se dirigían la palabra. ¿Por qué habrían de hacerlo?

Él ya no volvió a quejarse del café. Como tampoco se olvidaba ya de llevar la leche y el azúcar de la casa.

Para finales de aquella semana, estaba tan cansada que casi temía caerse en cualquier momento y echarse a dormir durante un mes entero. El señor Cavanaugh daba a elegir a sus trabajadores entre tomarse el fin de semana libre o trabajar: no había peligro de heladas ni de excesiva maduración de la fruta, la recogida marchaba a buen ritmo. Pagaba esas horas extras, de manera que pese a que apenas podía doblar los dedos o levantar el brazo derecho, Nora firmó con la esperanza de que Adie y Martha la ayudaran también esos días con las niñas, o quizá Ellie Kincaid o alguna adolescente de la población a la que pudiera contratar como canguro. Las horas extras se pagaban muy bien.

El viernes por la noche, de camino a casa, cuando estaba subiendo la empinada ladera, se permitió detenerse para descansar un poco. Le dolía todo el cuerpo, enfrentada a la perspectiva de otra larga semana de trabajo. Le costaba incluso tener en brazos a sus pequeñas; tenía dolores cuando las levantaba y todavía tenía que llevar vendadas las pequeñas heridas de las manos. Pensó en aquel momento que, si Adie o Martha no las habían bañado aquella tarde, ella iba a tener muchos problemas para hacerlo. Cuando se duchaba o se enjabonaba las manos, las heridas le escocían hasta que se le saltaban las lágrimas. Y muy pronto iba a tener que pedir a alguien que le dejara usar la lavadora y la secadora durante una tarde entera: la ropa sucia se le estaba acumulando y no disponía precisamente de un gran fondo de armario.

Como nadie podía verla, hizo algo que no había hecho en mucho tiempo: se permitió llorar por primera vez en meses. Se recordó que era afortunada por contar con un buen trabajo, que las heridas de las manos se le terminarían curando, que fortalecería los músculos de los brazos y las piernas y que se volvería más fuerte... que lo único que necesitaba era coraje y paciencia. Que no había aceptado precisamente aquel trabajo porque fuera fácil.

De repente oyó el ruido de un motor acercándose. Ignoraba quién podría ser. Ella siempre era la última del equipo en marcharse, para que nadie la viera partir a pie rumbo a su casa. Era una cuestión de orgullo: sabía que no tenía recursos y ya era bastante malo tener que aceptar la caridad de los demás. Rápidamente se enjugó las lágrimas y escondió las manos en el bolsillo central de su sudadera con capucha. Con la mirada baja, permaneció pegada a la cuneta y continuó la marcha cuesta arriba. La camioneta pasó a su lado.

Pero algo más adelante, se detuvo. Y dio marcha atrás. Nora pensó que aquel vehículo probablemente debía de costar más que la casa en la que vivía. Lo había visto antes, por supuesto. Tenía el logo *Manzanas Cavanaugh* en la puerta y poseía una cabina amplia y una bañera llena de cajones de manzanas. Mantuvo la mirada baja y se sorbió las lágrimas con la esperanza de que no le hubieran dejado rastro en las mejillas. Era demasiado orgullosa para dejarse sorprender en un momento de debilidad y autocompasión, especialmente por él.

—¿Nora? —la llamó una vez que terminó de bajar el cristal de la ventanilla.

Ella se detuvo y alzó la vista.

—¿Sí?

—¿Dolorida?

—Un poco —reconoció Nora, encogiéndose de hombros. Hasta ese gesto le dolió—. Es mi primera vez —añadió, como si viera necesaria una explicación—. Pero ya iré haciendo músculo.

Él desvió la mirada solo por un instante antes de volver a clavarla en ella.

—Enséñame las manos.

—¿Por qué?

—Enséñamelas —le ordenó—. Vamos.

Ella se sacó las manos de los bolsillos y estiró los dedos, pero sin enseñarle las palmas. Vio que ponía los ojos en blanco con un gesto impaciente.

—Enséñame las palmas, Nora.

—¿Para qué?

—Apuesto a que las escondes en los bolsillos porque tienes cortes, ampollas o algo así. Venga.

Gruñó irritada y desvió la vista mientras volvía las manos. Detectó el cambio operado enseguida en su tono de voz, más suave.

—Levanta el brazo derecho.

Solo a fuerza de orgullo, lo alzó lo más alto que pudo.

—Sube.

—¿Qué? —lo miró.

—Que subas. Ya sé lo que voy a hacer —le dijo él—. ¿Crees que es la primera vez que veo esto? Ni tus manos ni tus hombros están preparados para cargar sacos pesados ni para manejar escaleras. Tienes lesionado el manguito rotador: el grupo de músculos del hombro. Yo te lo curaré. Deberías habérmelo dicho.

Se mostró reacia en un principio, pero la simple sugerencia de que podría hacerle desaparecer el dolor fue suficiente. Abrió la pesada puerta de la camioneta, movimiento que le dolió terriblemente, y subió al vehículo.

Tom Cavanaugh hizo un giro de ciento ochenta grados en la estrecha pista para dirigirse de vuelta a la finca. Nora mantenía la mirada fija al frente.

—Tú no querías contratarme. Tu abuela te obligó. Y no te mostraste nada amable conmigo al principio. Pensé que me despedirías si te lo contaba...

—¿Por unas manos ampolladas y unos músculos doloridos? Dios, ¿tan bestia te parezco?

—Dijiste que no me considerabas apta para el trabajo. Y yo no quería darte la razón.

—Escúchame: tienes el trabajo y me doy cuenta de que te estás esforzando bastante —vio que ella lo fulminaba con la mirada—. De acuerdo, lo estás haciendo muy bien —se corrigió—. Pero es peligroso moverse por una finca rural con heridas sin curar. Tienes que llevar más cuidado. Eres madre, ¿no? ¿Dejarías que tu hija fuera por ahí con una herida que pudiera infectarse por no haber sido curada?

—Conozco a gente con preparación médica en el pueblo —replicó ella—. Si hubiera pensado que estaba infectada, habría hablado con alguien.

—Quizá para entonces habría sido demasiado tarde. Y eso habría sido perjudicial para los dos. Pero ahora espero que estemos de acuerdo, tú y yo, en que a partir de ahora me avisarás cuando tengas algún problema.

Para sus adentros, Nora se dijo que eso iba a resultarle muy difícil, pero contestó:

—Está bien.

Tom aparcó frente al porche trasero.

—Pasa a la cocina —ordenó, sin esperar a que lo siguiera. Subió los escalones del porche y entró en la casona antes incluso de que a ella le hubiera dado tiempo a bajar de la camioneta.

Para cuando se reunió con él en la cocina, vio que había abierto un armario y estaba sacando una serie de cosas para distribuirlas sobre la encimera.

—Siéntate a la mesa. Allí.

Tom llenó una pequeña palangana de metal con agua jabonosa. Le puso una toalla sobre el regazo, colocó encima la palangana y le dijo:

—Sé que te va a escocer, pero quiero que te laves aquí las manos, hasta que te queden muy limpias. Aprieta los dientes y hazlo, por favor.

Estaba dispuesta a morir antes que dejar traslucir el menor gesto de incomodidad. Hundió las manos en el agua y se mordió el labio inferior para reprimir una mueca de dolor. Lo que no pudo evitar fue que se le saltaran las lágrimas por el escozor. Él no lo advirtió, ya que le había dado la espalda para preparar los artículos para la cura. Luego se dedicó a disponerlo todo sobre la mesa. Había un bote de latón, un tubo de algo que Nora no identificó, otra toalla, un pequeño cuenco y una cuchara, además de guantes de látex. Se lavó y secó bien las manos como si fuera a proceder a una operación. Finalmente sacó una silla para sentarse frente a ella y separó bien las piernas de manera que las rodillas de Nora quedaron entre las suyas.

—No nos conocemos bien, así que permíteme que te explique un par de cosas. No me gustan las excusas, y menos todavía que me oculten cosas. Si vas a trabajar para mí, tendrás que ser sincera con problemas como este. ¿Entendido?

—Yo no me invento excusas, siempre soy sincera y necesito el trabajo —replicó ella ofendida, a la defensiva—. Y tengo que mantener a una familia, al igual que los hombres del equipo.

—Bien. Pero esos hombres llevan trabajando desde hace mucho tiempo en la madera y en la agricultura. Tienen manos fuertes y callosas. Toscas como el cuero reseco. Y músculos fuertes —le mostró sus propias manos, de palmas surcadas por callos. Luego recogió la toalla y señaló el cuenco—. Déjame ver tu mano derecha.

—Son solo ampollas —dijo ella, sin mencionar que le dolían tanto las articulaciones de los dedos que apenas podía flexionarlos.

—Si no hacemos algo al respecto, tardarán mucho tiempo en curarse. Yo te ayudo —le tendió la toalla. Ella la levantó y él procedió a secarle las manos con cuidado.

No era tan grave. Un par de ampollas y dos cortes que se había hecho con los cajones de madera. Luego él le pidió que le enseñara la mano izquierda y ella la dejó sobre la toalla.

—Espera a que se te sequen un poco más. Déjalas sobre la toalla con las palmas hacia arriba —la instruyó antes de proceder a mezclar el producto del tubo con el del bote de latón—. Crema antiséptica y una pomada que usan a veces los veterinarios —le explicó. Al ver que se retraía visiblemente, soltó una risita—. Maxie la utiliza mucho, sobre todo para la artritis, y sé que obra maravillas.

Una vez que terminó de preparar la mezcla, se la untó suavemente sobre las zonas doloridas de las palmas. Su contacto era tan suave y delicado que Nora experimentó un estremecimiento. Había esperado que le doliera, pero la sensación era dulce y agradable: cerrando los ojos, se dedicó a disfrutarla. Afortunadamente, él no decía nada, y ella también se quedó callada. Había pasado tanto tiempo desde la última vez que la habían tocado así, que no podía recordarla. Y lo más extraño era que aquella deliciosa sensación se la estaba provocando un hombre al que odiaba…

Bueno, quizá no lo odiara, pero tampoco le gustaba mucho. Cuando no había tenido un comportamiento hostil con ella, la había ignorado.

Tom procedió finalmente a envolverle las manos en una gasa

antes de calzarle los guantes de látex. Justo en aquel instante, Maxie entró en la cocina, acompañada del perro de pelaje amarillo. Esbozó una sonrisa nada más reconocer el procedimiento de cura.

—¿Quieres que me ocupe yo, Tom? —se ofreció.

—No hace falta —respondió él. Sacó un par de pastillas de un frasco y se las entregó a Nora—. Esto es para el dolor muscular. Te daré el frasco para que te lo lleves a casa. Me temo que este fin de semana no vas a poder hacer horas extras. Te llevarás también la crema, pomada, gasas, una bolsa de hielo, otro juego de guantes, analgésicos... todo lo que necesites. Duerme con los guantes puestos. Y llévalos al trabajo. Sigue dándote la pomada y la crema, cambia las gasas y hazte dos curas, una de mañana y otra de tarde. Tómate las pastillas cada cuatro horas... y tus músculos se recuperarán.

Acto seguido, apretó de nuevo el tubo para recoger un poco de pomada en los dedos y los deslizó bajo el cuello de su camisa, por detrás. Sin la menor señal de azoro, le bajó un tirante del sujetador y empezó a masajearle el hombro y la escápula.

—Oh, eso te va a ayudar mucho —le aseguró Maxie—. Cuando me duelen mucho las manos, uso esa pomada. Es milagrosa.

El contacto de sus manos grandes y callosas era tan firme y suave a la vez, tan delicado... Iba trazando lentos círculos sobre su piel con las yemas de los dedos, una pura delicia. No tardó más que unos minutos. Finalmente retiró la mano y sacó de la nevera un paquete con hielo, que procedió a colocarle con cuidado sobre el hombro.

—Y ahora hielo. Te quedarás como nueva —le dijo—. Y, cuando vuelvas al trabajo el lunes, ponte guantes de trabajo. Yo te proporcionaré unos —un vaso de agua apareció de pronto frente a ella, para ayudarla a tragar las pastillas—. ¿Qué tal tus pies? ¿También tienes ampollas?

—Mis pies están bien —en realidad los tenía doloridos y con ampollas, pero no iba a dejar que se los tocara. Aunque la idea era sugestiva: la sensación de sus manos fuertes de palmas encallecidas aplicando esa deliciosa pomada sobre sus pies podría ser una pura maravilla...

Tom terminó de guardarlo todo en una bolsa de papel estraza, que le tendió.

—Vamos. Te llevo a tu casa.

Ella se levantó.

—Puedo caminar.

—Voy al pueblo, Nora. Puedo llevarte. Y creo que, en adelante, sería una buena idea que le pidieras a alguien que pudiera acercarte hasta allí, caso de que le pille de camino. Podrías pedírselo a Buddy. Él estaría más que encantado de...

—No, no debería darle esperanzas a Buddy. Y no me importa caminar —insistió ella—. Camino rápido. Tengo una buena marca.

Tom le abrió la puerta.

—Ya. Y, si te tropiezas con un puma, mejorarás esa marca, seguro.

Nora se detuvo en seco y alzó la mirada hacia él.

—Qué gracioso...

Tom se limitó a arquear una ceja y le sonrió.

—Hasta el lunes, Maxie —se despidió ella.

—Que pases un buen fin de semana, Nora.

CAPÍTULO 3

Nora detestaba tener que renunciar a la paga de las horas extras al tomarse el fin de semana libre. Lo de las horas extras le sonaba fantástico, debido a lo ajustado de su presupuesto, pero aprovechó el tiempo para llevar a las niñas al parque de juegos de la escuela infantil, donde dejó a Fay en un columpio de bebé mientras Berry jugaba con el trampolín y las anillas. Se consoló recordándose que ya cobraría más horas extras en un futuro cercano, cuando estuviera lo suficientemente recuperada para retomar el trabajo sin exponerse a quedar lisiada de por vida.

Era tan temprano que se quedó sorprendida al ver a Noah Kincaid dirigiéndose a ella.

—Hola —lo saludó—. ¿Disfrutando de un paseo de buena mañana?

—Más o menos —respondió él con una radiante sonrisa—. Te estaba buscando.

—¿A mí?

—Maxie me llamó esta mañana. Es una persona muy madrugadora. Me dijo que iban a recoger manzanas este fin de semana y que te habían dicho que no fueras por culpa de las heridas que te habías hecho en el trabajo. Me sugirió que fuera a verte para ver cómo te encontrabas.

Nora se sentó en un columpio, al lado del de su bebé. Soltando una breve carcajada, alzó sus manos enguantadas.

—Es cierto. Y por mucho que deteste admitirlo, Tom Cavanaugh probablemente hizo lo más adecuado. Tengo las manos doloridas, con ampollas, por no hablar del dolor muscular y de las agujetas... Siento como si me ardiera el hombro derecho. No te atrevas a decírselo a él, pero probablemente las ampollas de mis pies son todavía peores que las de las manos, pero esa pomada que me dio para las manos fue... fantástica. Me siento casi como nueva —giró las muñecas un par de veces para que pudiera ver los guantes de látex que cubrían las gasas—. Me hizo una cura fantástica.

—¿Y el hombro?

—Mejor. Un poco de hielo, antiinflamatorios y algo de descanso están obrando el milagro —chasqueó los labios—. Pero no tienes idea de cuánto me fastidió tener que renunciar al dinero...

Noah se apoyó en un lateral del parque de juegos, junto a Fay. Berry corría por el parque como una loca, tirándose por el tobogán y colgándose de las sogas, cantando y hablando sola todo el tiempo. La niña no parecía en absoluto interesada en Noah. Nora temía de hecho que fuera demasiado retraída.

—Creo recordar que ya empezamos a hablar de esto antes, sin llegar a profundizar... —dijo Noah—. ¿Cuentas con algún familiar capaz de echarte una mano en este trance?

—No llegamos a profundizar porque había temas más urgentes... como por ejemplo que, hace tan solo unos meses, mi exnovio drogadicto se presentó aquí para pedirme dinero, y me agredió a mí y a todo aquel que intentó protegerme. Una situación en la que yo solita me metí a la edad de diecinueve años.

—Bueno, ahora mismo está en la cárcel y fuera del mapa, afortunadamente. ¿No tienes familia, entonces?

—No. No tengo a nadie —confirmó ella.

—¿Nadie... nadie? ¿O nadie a quien no quieras llamar por una cuestión de orgullo?

—Ya te lo dije. Yo misma me metí en este desastre de vida y...

—Lo sé, y tampoco tenemos por qué volver a ese tema...

Chad, el embarazo y las malas compañías. Probablemente piensas que eres la primera persona en arrostrar esa carga, pero no es así. Yo estoy interesado en saber más sobre tu familia: padres, tíos, tías, hermanos, etc... Alguien que te quiera o, al menos, que tenga un mínimo sentido de la responsabilidad para echarte una mano.

Nora respiró hondo.

—Mi padre nos abandonó cuando yo tenía seis años. Mi madre luchó durante años por sacarnos adelante con un único salario, el suyo. Vivíamos siempre con lo justo. Tenía bastantes motivos para sentirse muy furiosa y muy amargada. Lo irónico del asunto es que se ganaba la vida... ¿a que no te lo imaginas? Como psicóloga. Cuando volví a casa de la universidad y le confesé que me había metido en un montón de problemas, que necesitaba ayuda, que me había quedado embarazada por accidente... ella me echó de casa y me dijo que no volviera nunca. Así quedó nuestra relación. Arrojó todas mis cosas al jardín, todo aquello que tuviera una huella dactilar mía, sin miramientos. Chad me recogió y me llevó a un motel de mala muerte... para marcharse después enseguida. Acudí a los servicios sociales, que me derivaron a la oficina del condado y... —se encogió de hombros.

—Pero ¿te quedaste con él?

—No —respondió Nora—. En realidad, no.

—¿Y Fay, entonces?

Nora asintió, sin atreverse a mirarlo. Finalmente alzó la mirada, pero lo único que brotó de sus labios fue un ronco murmullo.

—Chad iba y venía. Y yo me sentía tan sola y vulnerable después de que naciera Berry... Chad era un manipulador. A veces me pasaba dinero, algo de lo cual yo me sentía estúpidamente agradecida, pero hasta que estuve a punto de tener a Fay no supe que le habían echado del equipo de béisbol un año antes —sacudió la cabeza. Levantando la mirada hacia Fay, añadió—: Pero ¿cómo podría arrepentirme de haberla tenido?

Y, como si con aquellas palabras le hubiera dado pie, la bebé esbozó una radiante sonrisa y Nora por poco se echó a llorar.

Noah no pudo reprimirse de acariciar la manita regordeta de Fay.

—¿Cuándo empezaste a sufrir maltrato físico, Nora?

—Según mi madre, todo empezó con mi padre, pero yo no recuerdo nada de eso. Ya tenía seis años cuando nos abandonó, pero los recuerdos de mi vida anterior son muy irregulares. Mi madre decía que eso era típico. Me decía que yo tenía recuerdos enterrados en el subconsciente.

—¿Te llevó alguna vez a hacer terapia?

Nora sonrió.

—Por supuesto que no. Mi madre era psicóloga. Te diré la verdad, Noah: fui a hablar contigo siguiendo la recomendación de Mel Sheridan porque eres pastor. No tengo ninguna experiencia con la iglesia y se me ocurrió que tal vez tú podrías mostrarme el camino del perdón por todos aquellos errores que había cometido en mi vida. Aunque resultó difícil, me resigné a aceptar la caridad de los demás. Pero he aprendido a desconfiar de los psicólogos. Cuando me dijiste que habías sido psicólogo profesional ante de ordenarte pastor, casi salí corriendo.

—¿Qué piensas de la decisión de tu madre de no ponerte nunca en manos de un terapeuta para que te ayudara con esos supuestos recuerdos enterrados? —quiso saber Noah.

—En realidad, creo que era una incompetente... Y tampoco estoy segura de que tenga esos recuerdos enterrados de los que me hablaba. Según mi madre, no nos queda familia alguna. Ni abuelos, tíos, tías. Pero sé que tengo unos padres horribles.

El pastor esbozó una leve sonrisa.

—Creo que deberíamos seguir trabajando sobre ello.

—Probablemente —repuso ella—. Pero el simple hecho de pensarlo me agota más que recoger manzanas durante diez horas seguidas.

Él se echó a reír.

—No te preocupes, Nora. Dentro de poco los días serán mucho más cortos. El otoño ya está aquí y se acerca el invierno.

—Afortunadamente eso me deja muy poco tiempo para hablar de mis disfuncionales padres.

—Pero ¿te gustaría que yo intentase contactar con tu madre?

—¡Dios mío! Olvídate de ello. Cuando dispongamos de más tiempo para charlar, te contaré toda la historia de mi vida con detalles sobre todo lo relativo a mi madre... Es una mujer brutal. Me pasé la vida entera teniéndole miedo, y reaccionando con sorpresa y agradecimiento durante los breves momentos en que me demostraba algún afecto. Aprendí a andarme con muchísimo cuidado con ella, siempre recelosa.

—¿Y tu padre? ¿Te gustaría saber qué es lo que ha sido de él?

Reflexionó durante unos segundos.

—He sentido alguna vez curiosidad, pero no la suficiente para buscarlo, y menos aún para perdonarlo por habernos abandonado como lo hizo. Pero ha habido veces en las que me he preguntado si acaso estará muerto... Los pocos fragmentos de recuerdos que conservo de mi padre no son tan malos ni tan horribles. Como lo de jugar a los bolos... ¿no te parece extraño, una niña de seis años jugando a los bolos? O aprendiendo a montar en una bicicleta con ruedines, fregando los platos subida en un taburete con él al lado, cortando el césped o plantando flores... Mi madre me decía que ninguna de aquellas cosas había sucedido en realidad. Afirmaba que yo me había inventado aquellas historias de la misma forma que los niños se inventan amigos imaginarios. Pero yo no conservo ningún recuerdo suyo que sea oscuro o aterrador. Mis únicos recuerdos de él son buenos, cálidos. Y, sin embargo, si hubiera sido una buena persona, nunca me habría abandonado...

—Yo podría investigar un poco —se ofreció Noah.

—¿Podrías averiguar si está muerto? ¿Sin hacer que yo me sintiera...?

—¿Vulnerable? —terminó Noah por ella—. Si me dices su nombre y su última dirección, yo probablemente podría averiguar si está vivo o muerto, dónde se encuentra, si se volvió a casar, si tiene hijos, lo que hace para ganarse la vida, ese tipo de cosas. Pero no hay razón alguna para que él tenga que enterarse de que tú estás involucrada.

Nora reflexionó de nuevo sobre ello.

—Vale, entonces de acuerdo —dijo—. Me gustaría saber si está vivo. Y quizá algún día, me gustaría saber también por qué me abandonó. Nos abandonó a las dos, quiero decir —tragó saliva—. Su nombre es Jed… Jedediah Crane. Y era profesor de Historia en la universidad de Berkeley. Mi madre me dijo que lo despidieron y que entonces nos dejó en la estacada.

—¿Un profesor de universidad? —inquirió Noah—. ¿Se divorciaron?

—Ella siempre me dijo que era profesor… Oh, por supuesto que se divorciaron. Debió de ser una separación difícil. De niña era muy curiosa, demasiado, y un día me puse a hurgar en las cajas de papeles del desván en busca de alguna pista sobre él, sobre ellos. Sobre nosotras. Incluso sobre la familia de mi madre, si acaso tenía alguna. ¡Y no encontré nada, ni siquiera una triste foto! Si hubieras conocido a mi madre como yo la conocí, ¡habrías esperado al menos encontrar un montón de fotos con el rostro de mi padre recortado! Y no había documentos de ningún tipo. Ni siquiera conservaba mi partida de nacimiento.

Noah sonrió.

—Ya nos ocuparemos de eso, también. Es un proceso sencillo y no tienes por qué tener el permiso de tus padres para conseguir una copia.

—Noah… —empezó, temblorosa—. Hay algo que deberías tener en cuenta antes de que tomes ese camino. Mi madre… no todo el mundo sabe cómo es realmente. Ella tiene amigas. No muchas, pero sí algunas. Tenía cosas que hacer, aunque la mayor parte del tiempo acudía a trabajar para volver luego a casa y pasarse las horas ante el televisor. Es una mujer divertida. Sabe hacer reír a la gente. Discutió con los vecinos, que dejaron de hablarle hace años, lo cual por supuesto fue culpa de «ellos», pero seguía conservando amistades del trabajo, de otros lugares. Gente con la que hablaba por teléfono, ese tipo de cosas. A mí me maravillaba ver lo muy divertida y encantadora que podía llegar a ser con algunas personas y lo muy demente que podía llegar a ser conmigo. Si la hubieras conocido, o si te pusieras a investigar qué clase de persona es, probablemente pensarías que soy una hija mala y desagradecida. Y lo he admitido antes: he sido una persona muy difícil. He cometido muchísimos errores.

—¿Dónde trabajaba como psicóloga?

—En la universidad pública de Berkeley. Servicios Sociales. Ayudaba a los alumnos y alumnas a superar sus crisis, les aconsejaba, les ayudaba a recomponer sus vidas —soltó una amarga carcajada—. Me pregunto si, para ello, arrojaba todas sus pertenencias a la calle y los echaba de casa, como hizo conmigo. Aunque probablemente me lo merecía...

Noah sonrió, paciente.

—Yo no creo que necesites el perdón de nadie, Nora.

Ella se rio sin humor.

—No tienes por qué ser tan bueno conmigo. Soy consciente de la cantidad de cosas malas que hice.

Noah acarició dulcemente la suave y lisa cabecita de Fay. La niña lo miraba con expresión regocijada.

—Creo que ya te has redimido a ti misma.

Una de las ventajas de vivir en un lugar tan visitado por cazadores y pescadores como Virgin River eran las estupendas tiritas que se vendían en Corner Store para los deportistas que estrenaban botas nuevas de montaña. Armada con sus protecciones de tela para las ampollas de los talones y de las manos, Nora salió temprano para el tajo la mañana del lunes. Bajó la carretera que llevaba de Virgin River a la 36, dispuesta a empezar una nueva semana de trabajo.

El trabajo era físicamente exigente, pero a la vez placentero y estimulante para una chica de ciudad. De no haber sido por los dolores y por el temor de no estar a la altura, habría disfrutado a fondo de la experiencia. Las manzanas olían a paraíso. La brisa que se filtraba por entre los árboles, acariciando las hojas, era tan relajante como una nana infantil. Y el ajetreo del trabajo, incluso el peso de su saco lleno de manzanas colgando de su hombro, le proporcionaba una sensación de felicidad y realización. Adoraba el ruido que hacían las manzanas cuando volcaba los sacos dentro de los cajones de madera; la carretilla cargando los cajones; el rumor y el frescor de los aspersores de agua a su alrededor mientras trabajaba encaramada en la escalera triangular; los camiones que se llevaban los cajones repletos con destino a su venta.

Veía de cuando en cuando a Tom y a Junior reparando la alta cerca que rodeaba el manzanar. Y escuchaba los rumores y las risas de los compañeros resonando a lo lejos, junto con el ocasional ladrido del perro del pelaje amarillo.

Si no hubiera sido una madre soltera constantemente preocupada por el dinero, aquel trabajo al aire libre al norte del bello estado de California le habría parecido un verdadero don del cielo. Estaban en septiembre y las tardes eran todavía tibias.

Llevaba ya un par de días de su segunda semana de trabajo cuando, al llegar al cruce de la carretera de Virgin River con la 36, descubrió allí una gran camioneta blanca. Y al pie de la misma, apoyado en la puerta del conductor, ni más ni menos que a Tom Cavanaugh. Apoyaba un tobillo sobre otro y tenía la mirada baja. Parecía que se estaba limpiando las uñas con una navaja de bolsillo.

Se lo quedó mirando por un momento. Admirándolo. Tenía la sensación de que habían pasado siglos desde que se enredó con Chad. Chad entonces le había parecido un buen partido, un hombre hecho para grandes cosas. En aquel momento, mirando a Tom, veía estabilidad y éxito en la vida, por no hablar de poder y belleza. Sí, era un hombre muy bello. Y se preguntó por lo que sentiría el tipo de chica que alguien como él podría querer y desear.

Ahuyentó aquel pensamiento. Enseguida bajó la cabeza y pasó de largo ante él.

—Hey —la llamó.

Ella se volvió. Ensayó una leve sonrisa.

—Buenos días.

—¿Adónde vas? —le preguntó.

—A trabajar —respondió ella.

—Bueno, pues sube. Te llevo. ¿Por qué crees que estoy aquí?

—No tengo la menor idea. No necesito que me lleven. Soy perfectamente capaz de caminar.

—Ya lo sé, Nora. Compláceme, anda.

—No creo que eso esté bien visto —repuso ella—. ¿Qué pensarán los demás si me ven en la camioneta del jefe?

—Todavía no hay nadie —replicó él con una risita—. Tú siempre eres la primera en llegar al manzanar. Vamos, sube. Sin compromisos.

Nora se lo pensó por un momento, pero en realidad no tenía opción alguna de rechazar su amabilidad. O lo que fuera. Se adelantó para subir al asiento del pasajero.

—¿Qué tal tus músculos y tus ampollas? —se interesó Tom.

—Muy bien —respondió, sorprendida ella misma—. No me duele nada. Sigo llevando las gasas y, como puedes ver, los guantes de látex, pero no deja de asombrarme lo rápido que me he curado. Deberías plantearte hacer uno de esos publirreportajes de las horas de madrugada. Con tu pomada mágica y tus cuchillos *ginsu*...

Él se echó a reír.

—Tú ves mucha tele de madrugada, ¿eh?

—Sí, pero hace mucho tiempo de eso —contestó—. No he vuelto a tener un televisor desde que nacieron las niñas.

—Ah, entonces eres una de esas madres supermotivadas. De las que piensan que la televisión es un veneno para las mentes de sus hijos.

—No, no soy tan virtuosa... Pero no puedo permitirme un televisor: ese es un lujo que escapa a mis posibilidades. De todas formas, ¿quién podría olvidar un publirreportaje sobre los cuchillos *ginsu*? No me habría sorprendido ver unos dedos volando… —se echó a reír.

Tom continuó conduciendo con la vista al frente durante unos minutos, hasta que tomó la larga pista que llevaba al manzanar.

—Esto es lo que vamos a hacer, Nora. De ahora en adelante, te esperaré en el cruce de la carretera de Virgin River con la 36, para llevarte a la finca. Y te recogeré al final de la jornada para traerte de vuelta.

—Ya te dije que no me importaba…

—Ya lo sé, que no te importa caminar. Te reconozco el mérito: tienes agallas. Pero me gustaría que reservaras tu energía para el trabajo. Y caminar por aquí a la salida y a la puesta de sol no es una actividad tan segura. Puede salirte al paso un animal salvaje.

—Puedo echar a correr —dijo ella—. En serio, soy rápida.

Tom le lanzó una rápida mirada.

—En serio, no te gustaría vivir la experiencia. El único animal al que podrías superar en una carrera es un gallo salvaje… Gatos salvajes, pumas, osos: cualquiera de esos animales a la caza de una presa tienen una velocidad de carrera que ni te imaginas. Si alguna vez te tropiezas con alguno, retrocede lentamente sin darle la espalda y haciendo algún tipo de ruido: imita el ladrido de un perro, bate palmas, lo que sea. Y reza —respiró hondo—. De verdad que yo estaría más que contento de llevarte y traerte en mi camioneta todos los días.

Nora suspiró.

—Gracias, pero no estoy segura de que fuera una buena idea que tus otros empleados vieran que estoy recibiendo un trato especial.

—Si la idea te incomoda, podemos pedirle a Buddy que te lleve después del trabajo.

—Como te dije antes, creo que no debería dar alas a Buddy…

—Tú pregúntaselo: tienes veintitrés años, mientras que él solo es un adolescente. Y, si Buddy está pensando en salir con una mujer mayor que él, siempre puedes decirle que no has superado lo de tu exmarido o algo así...

—Pero eso sería una mentira —protestó ella.

Él sonrió. Sí, no había duda alguna: sonrió.

—Bueno, pues entonces sé sincera y dile que lo has superado.

—No hay ningún exmarido.

La miró rápidamente.

—¿Sigues casada?

Nora negó con la cabeza.

—¿Viuda? ¿Tan joven?

—Nunca he estado casada —inspiró profundamente para tomar fuerzas. Él parecía realmente interesado en su respuesta—. Tengo dos niñas, nunca he tenido marido. Mi novio me abandonó y ahora está en prisión por agresión y posesión de drogas, y yo estoy sola. Tiene prohibido acercarse a mis hijas. Yo lo único que intento es sacar adelante a mi familia. Y no le miento a nadie.

Tom redujo un tanto la velocidad mientras asimilaba aquella información. Segundos después, aceleró de nuevo.

—Entonces dile a Buddy que tienes veintitrés años y eres madre soltera. Con eso bastará.

Se quedó callada por un momento.

—Sí. Seguro —repuso en voz baja. Por supuesto que una información así descorazonaría a Buddy. De hecho, haría que cualquier hombre saliera corriendo.

—Le pediré que te acerque hasta el cruce después del trabajo y te recogeré allí antes de la jornada. Un kilómetro y medio a pie de ida y de vuelta ya representa un gran esfuerzo físico para cualquiera y no quiero que ningún empleado mío resulte atacado por un puma o un oso. He tenido que reparar la valla bastantes veces y aunque no he visto ningún oso, sé que están ahí. Suelen ser tímidos y evitar a la gente, pero mejor es jugar sobre seguro.

Nora se quedó contemplando su perfil por un momento.

—Yo no quiero que me tengan pena y no quiero trato especial alguno. Estoy más que contenta de hacer todo lo que sea necesario para desempeñar bien un trabajo bien pagado. Te agradezco el gesto, de verdad que sí, pero…

—¿Te apetece luchar contra un oso? Porque un hombre sufrió una agresión no lejos de aquí. Y tienes una familia en la que pensar.

—Pero…

—El tema está cerrado —ladró de pronto Tom, irritado.

Aparcó frente a la nave que albergaba su despacho, apagó el motor y bajó, dejándola sola.

Nora no sabía qué era lo que le había hecho enfadar tanto. O lo que le había hecho pasar de la diversión al enfado, más bien. Ella solo había intentado ser respetuosa y sincera con él, pese a que no era fácil.

Lo vio subir los escalones del porche, pisando fuerte, y entrar en la casa. Era un hombre testarudo. Y con la misma rapidez con que entró, volvió a salir. Deteniéndose al pie de la camioneta, se asomó a la ventanilla del conductor para decirle:

—Maxie dice que entres a tomar un café con ella.

—Oh, no quiero molestar…

—Te ha invitado, por tanto no es ninguna molestia para ella.

—Pero yo no quiero…

—¡Nora! Por el amor de Dios, ¡no lo pongas todo tan difícil! Vete a tomar ese café con mi abuela.

—¿No debería preparar el café primero? —le preguntó ella.

—Ya me encargo yo. Sé perfectamente cómo se hace.

Una sonrisa asomó a los labios de Nora.

—Ah, vaya. No lo sabía.

La miró ceñudo. Ella sacudió la cabeza y no pudo evitarlo: a duras penas reprimió una carcajada. Aquel hombre, que no tenía razón alguna para mostrarse tan gruñón, era ciertamente muy difícil. Mientras atravesaba el amplio patio y subía los escalones del porche trasero, se descubrió pensando que, si iba a tener que convivir con un tipo así, no lo iba a pasar nada bien.

Llamó suavemente a la puerta de rejilla.

—Adelante, Nora —dijo Maxie.

Cuando abrió la puerta, Maxie estaba sentada a la mesa de la cocina con su café y su crucigrama. El perro amarillo se incorporó para saludarla meneando la cola.

—Buenos días, señora... Maxie.

La mujer mayor sonrió y Nora se quedó momentáneamente hipnotizada. Era una mujer realmente bella con aquel precioso cabello blanco, su perfecta y radiante dentadura y su cutis sonrosado.

—Sírvete una taza —la invitó—. Siéntate conmigo un momento. Háblame de tu fin de semana, de tu hombro dolorido y de tus manos ampolladas.

Nora se sirvió leche y azúcar en el café. En casa no solía tomar café: ni siquiera tenía cafetera, un artículo caro. Se sentó frente a Maxie.

—Todo marcha estupendamente. Sigo llevando guantes de protección y usando la pomada. Y espero con ansia la siguiente oportunidad de hacer horas extras el fin de semana.

La mujer se echó a reír.

—¿Y el hombro?

—Muchísimo mejor —respondió Nora, haciendo rotar el juego del hombro para demostrárselo—. Me da un poco de vergüenza no haber caído en la cuenta de algo tan sencillo como unos antiinflamatorios y un poco de hielo. Pero la verdad es que nunca había hecho este tipo de trabajo antes.

—¿Qué tipo de trabajos has hecho?

—Mientras estaba en el instituto trabajé de camarera. En la universidad, conseguí un empleo a tiempo parcial en una librería. Y luego ya me convertí en madre.

—Ya. ¿Cómo están las pequeñas? ¿Y quién te las cuida?

—Las niñas están perfectamente: son listas, tienen buen carácter, están llenas de energía. Y una vecina, Adie Clemens, se queda con ellas hasta que abre la escuela infantil, y luego se encarga de llevarlas. Adie es una mujer mayor y no le sobran las fuerzas, claro. Pero se lleva de maravilla con las niñas. Y ella está encantada.

Maxie soltó una risita.

—Conozco a Adie. Nos conocemos desde hace mucho tiempo. Siempre ha sido un poquito frágil. Somos de la misma edad, creo. Es una mujer encantadora.

Nora se la quedó mirando con la boca abierta. ¿La misma edad? Maxie era una mujer dinámica, fuerte y llena de energía. Adie parecía frágil. Los problemas de salud y su edad avanzada debían de haberle pasado factura, por no hablar de sus estrecheces económicas.

—Sí que es encantadora —comentó Nora al fin—. Tan dulce... Adora a mis hijas. Soy enormemente afortunada de poder contar con su ayuda.

—¿Y cómo te está yendo aquí, en el tajo? —quiso saber Maxie.

—No soy tan rápida como los hombres, pero estoy segura de que los alcanzaré. Soy muy tenaz.

—¿Tom te está tratando bien?

Antes de que pudiera evitarlo, desvió la mirada. Miró rápidamente a Maxie.

—Esta mañana me recogió en el cruce y me trajo hasta aquí.

—Lo sé. Intuí lo que se proponía cuando se marchó tan temprano. No suele ir a ninguna parte antes del amanecer.

—Yo le insistí en que no era necesario —se apresuró a replicar Nora—. Me gusta andar. Mucho.

—Pues probablemente deberías procurarte un arma de algún tipo si piensas seguir atravesando el bosque antes del amanecer. Son muy raros los ataques de osos o pumas a personas, pero ocurrir, ocurren. La salida y la puesta de sol son los momentos preferidos de la fauna salvaje: o salen a buscar sus presas o se retiran a sus guaridas, creyendo que están solos...

«No», pensó Nora. Nunca se gastaría dinero en un arma cuando tenía dos niñas a las que alimentar.

—Tom ha sido muy amable conmigo al ofrecerse a llevarme en su camioneta —dijo, cambiando de tema.

—¿Qué tal te llevas con él? ¿Te está dando problemas?

Nora reflexionó bien antes de responder.

—Creo que lo irrito. Que me ve como si fuera una carga, alguien a quien se ve obligado a cuidar.

—Eso probablemente no sea una gran cosa, ya que Tom todavía se está acostumbrando a su nuevo papel aquí. Se crio en este manzanar y conoce bien el oficio, pero ha estado mucho tiempo fuera. Estos últimos años los ha pasado en el cuerpo de marines. Y dos de ellos desplegado primero en Irak y luego en Afganistán. Se licenció después de su segundo despliegue: su comando sufrió numerosas bajas, creo. Desde que llegó, he detectado cierta impaciencia en él que antes no tenía. A veces lo sorprendo meditabundo y me pregunto: ¿habrá perdido a buenos amigos en la guerra? Dar y recibir órdenes: esa no es realmente la manera en que hemos llevado este negocio, pero a eso ha tenido que acostumbrarse él en el ejército. Todos vamos a tener que concederle un tiempo, creo. Supongo que padecerá secuelas. Secuelas de guerra.

¿Guerra? No había estado pendiente de la cobertura informativa de aquellos conflictos, con lo que solamente le quedaba fiarse a su imaginación y a lo que había oído. ¡Y lo que había oído era horrible! Pese a lo mucho que había pasado ella misma, no podía imaginarse la guerra en Afganistán. Había oído hablar a un par de trabajadores sobre lo muy sangriento que había sido el último mes de aquella guerra, con la pérdida de sesenta y cinco soldados.

Y aunque la vida siempre implicaba desafíos, desafíos increíblemente difíciles, las niñas y ella no pasaban hambre y estaban perfectamente seguras. Se prometió a sí misma que nunca más volvería a quejarse de su situación.

—Oh, por supuesto —murmuró—. No tenía ni idea. ¿Qué podría ser peor que una guerra? Bueno, no te preocupes, Maxie. A mí me parece que está perfectamente normal. Conmigo ha sido muy amable. Si a veces se muestra un poco impaciente, supongo que tendrá buenas razones para ello.

—Uno de estos días, quizá un fin de semana, me encantaría que vinieras a casa con las niñas. Podríamos invitar a Adie. Me encantaría conocerlas. Ahora apenas tengo trato con niños pequeños. Tuve un hijo y luego un nieto, pero hace mucho tiempo de eso.

—Eso sería maravilloso, pero no tengo vehículo. Ni asientos de coche para niños —dijo Nora.

—Lo sé. No te preocupes por eso ahora. Yo nunca transportaría a tus hijas sin unos asientos adecuados.

—Eres muy amable, pero...

—Esto es algo completamente egoísta, Nora. Yo adoro a los niños. Sobre todo a las niñas pequeñas. Espero que ese estúpido nieto mío haga algo al respecto antes de que me muera.

Nora se lo pasó muy bien charlando con Maxie, pero tuvo que recordarse que no eran amigas. Maxie era la propietaria del manzanar. Y su patrona. Maxie y Tom.

—¿Hay algún otro miembro de la familia? —le preguntó a Buddy una tarde, cuando estaban volcando sus sacos de manzanas en el cajón.

—No. Tengo entendido que ella crio a Tom desde que era un bebé, pero no sé por qué y el marido de Maxie falleció hará unos diez años o así. Está Junior, el capataz. Lleva en el manzanar desde más tiempo del que puedo recordar, dado que yo era un niño entonces. Debe de ser prácticamente de la familia —de repente soltó una carcajada—. Bueno, en realidad, cualquier persona de la que Maxie se preocupa pasa a ser en cierta forma un miembro de la familia. Cuando la conozcas un poco mejor, te darás cuenta de ello.

—Creo que ya me he dado cuenta —repuso ella pensando en la invitación de Maxie para que le llevara a las niñas y a Adie, a pasar una tarde con ella, pese a que apenas la conocía.

Lo que Maxie le contó sobre Tom Cavanaugh hizo que, a partir de aquel momento, lo contemplara de una manera diferente. A lo largo de la siguiente semana se descubrió pensando en él y buscándolo con la mirada. Encaramada en las ramas de algún alto manzano, apoyada en la escalera triangular, de cuando en cuando lo veía y se quedaba observándolo subrepticiamente. Él pasaba mucho tiempo con Junior, un hombre grande y musculoso de unos cincuenta años: se reían juntos mientras trabajaban. Y, cuando Tom cargaba grandes cajones de manzanas en el camión de reparto, tensos los músculos, ella no podía por menos que admirar su espléndido físico. Vestía la misma ropa cada día: tejanos, botas y su camisa de trabajo con el logo *Manzanas Cavanaugh* en el bolsillo izquierdo, con las mangas subidas, revelando el fino vello dorado de sus antebrazos. Los músculos de sus brazos, hombros y espalda se dibujaban bajo la tela. Y su trasero perfecto enfundado en unos tejanos ni demasiado sueltos ni demasiado ceñidos atraía inevitablemente su mirada. A veces se cansaba demasiado: los tendones de su cuello se destacaban bajo su piel y, tras descargar una caja en el camión, se detenía para enjugarse el sudor de la frente. Pero enseguida se echaba a reír con alguno de los muchachos.

Se preguntó cómo sería ser su novia, la chica a la que sonreiría a cada momento, con la cual se reiría... ¿Qué clase de chica sería? ¿Una brillante y bonita profesora? ¿O una modelo o una estrella de cine, dispuesta a cambiar una vida bajo los focos por otra mucho más sencilla en una finca de manzanas?

De cuando en cuando se lo quedaba mirando fijamente mientras se lo imaginaba con vestimenta militar de faena, cargando un arma en lugar de un cajón de manzanas, y se preguntaba por lo mucho que habría sufrido. ¿Habría tenido miedo, estando tan lejos de casa y en situaciones de tanto peligro? ¿Echaría acaso de menos la sensación de riesgo, la adrenalina que proporcionaba el combate?

¿O, por el contrario, el hecho de haber vuelto a casa, a la serena belleza del manzanar, representaría un alivio? ¿Un consuelo?

★★★

Para el siguiente fin de semana, Nora fue capaz de hacer horas extras. Afortunadamente, en lugar de una jornada de diez horas, fue tan solo una larga mañana de trabajo que terminó a primera hora de la tarde. Adie le aseguró que podía dejar las niñas a su cuidado.

El domingo, cuando Nora volvió del trabajo, se encontró con que el reverendo la estaba esperando en casa de Adie, charlando con ella en la puerta.

—Hola —saludó alegre a Noah.

—¿Cómo te va?

—De maravilla. Acabo de terminar un buen día de trabajo y todavía queda luz suficiente para que la aproveche con mis hijas.

—Siguen durmiendo la siesta —informó Noah—. Permíteme que te acompañe a tu casa. Hay algo que quiero contarte.

—Claro —respondió Nora—. ¿Te parece bien, Adie?

—Perfectamente, querida. Calculo que las niñas se despertarán dentro de una media hora, quizá menos.

—No te entretendré mucho tiempo —le aseguró Noah. Caminaron calle abajo hasta la pequeña casa de Nora y, antes de que llegaran a entrar, le soltó—: Tengo información sobre tu padre. Está vivo, sigue impartiendo clases en la zona de la Bahía y te ha estado buscando.

Nora se detuvo en seco.

—¿Cómo lo has averiguado?

—Fue fácil. Busqué el nombre de Jed Crane en el registro de personas desaparecidas, mi primera parada en Internet. Y lo que encontré fue que la persona dada por desaparecida es Nora Crane.

CAPÍTULO 4

—Dejé mi nombre y mi número de teléfono en el registro digital de personas desaparecidas y, cuando recibí una llamada de Jed Crane, le dije que había conocido a una Nora Crane en Seattle, pero que dudaba que fuera la misma que él estaba buscando. Le dije que pensaba que la mujer que había conocido tendría unos treinta años de edad, y también que no podía proporcionarle una dirección. Él se mostró muy comunicativo: llevaba un par de años buscándote. Nora, siento tener que ser yo quien te diga esto... pero está intentando encontrarte porque tu madre falleció. No pude preguntarle por más detalles sin traicionarte y en los registros públicos no figura nada sobre el motivo de su muerte.

Nora se quedó instantáneamente lívida.

—¿Muerta?

Noah asintió con gesto grave.

—Creo que deberíamos concertar una entrevista con tu padre. Al parecer, tiene mucha información sobre tu madre y ninguna sobre ti. Dijo que había perdido la custodia sobre ti cuando solo tenías cuatro años.

—¿Él quería mi custodia? —inquirió Nora, en estado de shock.

—Eso dice.

—Pero yo tenía seis años. Estoy segura de que tenía seis.... estaba en primero de básica. Recuerdo exactamente lo que hice aquel día: regresé a casa, pregunté a mi madre dónde estaba papá y ella me respondió que no lo sabía. Me contó que nos había abandonado.

Con los años, Therese, su madre, había añadido que aquello había sido para bien, que su padre no era un hombre bueno. Que enredarse con ese hombre había sido el mayor error de su vida.

—Realmente creo que deberías contactar con él —insistió Noah.

—Pero ¿y si es una mala persona? ¿Y si maltrató a mi madre, como ella sostenía?

—Yo cuidaré de ti. Sé que no depositarás toda tu confianza en él antes de que tengas todas las evidencias de que se la merece. Si no quieres verlo aquí, yo te llevaré a la zona de la Bahía o a algún sitio entremedias para que os encontréis. Si lo que me ha dicho es cierto, aunque sea parcialmente, debe de tener alguna documentación: licencia matrimonial, papeles de divorcio, fotografías, algo. Obviamente, sin documentación, no tienes por qué creerte nada de lo que te diga.

—Pero... pero ¿y si ella está realmente muerta?

—¿Therese Alice Sealy Crane, de sesenta y dos años de edad?

Ella asintió con la cabeza, aturdida.

—Hay un registro público de su fallecimiento. Lo siento mucho, Nora.

—Ella me odiaba —confesó en un susurro, como si se tratara de un vergonzoso secreto.

Noah estaba sacudiendo la cabeza.

—Quizá tuviera dificultades a la hora de demostrar amor, o cariño. Tal vez hubiera cosas de por medio que de niña no comprendías. Quizá sus esfuerzos por ser una buena madre no tuvieron al final ningún éxito.

—O quizá me odiaba —insistió Nora.

—Ahora mismo tienes más preguntas que respuestas. Plantéate buscar algunas de esas respuestas. ¿Qué es lo peor que puede ocurrir? ¿Que todo lo que piensas que sabes sobre tus padres sea cierto? Confirmar eso y acallar tus dudas: eso podría ayudarte en tus esfuerzos por reconstruir tu vida.

—No soy tan fuerte —replicó Nora.

Noah soltó una corta carcajada.

—Oh, tú eres, de lejos, una de las mujeres más fuertes que conozco. Y la más dulce. Pero tuya es la decisión. Ten solamente en cuenta que yo estaré a tu lado, dispuesto a hacerte compañía en cualquier paso que des.

—No lo sé. Tendré que pensar a fondo en ello.

—Hazlo. Tienes tiempo.

—¿Y si solo me está buscando porque necesita un trasplante de riñón o algo así? ¿Y si quiere que le perdone todas las cosas malas que me hizo y de las que yo ni siquiera me acuerdo? Mejor sería no saberlas, ¿no te parece? Porque todos esos años que pasé con mi madre ya fueron lo suficientemente terribles como para encima añadir más maldades...

—Tú piénsalo bien y, si quieres hablar de ello, lo resolveremos antes de que tomes una decisión. La buena noticia es que podemos encontrarlo con facilidad. Y él quiere que lo encuentres.

¿Que se lo pensara bien? Nora no fue capaz de pensar en otra cosa durante la semana siguiente, y recoger manzanas demostró ser el trabajo ideal para ello: podía, por ejemplo, dedicarse a recordar de manera obsesiva mientras llenaba sacos y sacos.

Durante su infancia, habían sido más bien pocas las ocasiones en que Nora se había atrevido a enfrentarse con los estallidos emocionales de su madre para preguntarle por su padre, o para expresar el deseo de conocerlo.

—¿Cómo puedes seguir torturándome con eso? —había sido una de sus muchas respuestas, rabiosa—. ¿Es que solo piensas en ti?

O también había recurrido al lamento lloroso:

—He hecho todo lo posible por ti, te rescaté de un padre horrible... ¿tanto te cuesta demostrarme un poco de agradecimiento y dejar de atormentarme?

Y siempre había cabido la posibilidad de que la abofeteara, chillando:

—Debí haber dejado que te llevara consigo… ¡habrías sabido entonces lo que es el verdadero maltrato!

No tenía idea de la naturaleza del maltrato que supuestamente su madre había sufrido a manos de su padre, pero sabía exactamente qué clase de maltrato había sufrido ella a manos de su madre. Therese había sufrido bruscos cambios de humor, de manera que Nora nunca había estado segura de con qué mujer podía encontrarse cada día de vuelta del trabajo. Podía ser la Therese de buen humor con planes para darse o darle un capricho, como una pizza para cenar o una tarde viendo sus programas favoritos de televisión, o, por el contrario, la mujer malhumorada que descargaba sobre ella la tensión del trabajo, después de un largo día escuchando los problemas de gente desquiciada. Por desgracia, no pocas veces su madre se había dedicado a salir después del trabajo, al cine o de compras, con amistades que Nora rara vez había llegado a conocer porque era muy extraño que las llevara a casa.

Se esforzó por recordar el momento en que tomó perfecta conciencia de que Therese casi nunca tenía una amiga que le durara un año entero, algo que entendía perfectamente. Therese era una mujer difícil, egoísta, irritable y completamente imprevisible. También era divertida a veces, capaz de hacer reír a la gente cuando no estaba de mal humor. Era atractiva, elegante y tenía una maravillosa voz que ejercitaba cuando estaba contenta. Cuando la oía reír y cantar, Nora contenía el aliento, temerosa de permitirse disfrutar demasiado de su compañía y confiarse.

Nora probablemente habría tenido unos siete u ocho años cuando empezó a repetirse el mantra de «Yo nunca seré como mi madre». Cuando descubrió que se había quedado embarazada de Berry, le entró miedo de que algo parecido pudiera sucederle a ella para despertarse una mañana odiando a su propia hija, incapaz de controlar su propia furia.

★★★

Para la tercera tarde de aquella semana, Noah se presentó en su casa después del trabajo, solo para darle la oportunidad de hablar. La noticia de la muerte de su madre parecía haber despertado antiguos fantasmas, todos los que tenían algo que ver con su relación con ella.

—¿Cómo es posible que mi padre se quedara en la zona y no se dignara a llamarnos? ¿Que no estableciera contacto alguno, ni proporcionara ayuda a mi madre en sus peores momentos?

—Otra pregunta a responder —repuso Noah.

—O era muy malo o muy negligente —dijo Nora—. ¡Tenía una hija! ¿No debería haber hecho algo? ¿Tenía razón mi madre cuando decía que estábamos mejor sin él?

—Cuando estés preparada para ello, podrás hacerle directamente todas esas preguntas.

—Gracias a Dios, tengo un trabajo a tiempo completo. No puedo dejar a las niñas con Adie y ausentarme del pueblo. Y tampoco voy a consentir que se acerque a mis hijas.

—Todo eso se puede resolver. Una vez que hayas decidido el día, uno en que yo pueda llevarte, le pediré a Ellie que te ayude con las niñas. Se le dan de maravilla los bebés y ayudó muchísimo a Vanessa Haggerty. Ya sabes que Vanessa adoptó a uno de nueve meses cuando el suyo de año y medio todavía llevaba pañales —Noah se echó a reír y sacudió la cabeza—. Fue una locura... pero al final todo acabó bien. ¿Te acuerdas de Paul Haggerty? La pasada Navidad estuvo retirando la nieve con sus máquinas y envió uno de sus equipos a tu casa para reforzar el aislamiento térmico de puertas y ventanas.

—Mira, no necesito que todo el pueblo se entere de que Nora Crane ha tenido otra crisis, y que provengo de la familia más disfuncional imaginable.

—Sé que a veces puedes tener esa impresión, Nora: que todos los demás tenemos unas familias normales y perfectas y que solamente tú tienes problemas. Créeme, conozco la sensación. Pero la realidad no es así. Yo mismo procedo de una familia bastante desestructurada, y la pobre Ellie pasó por pruebas muy duras cuando tuvo que criar sola a sus hijos antes de que nos conociéramos. Cuando la conozcas mejor, podrás pedirle detalles al respecto. Ellie es muy directa con todo. Pero pensemos ahora mismo en el desafío al que te estás enfrentando. Necesitas ver a tu padre. Hablar con él. Plantearle preguntas. Pedirle documentos que demuestren que es realmente quien dice ser, que tus padres se divorciaron y que él tomó la decisión de no verte y de renunciar a ti, etcétera. Entérate primero de lo que tiene que decirte y luego intentaremos comprender lo que ha sucedido.

—No pienso poner en peligro a mis hijas —declaró Nora.

—Por supuesto —en eso Noah se mostró de acuerdo con ella.

Evidentemente, Nora puso al tanto de lo sucedido a sus más cercanas amigas. A Adie y a Martha, ambas de más de setenta años, y a Leslie, la vecina mucho más joven de unas puertas más abajo de su calle. Aquellas tres mujeres habían incluido a Nora en sus tertulias en el porche de sus casas y compartido historias, y resultó que todas estaban de acuerdo con Noah en que debía entrevistarse con su padre y plantearle sus preguntas.

Por supuesto, en el manzanar no había dicho nada de todo aquello. No se sentía lo suficientemente próxima a nadie para hablar de sus asuntos personales. De hecho, estaba tan preocupada pensando en la muerte de su madre y en la reaparición de su padre que solía realizar su trabajo de manera mecánica. Las horas se convertían en minutos mientras su mente estaba en otro sitio.

Cuando llegó al cruce de la carretera de Virgin River con la 36, allí estaba la familiar camioneta blanca. Y, apoyado en ella, Tom Cavanaugh. Esperando.

—Guau —murmuró, deteniéndose.

—Sube —la invitó él.

Rodeó el morro de la camioneta y subió.

—Apuesto a que cuando tu abuela te obligó a contratarme, no te imaginabas que te encargarías además del servicio de taxi.

—¿Va todo bien, Nora? —le preguntó él antes de arrancar el motor.

Se quedó sobresaltada por la pregunta. No, las cosas no marchaban bien. Pero ese era un asunto personal suyo. Aquello no tenía nada que ver con el trabajo.

—Sí —respondió—. ¿Por qué?

—Has estado muy callada.

¿Se había dado cuenta?

—¿De veras?

Tom asintió.

—¿Tus músculos están bien? ¿Espalda, hombros, etcétera?

—Sí. Ningún problema. ¿Por qué me estás interrogando?

—No quiero pecar de curioso, pero pensé que debía preguntártelo porque... Bueno, ya antes sufriste bastante y no contaste nada.

—Ya no sufro. No tengo ninguna lesión.

—Probablemente no seas consciente de ello, pero durante el primer par de semanas en el manzanar, te costaba bastante seguir el ritmo de los demás, pero te reías. También tarareabas mucho. Y cantabas. Cuando Maxie te oía cantar desde el porche trasero, me comentaba cosas como esta: «Me alegro de tener a esa chica cerca. Tiene el corazón feliz». Yo no tenía ni idea de por qué estabas tan contenta, pero la verdad es que todos terminamos por acostumbrarnos a escucharte... hasta que de repente dejaste de cantar. Y eso me extrañó.

Nora se había quedado con la boca abierta. Tardó unos segundos en recuperarse de la sorpresa.

—Espera un momento. ¿Cuándo empezó a importarte si yo estaba contenta o no?

—No es exactamente así —replicó él—. Sé que necesitas el trabajo para mantener a tu familia porque tú misma me lo dijiste, y que te costó un gran esfuerzo hacerte valer. Sé también que últimamente has estado muy callada. Quería estar seguro de que no estabas mala, dolorida o tenías problemas.

—Pues yo ni siquiera me había dado cuenta. Estaba tan contenta de tener un trabajo y de llevar comida a nuestra mesa que supongo que se me habrá notado mucho. ¿Y además cantaba y tarareaba? ¿Y tú te dabas cuenta?

Tom dio un golpe en el volante con la base de la mano, aparentemente frustrado.

—Discúlpame entonces por ser tan sensible —gruñó—. No soy un mal tipo, yo simplemente...

—Está bien, está bien... —lo interrumpió ella. Se pasó las manos por el pelo, arreglándose la cola de caballo—. Ha sido una semana muy extraña. Mi padre nos abandonó cuando yo era pequeña y yo rompí con mi madre a los diecinueve años. Hace muy poco que me he enterado de que mi madre falleció hace dos, por causas para mí desconocidas. Y resulta que mi padre desaparecido me ha estado buscando, me está buscando. O sea, que he tenido un montón de cosas en la cabeza. Pero intentaré reírme más si con eso te sientes mejor.

Esa vez fue él quien se quedó callado. Consternado.

—Lo siento. No tenía ni idea.

—Claro. Yo no suelo hablar de temas personales. Y, si te soy sincera, lamento habértelo comentado a ti, ahora mismo. Estoy convencida de que tengo la familia más horrible del planeta y en consecuencia no suelo proclamarlo.

De repente, Tom se echó a reír.

—¿Esto te hace gracia? —le preguntó ella.

—En absoluto. Si me he reído ha sido por la coincidencia de nuestros casos. ¿Quién se habría imaginado que compartiríamos algo tan extraño como una familia disfuncional?

—Bueno, yo conozco un poco a Maxie y es una persona increíble —la defendió Nora.

—Desde luego que sí. Cuando yo nací, mi padre era piloto de pruebas en la fuerza aérea, allá en pleno desierto, la base Edwards. Se dedicaba a probar los nuevos reactores. Mi madre estaba harta de vivir así, de todo lo que conllevaba ese trabajo, y eso, unido al hecho de que era muy joven, supongo que explica que mi nacimiento no hubiera sido precisamente planificado. Así que, cuando yo tenía un mes, me llevó con Maxie y le dijo: «Toma. Encárgate de él. Todo esto ha sido un error». Y se largó. Mi padre se mató en un accidente dos meses después. No tengo recuerdos ni de uno ni de otra. Así que ya lo ves: ambos tenemos un historial familiar bastante raro. Tengo entendido que mi padre era un tipo normal, pero de mi madre no sé absolutamente nada —se interrumpió—. Pero te diré una cosa: si de repente ella se presentara ante mí, le haría un montón de preguntas.

Nora se había quedado sin habla. Y pensar que hasta el momento las vidas de todo el mundo le habían parecido tan fáciles, tan perfectas...

Tom puso rumbo al manzanar. Ella se dedicó a observar su perfil. Vio que estaba sonriendo. Era un hombre difícil de interpretar: podía ser bueno, generoso y solícito, pero ella también lo había visto enfurecerse de golpe. Quizá, pensó, precisamente por haber sido hija de Therese, el problema fuera suyo y temiera un mal gesto de cualquiera, un simple fruncimiento de ceño... Seguro que no todo el mundo se desarbolaba al menor gesto de desagrado que percibiera en el otro... caso que ciertamente no era el suyo.

Tom aparcó frente a la nave. Bajó de la camioneta y ella lo siguió lentamente. Una vez ante la puerta de su oficina, se volvió hacia ella.

—¿Estás bien?

Ella respiró hondo.

—Fuiste muy amable conmigo, al haberme contado todo eso. Y también has conseguido que me sienta un poco menos... no sé. No tan mal, digamos.

Él se echó a reír.

—¿Cuánto tiempo llevas viviendo aquí?

—Ocho meses.

—Si no te lo hubiera contado yo, probablemente te lo habría contado algún otro. Todo el mundo lo sabe. Y todo el mundo habla.

—Cierto —repuso Nora.

Tom se dispuso a marcharse. Se estaba alejando cuando ella le preguntó:

—Entonces, ¿qué le preguntarías a ella? Quiero decir, a tu madre. Si un día se presentara aquí de repente.

Él se giró para mirarla.

—Supongo que le preguntaría si se arrepentía de algo.

—Ya. Tiene sentido.

—¿Qué me dices de ti? —le espetó él.

—¿Qué?

—Oh, no lo sé. ¿Te arrepientes tú de algo? ¿Quizá de haberte convertido en una madre soltera de veintitrés años que trabaja recogiendo manzanas?

Curiosamente, viniendo de Tom, no se sintió ofendida por aquella frase. Al fin y al cabo, los dos compartían un historial familiar muy difícil. Y ella iba a tener que acostumbrarse a lo que acababa de comentarle él. Que todo el mundo en aquel pueblo sabía y hablaba.

—¿O de haber tenido a mis hijas? —sugirió, sacudiendo la cabeza—. No, nunca podría arrepentirme de eso. Mis hijas son milagros andantes. Pero ¿de no haberlas tenido después de haber estado casada durante seis años con un atractivo y rico inversor financiero? Sí, de eso sí que tal vez podría arrepentirme.

Aquel comentario bromista le arrancó una sonrisa y Nora se dio cuenta de que se le formaba un hoyuelo muy atractivo cuando sonreía. En la mejilla izquierda.

—Un inversor financiero, ¿eh?

—Bueno, o neurocirujano. O astronauta. Genio de la informática. Multimillonario.

Tom se echó a reír. De hecho, echó la cabeza hacia atrás y estalló en carcajadas, con las manos en las caderas.

—Maldita sea, chica. ¡Un simple cultivador de manzanas no tendría la menor oportunidad contigo!

Ella se lo quedó mirando fijamente, viéndolo reír. Acto seguido, se dirigió a la oficina.

—Voy a preparar el café.

Si lo que había pretendido él era distraerla de sus actuales preocupaciones, ciertamente lo había conseguido con aquel último comentario. Probablemente no tenía la menor idea de lo maravilloso que sería para una mujer como ella poder criar a su familia en el entorno saludable y hermoso de aquellas montañas, en una gran casa enclavada en medio de un perfumado manzanar. O las fantasías que esa perspectiva podría inspirarle: las de verse querida y deseada por un hombre como Tom Cavanaugh.

Ese día, al final de la jornada, Tom la llevó de vuelta al cruce con la carretera de Virgen River.

—No puedes hacer esto todos los días —le dijo—. Es demasiado.

—Son solo tres kilómetros —replicó él—. Y, viniendo en coche, recoges más fruta.

—Bueno, no puedo por menos que admirar a los hombres que saben lo que quieren —dijo, y bajó de la camioneta para dirigirse a su casa. Aunque Adie la estaba esperando, pasó primero por la iglesia para buscar al reverendo Kincaid.

Esperó en la puerta de su despacho hasta que él alzó la cabeza y la vio.

—Si la oferta sigue en pie, me gustaría tener esa entrevista con mi padre. Si me acompañas tú, claro.

—Estaré encantado de hacerlo —respondió Noah—. ¿Algún día en concreto?

—Me da igual. En fin de semana, si él puede y tú también. ¿Sábado? Podría tomarme un día entre semana, creo, pero no quiero hacerles eso a los Cavanaugh: hacer horas extras en fin de semana y dejar de trabajar en día laborable. Pero, si esa fuera la única opción, creo que Tom Cavanaugh no tendría problema en darme permiso.

—Le llamaré —le prometió Noah—. A Jed Crane, no a Tom.

—Dile por favor que quiero algún tipo de evidencia documental: de que él es mi padre, de que mi madre está muerta… No sé qué más pedirle. Solo quiero estar segura de que no es un fraude. O un listillo que va detrás de algo. Ni siquiera estoy segura de poder recordar su cara.

Noah se levantó de su escritorio.

—Me alegro de que estés haciendo esto. Pase lo que pase, te mereces algunas respuestas. Le pediré a Ellie que te ayude con las niñas.

Escogieron un parque público de Santa Rosa como lugar de encuentro. Nora estaba tan nerviosa que apenas fue capaz de articular palabra durante todo el trayecto.

—Por favor, no me dejes sola con él y no le digas que tengo dos hijas —fue lo único que le comentó a Noah.

Lo obligó a hacer una parada porque tuvo miedo de ponerse a vomitar. Cuando a mediodía llegaron al parque, reconoció inmediatamente a Jed. El recuerdo acudió enseguida a su mente. Era el mismo, aunque mayor. Era un hombre muy alto, de pelo castaño que ya empezaba a escasear, con unos ojos de mirada triste y diminutas arrugas alrededor. Tenía las cejas pobladas y algo grises, un poco de tripa y llevaba los pantalones demasiado altos. Además de una camisa pasada de moda, a cuadros y de manga corta, que ella creyó reconocer de la última vez que lo había visto.

Aparentemente, él también la reconoció, porque enseguida dio unos pasos nerviosos hacia ella. Abrió incluso los brazos para estrecharla contra su pecho, lo cual hizo que Nora retrocediera instintivamente. Eso pareció afectarle mucho: casi se echó a llorar.

—Lo siento —dijo. Llevaba un gran sobre acolchado, que le tendió. Se limpió unas lágrimas invisibles, avergonzado por su reacción—. Te pido disculpas, Nora. Tenía miedo de no volver a verte nunca.

¿Qué podía decirle a su padre después de tantos años?

—¿Me llevaste alguna vez a jugar a los bolos? ¿Cuando era tan pequeña que ni sabía lo que era?

Una súbita carcajada de felicidad asomó a sus ojos llorosos.

—No tenía la menor idea de lo que se suponía debía hacer un padre de fin de semana... y sí, te llevé a los bolos. Fue un desastre, pero tú pareciste divertirte mucho. No tiraste ni un bolo. Toma —le dijo, poniéndole en la mano el grueso sobre—. Copias de todos los documentos que el reverendo Kincaid me comentó que te gustaría tener —luego le tendió la mano a Noah—. Gracias por habernos ayudado con esto. Muchas gracias.

—¿Padre de fin de semana? —inquirió de pronto Nora.

—Sentémonos en alguna parte —sugirió Jed—. Tenemos que ponernos al corriente de muchas cosas.

Se disponía a buscar una mesa de pícnic cuando Nora lo detuvo sujetándole de un brazo.

—¿Te...? —se interrumpió y, tomando aire, le espetó—: ¿Te arrepientes de algo?

—Constantemente, Nora. El problema es que no supe hacerlo mejor, de verdad te lo digo.

Localizaron una mesa a la sombra de un árbol y, pese a que era mucha la gente que había alrededor, Nora le confesó directamente:

—Mi madre decía que el episodio de los bolos nunca tuvo lugar. Yo, en cambio, recuerdo haber jugado a los bolos, plantado un jardín... a ti contándome cuentos, ese tipo de cosas... pero ella me decía...

—Eso va a ser muy duro de explicar —murmuró Jed, sacudiendo la cabeza con expresión consternada.

—¿Qué hay aquí? —quiso saber ella, sosteniendo el sobre.

—El reverendo Kincaid me dijo que no conservabas documentación alguna, que ni siquiera estabas segura de que tu madre y yo nos habíamos divorciado. Está todo ahí: copias de la licencia de matrimonio, del decreto de divorcio, la orden judicial que le otorgó tu custodia a Therese y a mí el derecho a verte un día a la semana… Pero luego perdí incluso eso. Tenía unas cuantas fotografías: de ti de recién nacida, tu primer cumpleaños, de un día en el parque, el primer día en la escuela infantil… No tenía muchas.

—Pero… ¿por qué? —inquirió Nora—. ¿Por qué nos abandonaste?

Él pareció necesitar de unos segundos para recomponerse.

—He querido explicártelo durante años, y temido sin embargo este momento —dijo—. Therese y yo tuvimos… muchas y terribles discusiones. Yo le sugerí que nos separáramos, le dije que era posible que hubiéramos cometido un error pero que podíamos superarlo separándonos amigablemente, y eso fue la gota que colmó el vaso. Eso la puso de los nervios. Podría decirse que fue ella la que me abandonó, a no ser por el hecho de que la separación se la había sugerido yo. El ataque de furia que tuvo contra mí fue colosal, y si me marché fue porque no me quedaba otra opción —se interrumpió por un momento—. Yo tenía más de cuarenta años cuando nos conocimos y estaba en plena madurez. Nunca he sido un mujeriego. De hecho, tenía muy poca experiencia con las mujeres. No éramos lo que se dice una pareja joven. Nos conocimos, salimos juntos y nos casamos demasiado rápido porque nos estábamos haciendo mayores y queríamos hijos… tu madre tenía ya cuarenta años cuando naciste. La triste verdad es que no fuimos felices mucho tiempo. Ella cayó enferma estando embarazada y padeció una terrible depresión cuando tú eras bebé, una depresión de la que le costó cerca de un año recuperarse. Quizá no llegó a recuperarse del todo, no lo sé. Therese era como una pistola de gatillo fácil. Nunca sabías lo que podía dispararla en cada momento. Me atacaba constantemente. Yo le sugerí que quizá la maternidad no le había hecho tan feliz como había esperado, y eso… —sacudió la cabeza y bajó la mirada—. Parecía que yo siempre decía las cosas equivocadas, las que más lograban molestarla.

—¿Fuisteis felices? —quiso saber Nora.

—Eso pensaba yo —respondió Jed—. Al principio. Luego surgieron problemas que yo pensaba que tenían que ver con el embarazo y la maternidad. Pero al cabo de unos cuantos años, comprendí que estábamos condenados. Yo pensaba, sin embargo, que ella te quería, Nora. Cuando yo no estaba cerca, ella parecía cuidar bien de ti. Cuando volvía a casa del trabajo, tú estabas exultante. Estabas feliz, no dabas muestra alguna de que lo estuvieras pasando mal. Yo tenía miedo de lo que a largo plazo podría significar para ti vivir con ella, pero me parecía que era muy poco lo que podía hacer al respecto —se encogió de hombros—. La verdad es que temía que pudieras convertirte en alguien como ella… así que durante años te observé a una segura distancia. Seguía tus progresos en los estudios, asistía a los eventos de la escuela para poder verte sin que me vieras, hacía preguntas sobre ti. Cuando Therese sospechó, la emprendió conmigo, perdió los estribos. Yo procuraba guardar las distancias, pero sin llegar a alejarme nunca demasiado.

—¿Y yo nunca te vi?

Jed se inclinó hacia ella, frunciendo el ceño.

—Tal vez recuerdes que tu madre dejó de hablarse con la vecina.

—Discutieron —dijo Nora—. Yo nunca supe muy bien por qué. Según mamá, ella la insultó y la acusó de algo. Dejaron de hablarse y a mí me prohibió ir a su casa. A veces, a la salida de la escuela, yo la saludaba o hablábamos en el jardín, antes de que mamá regresara del trabajo, pero hicimos un pacto: que yo lo mantendría en secreto.

—La discusión fue porque yo llamé a la vecina para preguntarle qué tal te encontrabas, cómo te iban las cosas en el colegio. A ella se le escapó eso en una conversación con tu madre. Así que Therese dejó de dirigirle la palabra, pero eso no impidió que la vecina me pasara información sobre ti —tragó saliva, emocionado—. Ella se mudó cuando tú estabas a punto de graduarte en el instituto, de manera que yo perdí mi mejor conexión contigo.

—Todo esto no puede estar sucediendo —murmuró Nora—. Esta es mi peor pesadilla… ¡Pero si ella era psicóloga!

—Eso es algo que nunca llegué a comprender —reconoció él, sacudiendo la cabeza—. Eso debería haberle proporcionado un cierto nivel de estabilidad. De comprensión. Creo que estaba mucho más trastornada que la mitad de la gente a la que ayudaba. Lo que he aprendido desde entonces es que, tristemente, ella no era ni con mucho la única psicóloga inepta. Había veces en que me gritaba de una manera que me hacía pensar que estaba completamente loca. Estaba realmente mal. Posteriormente, hay profesionales que me han sugerido que quizá tenía una personalidad al límite: no mentalmente enferma, pero sí narcisista, agresiva, tal vez un poco sociópata. Muy manipuladora. Brillantemente manipuladora. A la vez que muy funcional, muy práctica. Nosotros éramos como el agua y el aceite. Yo quería llevarte conmigo, pero ella jamás me lo habría permitido. Yo tenía algo que la sacaba de sus casillas.

—Tú y todo el mundo —musitó Nora—. Pero pudiste haberme llamado al menos.

—Sí, debería haberlo hecho, pero no quería obligarte a que le mintieras, a que le ocultaras cosas. No hay otra manera de decirlo: Therese era una mujer vengativa cuando algo la contrariaba. Y eso me preocupaba.

—Pero tú dijiste que habías perdido hasta tu derecho de visita.

—Sí, pero no como fruto de una demanda legal. Un día fui a recogerte para que pasáramos la tarde juntos, como de costumbre, y tú no estabas. A partir de entonces, esas cosas empezaron a suceder muy a menudo. Therese comenzó a gritarme, a acusarme de cosas horribles, y yo perdí los estribos. Di un puñetazo a la pared: le hice un agujero. Creo que nunca antes había hecho algo parecido, ni lo volví a hacer. Yo no soy una persona violenta.

—¡Yo me acuerdo de ese agujero! —exclamó Nora—. ¡Ella nunca lo arregló!

—Llamó a la policía. Mientras tú estabas en casa de una amiguita, me sacaron esposado de allí.

—¿Y luego?

Él sacudió la cabeza.

—Sabía que tú ibas a sufrir. Eran tantas las discusiones y peleas cuando yo me presentaba para recogerte que dejé de hacerlo. No sabía qué otra cosa hacer, no sabía cómo protegerte de aquella furia suya... Hablé con abogados, pero no iba a conseguir tu custodia y por tanto a intentar verte solo para conseguir una respuesta aún más violenta por su parte. Se peleaba con cualquiera que tenía trato conmigo. Rompió toda relación con tus tías solo porque ellas me transmitían información sobre ti. Interrumpió la comunicación cuando tú tenías siete u ocho años.

—¿Mis tías? —preguntó débilmente Nora.

—Therese era la menor de tres hermanas. Se llevaba muchos años con la siguiente. La mayor ya ha fallecido, pero Victoria vive en Nueva York. Es la heredera del testamento de tu madre. Y yo no supe que tu madre había muerto hasta que me llamó la atención que los últimos cheques que le había estado enviando para tu manutención no habían sido cobrados. Lo siento, pero no creo que puedas hacer nada respecto a su testamento.

Nora se llevó las manos a la cabeza.

—¿Cheques? ¿Testamento? ¿Tías? Oh, Dios mío... —miró a Noah con expresión suplicante—. Todo esto es una locura. No puede ser verdad. Ella me dijo que no tenía familia alguna, que nunca la había ayudado nadie. Yo recibía una beca de apoyo y trabajaba.... Mi madre solamente me pagaba los libros de texto y nada más.

—Habrías podido ir a Stanford prácticamente gratis —le dijo Jed—. Yo soy profesor allí. Tu madre me comentó que no estabas interesada.

—Solo fui a la universidad un año —miró a Jed—. Si todo esto es verdad, entonces mi madre estaba completamente loca.

—No lo creo —replicó Jed—. Clínicamente no, al menos.

He leído mucho al respecto y he hablado con algunos profesionales. Hay gente que miente, que manipula, que alberga terribles resentimientos y que no está mentalmente enferma. Sufren ataques de ira que los demás no comprendemos. ¿Qué era lo que la ponía tan furiosa? No tengo la menor idea.

—¿Y no podías hacer nada?

—Nora, ella era una persona perfectamente funcional, muy práctica. Tenía un trabajo a tiempo completo, pagaba sus facturas, criaba a su hija. Te tenía bien alimentada y cuidada. Tú marchabas bien en los estudios. Parecías feliz y tenías amigos... hasta que yo aparecía al margen de la escena y todo se iba al infierno.

—¡Ella era un desastre! No tenía amigos, al menos que le durasen. Me mintió sobre su familia, sobre ti. Nunca hubo una sola fotografía tuya en la casa. ¿Y cómo es que no la despidieron del trabajo? ¿Puedes explicar eso?

—No creo que le cayera especialmente bien a nadie, pero tienes que comprender que, trabajando en una institución asistencial como trabajaba ella, el hecho de tener un carácter difícil y ser ligeramente disfuncional no justificaba su despido. Sabía hacer su trabajo, tenía experiencia. Sé que tenía problemas de cuando en cuando, pero, por alguna razón, esas crisis nunca parecían tener consecuencias. Puedo darte los nombres de algunos compañeros suyos de trabajo: estarían dispuestos a hablar contigo, si quieres. En este sobre encontrarás la lista de libros que he leído intentando comprender cómo funcionaba su carácter. No puedo decir que haya llegado a conclusión alguna: solo han sido intentos por entender.

—¿Cuándo conseguiste el divorcio? —le preguntó ella.

—Me mudé de allí cuando tú tenías cuatro años y enseguida nos divorciamos.

—¿Por qué pensaba que eran seis? Eso es lo que yo recuerdo.

—Dejé de ir por casa cuando tenías efectivamente seis años. Aquellos dos años de diferencia debieron de ser los peores de tu vida: tu madre y yo discutíamos cada vez que yo aparecía por allí, te escondía para que yo no te viera, se negaba a que te sacara a pasear. Ni una sola vez pude pisar aquella casa sin que se montara una feroz batalla. Así que al final renuncié. Dejé de hacerlo.

—Pensaba que este encuentro me proporcionaría respuestas, no preguntas —dijo Nora, y estiró una mano buscando la de Jed, que se la apretó.

—Lo siento —murmuró su padre—. Tu madre te usó como un peón de ajedrez y al final yo te abandoné, pensando que eso sería lo mejor para ti. No puedo ni imaginarme el trauma. Te vendría bien ayuda psicológica, terapia. Yo he hecho mucha.

—¿Cómo podría confiar en un psicólogo? ¡Ella era psicóloga!

—Escucha, Nora... Hay gente buena y mala en todas las profesiones: médicos, abogados, docentes...

—Y sacerdotes —intervino Noah—. Jed tiene razón. Y un montón de gente elige estudiar Psicología buscando precisamente resolver sus propios problemas. Yo mismo soy culpable de ello.

A ella le brillaban los ojos de emoción cuando miró a Noah.

—Estoy exhausta. Creo que en toda mi vida me he sentido tan cansada.

—Quizá deberíais continuar con esta conversación por teléfono, o por ordenador. Tienes que ir poco a poco, Nora. Podrás usar el ordenador de la iglesia: te abriré una cuenta de correo electrónico —el reverendo se volvió para mirar a Jed, expectante.

—Completamente de acuerdo —aprobó Jed—. No quiero abrumarte. Estoy tan feliz de haberte encontrado, de saber que estás viva... Ah, una cosa: ¿necesitas algo? ¿Disfrutas de buena salud?

Nora asintió.

—¿Y tú?

—Bueno, tomo medicación para la presión y el colesterol alto... Pero todo está bajo control.

—¿Trabajas de profesor?

—En Stanford. Enseño Historia. Llevo ya veinte años. Me

gustaría que me contaras más cosas sobre ti. Cuando tú quieras. Mis señas y mi teléfono están dentro del sobre.

—Gracias —le dijo ella, estrechando el sobre contra su pecho, y se apartó de él para dirigirse de vuelta a la camioneta de Noah. En el último momento se detuvo y se volvió—. ¿Cómo murió?

—Una neumonía que se complicó. Fue a urgencias, la hospitalizaron y falleció muy rápidamente. Lo siento, Nora.

Ella asintió y esperó en la camioneta.

Noah se quedó hablando todavía unos momentos con Jed. Durante el trayecto de regreso, Nora tardó en abrir la boca. No lo hizo hasta que llevaban recorridos varios kilómetros.

—Un viaje tan largo para una conversación de tan solo media hora. Espero que no estés enfadado conmigo.

—Convinimos en que el encuentro se desarrollaría según tus términos. Que nadie lo controlaría: solo tú. Creo que has conseguido muchas cosas. ¿Qué opinas?

—Creo que ha sido surrealista. Y estoy completamente agotada.

CAPÍTULO 5

Noah Kincaid se había revelado un detective bastante aceptable, obligado por las circunstancias. Nora no era la única persona a la que había ayudado de aquella forma. Sabía confirmar la autenticidad de una dirección o de un puesto de trabajo y, con la ayuda de Brie Valenzuela, también de documentos judiciales. Informó a Nora de que Jed Crane le había facilitado el número de teléfono de Victoria, hermana de su madre, en caso de que quisiera llamarla cuando estuviera dispuesta. Tenía tres primos: la familia entera vivía en la Costa Este. Todos los documentos que contenía el sobre eran auténticos. Y dentro había asimismo una sorpresa incluida: un cheque. Por más dinero del que había tenido Nora de una vez en toda su vida. Cinco mil dólares.

¿Para qué es este dinero?, le preguntó a Jed en un correo electrónico enviado desde la oficina de Noah.

Yo enviaba regularmente a tu madre cheques en concepto de mantenimiento y manutención, pero, después de su fallecimiento, nadie los cobró. Pensé que el dinero podría venirte bien.

Pero tú no eres rico.

Seguro que podrás darle un buen uso.

¡Claro que podía! Lo primero que haría sería comprar asientos de coche para las niñas, solo en caso de que alguien se ofreciera a llevarlas a alguna parte. Y tenían una gran necesidad de ropa, las dos. Tendría que vestirlas para el invierno: la ropa de segunda mano no suponía problema alguno, pero aun así costaba dinero, y la necesitaba pronto. La iglesia siempre le proporcionaba algo, pero aun así tendría que comprar cosas como ropa interior y zapatos. Los pañales de Fay costaban una fortuna y la leche maternizada no era barata. Y luego estaba la matrícula de la escuela infantil.

Finalmente, había una última cosa que la preocupaba. Fue a buscar a Noah y le dijo:

—Tengo una confesión que hacerte. Es sobre la casa.

—¿Qué casa? —le preguntó él.

—La casa en la que vivo —se le encendieron las mejillas—. No tengo ni idea de quién es el propietario. Era una casucha destartalada cuando Chad nos trajo aquí. Fay estaba recién nacida. Daba la impresión de que nadie había vivido allí durante años: la puerta estaba abierta. Pregunté por su inquilino a un hombre que estaba paseando por la zona con su perro, y me dijo que los inquilinos iban y venían, que nunca había habido alguien fijo. La luz y el gas funcionaban, así que nos metimos. Noah... soy una okupa.

—¿Okupa? —repitió él.

—Te lo confieso: nadie nos ha cobrado el alquiler. En cuanto a la luz y el gas, no gastamos mucho, pero se me acumulan los impagos. Al buzón llegan facturas a nombre de una persona completamente desconocida para mis vecinos. Nadie me pregunta nada. Pero ahora que tengo algo de dinero, me gustaría arreglar todo esto. Además, estoy asustada. ¿Y si alguien...?

Noah se echó a reír.

—Nora, esa casa llevaba años abandonada... Es por eso por lo que nadie la ha estado manteniendo. Hay unas cuantas en el pueblo. ¿Tienes suministros? ¿Agua, luz?

Ella asintió y se mordió el labio inferior.

—Oh, Dios mío... ¿y si me desalojan de allí?

—Es un refugio —aclaró Noah—. Intentaré averiguar la identidad del propietario, pero a veces es mejor no preguntar, si no vas a poder soportar la respuesta... Probablemente la propiedad pertenezca al Estado o a un banco. Una casa diminuta con un solo dormitorio no puede tener tantos gastos.

—Pero uno de estos días alguien podría darse cuenta y cortarme los suministros. ¿Y si eso sucediera en invierno?

—Llámame en ese caso. Mientras tanto, utiliza parte del dinero para pagar todas las facturas de suministros que puedas —le sugirió con una sonrisa—. Te apoyaremos, Nora.

Tom tenía muchos amigos del instituto que seguían viviendo en la zona. Muchos de ellos trabajaban en ranchos familiares o fincas de viñedos; la mayoría estaban casados y algunos ya eran padres. Él se había perdido la reunión de antiguos alumnos de décimo aniversario: por entonces había estado en Afganistán. Sus amigos del cuerpo de marines o bien seguían sirviendo o bien se habían licenciado y estaban repartidos por todo el territorio de los Estados Unidos. Algunos habían muerto. Tom se mantenía en contacto con algunas viudas y padres de marines caídos en combate.

En cuanto a su vida social, de cuando en cuando se desplazaba a la costa a tomar una cerveza y alternar con chicas. No había conocido a ninguna mujer particularmente tentadora, sin embargo. Y siempre estaba Jack's, el bar del pueblo. Maxie se empeñaba siempre tanto en prepararle una buena cena todas las noches que él tenía que avisarle con suficiente antelación de sus planes cada vez que pensaba salir. «El viernes por la noche creo que saldré», solía decirle. «A lo mejor llamo a mis antiguos amigos». Maxie siempre estaba encantada de escuchar aquello. Quería que su nieto saliera y se divirtiera. Pero lo que no sabía era que rara vez terminaba llamando a nadie.

Lo que sí hacía era llevar en su camioneta a su única trabajadora, por la mañana y por la tarde. Ella había dejado de protestar y Tom se descubrió esperando con ansia aquellos momentos, fascinado últimamente por las noticias que ella había recibido de su familia. Nora había conocido a su padre y continuaba comunicándose con él por teléfono o por correo electrónico, desde la oficina de la iglesia de Noah.

—Es mucho lo que tengo que procesar —le comentó ella—. Es impresionante la cantidad de cosas que tengo que aprender de mí misma… la manera en que mis experiencias explican las decisiones que he ido tomando en la vida.

—¿Te refieres a las malas?

—Algunas malas, claro. Pero el reverendo Kincaid me está ayudando a atravesar ese campo de minas. Insiste mucho en que me fije en las buenas decisiones que he tomado, como por ejemplo en la de ser una madre buena y cariñosa. No te conozco bien ni sé lo que piensas de la paternidad, pero yo no siempre he estado segura de que terminaría siendo una buena madre. En realidad se trató de una decisión que tomé de una manera muy consciente.

—Aunque hay gente que lo es de manera natural. Como si estuvieran destinados a ello.

—Oh, por supuesto. Tu abuela, por ejemplo. Ojalá consiguiera yo algún día ser como ella…

De repente esbozó una sonrisa que iluminó de tal manera su precioso rostro que Tom pensó que era un milagro que no hubiera perdido el control del volante para salirse de la carretera. Se dio cuenta de que se estaban haciendo amigos: los amigos más improbables que cualquiera podía imaginar. Si ella hubiera sido algo más mayor y no hubiera estado tan comprometida con sus obligaciones familiares, incluso habrían podido ser algo más que amigos. Pero eso estaba descartado, por supuesto. Tom no estaba en el mercado de parejas para convertirse inmediatamente en padre. Y se mostraba particularmente reacio a convertirse en padre de unas niñas que no eran suyas.

Era una lástima que Nora arrostrara ese carga, porque había cosas de ella que lo tenían absolutamente fascinado: como por ejemplo su innegable belleza. Tenía un pelo precioso color caoba: una melena larga, sedosa, espesa. Solía recogérsela en una cola de caballo, pero a veces también se la dejaba suelta, y se la peinaba con los dedos y se la sacudía cuando soltaba la cinta con que se la sujetaba. Tenía unos ojos de un curioso tono castaño que se volvía casi gris a la luz de la mañana. Y unas cejas finas y oscuras: cuando alzaba una, su expresión se tornaba especialmente provocativa. Sí, era sexy, seductora. A Tom le encantaba que disfrutara de sus tiempos de descanso en el manzanar, al aire libre, en lugar de retirarse a la sala habilitada en la nave. Ella afirmaba que el otoño era su estación favorita y que no tardaría en dejar paso al invierno. Y cuando le comentaba que trabajar en el manzanar era como una fantasía que jamás se había atrevido a soñar... esa frase lograba tocar una fibra muy profunda en el corazón de Tom.

Casi todo en ella le atraía. Excepto su pasado, por supuesto. Y la familia ya montada que tenía... de cuyo padre no sabía nada.

Disfrutaba con sus conversaciones, con las cariñosas pullas que a veces le lanzaba. Allí estaba ella, trabajando duro y ganándose a pulso su suerte. Eso le gustaba mucho. Pero, por lo demás, él seguía buscando, o esperando, a la mujer que algún día sería la de su vida. Y dudaba que esa mujer se pareciera en algo a Nora.

Pero mientras tanto, no solamente se dedicó a llevarla y a traerla del trabajo: al cabo de una semana, empezó a hacer todo el trayecto hasta el pueblo para recogerla directamente allí. Y aunque intentaba no buscarla durante las horas de trabajo, al final siempre se las arreglaba para encontrar algo que hacer cerca de donde ella estaba recogiendo.

Una mañana, Maxie se fue de compras a la costa y, nada más verla salir por la puerta, Tom fue a la cocina y preparó un enorme bocadillo de carne, queso, lechuga, tomate y canónigos. Lo cortó en dos mitades, lo envolvió todo en una toalla de papel y salió para el manzanar. Se dirigió directamente al lugar donde la había visto recoger manzanas por última vez, pero no la encontró.

Se internó en el manzanar hasta que finalmente la oyó cantar y se guio por el sonido. Muy pronto, sin embargo, se dio cuenta de que no estaba cantando, sino llorando. Apretó el paso mientras la buscaba.

—¿Nora? —la llamó. Pero ella no contestó. Sus sollozos se volvieron aún más desgarrados. Sintió el pánico subiendo por su pecho. El temor a que le hubiera sucedido algo malo se impuso a cualquier otro pensamiento.

Finalmente descubrió su tartera al pie de un árbol. Sentada en el suelo, con la espalda apoyada contra el tronco, allí estaba Nora, con el rostro escondido entre las manos. En tres zancadas se puso a su lado y cayó de rodillas frente a ella.

—Dios mío, ¿estás herida? —le preguntó.

Negó con la cabeza y clavó en él sus ojos húmedos y enrojecidos. No contestó, sino que continuó llorando.

Tom puso a un lado el bocadillo y la tomó suavemente de los hombros.

—Nora, háblame. Cuéntame qué te ha pasado.

Ella volvió a negar con la cabeza y siguió sollozando.

Atrayéndola hacia sí, la abrazó. Le susurró por lo bajo palabras cariñosas.

—Tranquila, tranquila… —la meció suavemente.

Por fin, entre sollozo y sollozo, oyó que decía:

—Me acuerdo… —y continuó llorando.

Tom siempre había detestado ver llorar a las mujeres. El llanto femenino siempre le había parecido un síntoma de debilidad o de manipulación. Pero, cuando Nora cerró los puños sobre su camisa y hundió el rostro en su pecho, le resultó curioso que ese lugar común no acudiera a su mente. Las lágrimas le estaban empapando la camisa, pero no le importó. Y aunque se moría de ganas de conocer el motivo de aquellas lágrimas, no le importaba esperar el tiempo que fuera necesario: lo único que quería era cuidar de ella. Anhelaba consolarla, aliviar sus preocupaciones, protegerla como fuera.

La abrazó durante un buen rato hasta que ella inspiró profundamente varias veces, recuperándose. Contra su pecho, murmuró:

—De repente lo recordé todo de golpe. Estaba subida en el manzano, en lo alto de la escalera, y de pronto recordé —apartándose un poco, pero agarrándole todavía la camisa con un punto de desesperación, añadió—: Jed, mi padre, dijo que se divorció cuando yo tenía cuatro años, pero que dejó de visitarme cuando ya tenía los seis, y durante todo este tiempo yo había creído que mis padres se divorciaron cuando yo tenía esa última edad. Y, de pronto, he recordado el día exacto en que llegué a casa del colegio, yo estaba en primero, y pregunté a mi madre si papá iba a venir —sacudió la cabeza—. Perdí dos años de mi vida. Y ahora acabo de recuperarlos.

Él deslizó los dedos por su pelo y, de la misma manera que la había visto hacer a ella por lo menos una decena de veces, le soltó suavemente la cola de caballo. Extendiéndole la melena sobre los hombros, la miró a los ojos y le sonrió.

—¿Tanto es lo que puede recordar una niña de cuatro años?

—Sí. Recuerdo por ejemplo haberme escondido debajo de la cama, detrás de las pesadas cortinas de mi madre, en el armario... Porque, cuando mi padre venía a verme, siempre se producía una pelea horrible... muchos gritos. Mi madre le chillaba. Y él se mostraba tan pasivo... no dejaba de decir: «Yo lo único que quiero es sacar a Nora de paseo, te la devolveré a tiempo...». Pero mi madre reaccionaba de una forma tan horrorosa que yo me quedaba aterrada y no podía dejar de temblar. Me orinaba encima y ella le echaba la culpa a papá. Oh, Dios, lo recuerdo todo tan bien... —tragó saliva convulsivamente—. Y luego, cuando yo volvía a casa, mi madre se pasaba toda la noche como loca, y a veces ese estado le duraba toda la semana. Recuerdo haberle dicho un día que no quería salir con papá, pero solo porque pensaba que eso ayudaría a mejorar las cosas. A él le dije que no debía venir a casa porque eso hacía enfadar y llorar muchísimo a mamá. Lo recuerdo bien —enormes lágrimas rodaban por sus mejillas—. Yo lo expulsé de mi vida, Tom. No volvió a aparecer por casa. Nunca llamó, ni me envió postales, nunca más volvió por vacaciones, o por mi cumpleaños. Y mi madre solía decir: «Está mejor fuera de nuestras vidas. Es un canalla maltratador» —y dejó caer nuevamente la cabeza contra su pecho.

Tom se sentó sobre sus talones, frente a ella. Le pasó las manos por el pelo. Hacía mucho tiempo que anhelaba tocárselo, pero nunca se imaginó que terminaría haciéndolo en aquellas circunstancias.

—Yo recordaba cosas —prosiguió ella—. Detalles muy pequeños, como por ejemplo que me subía a un taburete para fregar los platos con él en una pila que no era nuestra pila, la de la casa de mi madre. O que me llevaba a jugar a los bolos, cuando la bola pesaba la mitad que yo y él se reía con ganas. O me veía leyendo en el parque, jugando en los columpios, o comiendo un helado con él... todos recuerdos hermosos que no encajaban con un presunto maltratador. Mi madre me decía que aquellas cosas nunca habían sucedido y que yo me las había inventado. Decía que él me había maltratado y que yo tenía recuerdos enterrados —alzó la cabeza por un instante—... Y sí que los tenía... solo que no pertenecían al tipo de los que decía mi madre.

Tom le enjugó las lágrimas con el pulgar.

—¿Estás llorando porque los recuerdas?

—No lo sé —respondió ella—. Porque de repente me he dado cuenta de que llegué a enterrar en la memoria... los dos años enteros que él estuvo fuera de mi vida. De que mi madre está muerta y que fue ella la culpable de todo. De que mi padre volvió para decirme que había fallecido y para disculparse conmigo —se sorbió la nariz—. ¿Tienes idea de lo que habría dado yo por haber oído decir eso a mi madre? ¿Por disculparse conmigo?

Tom apoyó la frente contra la de ella mientras le masajeaba suavemente los hombros.

—Por supuesto que sí —respondió, porque nada le habría gustado más que saber qué era lo que había sucedido entre sus padres, cuando se había resignado a no saberlo nunca.

—Es verdad —Nora respiró hondo—. Tengo que recomponerme. Es hora de volver al trabajo...

—Todavía no —dijo él. Alcanzando el envoltorio del bocadillo, procedió a abrirlo—. ¿Tienes agua ahí dentro? —señaló su mochila con la barbilla. Al ver que asentía, le preguntó—. ¿Quieres compartir esto conmigo?

—Claro —aceptó, y sacó la botella grande que solía rellenar cada noche con agua del grifo.

Tom dejó el bocadillo en el suelo, sobre una servilleta de papel, y le entregó otra a ella.

—Creo que vas a necesitarla.

Ella se secó las lágrimas y se sonó la nariz, pero al instante los ojos volvieron a llenársele de lágrimas.

—Gracias, Tom, pero no creo que pueda comer nada.

—Me imaginaba —dijo él, tendiéndole su mitad del bocadillo—. Pero quiero que des un par de bocados. Ya verás como luego te sientes mejor. No te preocupes —dijo, riéndose por lo bajo—. Yo me comeré lo que te dejes.

—¿Por qué has hecho esto? —le preguntó, atreviéndose a dar un diminuto mordisco.

Tom sonrió, algo incómodo.

—Maxie se fue al pueblo a comprar. No había nadie observando, haciendo suposiciones…

—Ah —dijo ella, masticando—. Temes que Maxie piense que te gusto.

—Estoy seguro de que eso ya lo piensa. Ya sabe que te llevo y te traigo en la camioneta. Se da cuenta de todo. Pero entre los viajes y un bocadillo compartido… no quiero que se haga cábalas, como si pensara que estoy pasando a una segunda fase. Porque no es el caso.

—Porque somos patrón y empleada —apuntó ella, ayudándolo.

—Y amigos. Porque somos amigos, ¿verdad? Te he visto sonarte la nariz. Y eso es algo bastante íntimo, ¿no te parece?

Nora se rio a pesar de sí misma. Dio otro mordisco al bocadillo.

—Eres un hombre sensible, muy en el fondo.

Él le lanzó una mirada muy seria. Sacudió la cabeza.

—No lo sé. He estado en Irak y en Afganistán con los marines. He visto a hombres hechos y derechos llorar por sus madres. Les prometí que iría a ver a sus viudas si no volvían con vida.

Nora se quedó paralizada. Empezó a toser y por poco se ahoga.

—Dios... ¿Cómo puedo ser tan egoísta? Lo que he pasado yo no es nada comparado con la guerra.

Tom volvió a acariciar su larga y maravillosa melena.

—No digas esas cosas, Nora. Tú has vivido tu propia guerra. Todo esto ha tenido que ser terriblemente traumático para ti.

Sus ojos volvieron a inundarse de lágrimas, pero se las arregló para contenerlas.

—¿Lo ves? Eres muy comprensivo —le tendió su mitad del bocadillo.

—Creo que solo le has dado tres mordiscos. Y pequeños. ¿Por qué no haces por comer algo más? Me ha costado un montón de trabajo preparar este bocadillo.

Ella se rio de nuevo, pero le dio otro mordisco. Y pensó en lo inquietante de aquella situación. Porque, si realmente le gustaba a alguien como Tom... entonces todo sería tremendamente maravilloso. Si un hombre bueno y honesto como era él, con un cuerpo tan sexy, sentía alguna atracción por....

Dio otro mordisco, interrumpiendo ese pensamiento.

—Está muy bueno, de hecho.

—¿De qué es el bocadillo que te traes cada día? —le preguntó él.

—Mantequilla de cacahuete con mermelada. El favorito de Berry. Se lo pongo con un plátano y, a veces, con rodajas de manzana dentro. Proteínas, carbohidratos y fruta.

Tom dio un mordisco gigante a su mitad del bocadillo. Cuando hubo tragado, le dijo:

—Enséñale a untar la mantequilla de cacahuete en las rodajas de manzana. O llévate hoy un poco de mantequilla de manzana. La mantequilla de cacahuete y la de manzana hacen un buen bocadillo. Te daremos también sidra. A Berry le gustará: tiene muchas vitaminas, rebosará energía —arqueó las cejas—. Quizá se salte la siesta, ahora que lo pienso. Pero es energía de la buena.

—Definitivamente eres un gran defensor de las manzanas.

—Adoro las manzanas —Tom sonrió—. Un mordisco más. ¿Puedo beber un trago de agua?

—Por supuesto —le tendió la botella. Y dio otro mordisco más a su parte del bocadillo.

—¿Te sientes un poco mejor?

—Sí, perdona. No sé, de repente me entraron unas enormes ganas de llorar. Los recuerdos, luego el llanto, luego la furia, luego el dolor, luego… No sé lo que me pasó. Pero gracias. Sí, estoy mucho mejor —le tendió su bocadillo. Al ver que arqueaba las cejas, le dio todavía un último bocado—. Ya está. Remátalo tú. Si después me vuelve a entrar hambre, tengo el mío de mantequilla de cacahuete.

Tom atacó su mitad del bocadillo. Ya había acabado con la suya.

—¿Por qué le pusiste Berry a tu hija?

—No lo sé —respondió Nora, encogiéndose de hombros—. Estaba sola y desesperada, y las únicas amistades que tenía eran las del motel infestado de droga donde vivía, o las que conocí entre la clientela de los servicios médicos… mientras que lo único que yo quería era un nombre alegre para un bebé al que no sabía cómo iba a poder mantener. Me gustó. El nombre.

Tom frunció el ceño.

—Estuviste en un mal lugar.

—Así es.

—¿Y ahora?

—Ahora, en un buen lugar. El mejor trabajo que he tenido nunca, aunque puede que no esté diciendo esto dentro de un par de meses, cuando vengan los fríos. Las niñas están felices, sanas. Puedo mantenerlas en un pueblo que nos ha acogido con los brazos abiertos pese a que aparecimos aquí como surgidas de la nada. Estoy muy agradecida. La vida me va bien, pese a que todavía tengo algunos asuntos que arreglar —bebió un sorbo de agua y le tendió la botella—. Bueno, tengo que volver al trabajo.

—Aún no —dijo él—. Creo que lo mejor que puedes hacer

es tomarte la tarde libre. Vete a ver al reverendo Kincaid. Habla un rato con él...

—Ya me gustaría, pero tú pagas mejor —repuso, sonriendo.

Él se levantó y le tendió la mano para ayudarla a incorporarse.

—Sí, pero seguro que la inversión de tiempo merecerá la pena. Si Noah va a ayudarte a atravesar este campo de minas, como tú lo llamas, el bajón que has sufrido hoy merecerá la pena.

—Probablemente tienes razón —dijo ella—. El detalle del bocadillo... ha sido bonito. Pese a que solo lo hiciste porque no estaba Maxie.

—Bueno, un tipo ha de ser un tanto taimado cuando tiene una abuela como Maxie. Es un poco marimandona. Vamos, pasaremos por casa y te daré algo de sidra y de mantequilla de manzana antes de llevarte a Virgin River.

Varios días después, tras haber hablado con Noah y meditado bien sobre su situación, Nora telefoneó a su padre.

—Ahora lo recuerdo —le dijo—. Fui yo quien te echó.

—No puedes asumir esa responsabilidad, Nora. Solo tenías seis años. Y yo me había dado cuenta de lo muy difícil que se había vuelto nuestra situación. Pensaba que estabas aterrada de mis visitas, y con razón. No solo era Therese la que se ponía imposible a veces: fui yo quien hizo ese agujero en la pared de un puñetazo. Nuestra relación estaba fuera de control. Tenía que dejarla... Yo era como gasolina para el fuego de Therese.

—¿Cómo es que terminasteis juntos, por cierto? —le preguntó ella.

—Yo mismo me he hecho esa pregunta muchas veces. Nos conocimos en un evento de la universidad, una presentación de los estudiantes de primer año. Yo era uno de los muchos profesores de Berkeley. Estaba paseando por la zona, viendo las diversas presentaciones, cuando me tropecé con ella. Tu madre era una mujer muy atractiva. Me hizo reír tanto...

—Podía ser muy divertida —evocó Nora—. Había veces, entre sus ataques de ira, que nos reíamos juntas. Y otras veces era tan autodestructiva que ahora me cuesta recordar aquellos accesos de buen humor. Pero ¿cómo es que terminasteis casándoos?

Oyó un suspiro al otro lado de la línea.

—Nos casamos demasiado rápido. Tuvimos varias citas, hablamos de que ya éramos mayores, ella con treinta y nueve y yo con cuarenta y cuatro... ambos habíamos querido casarnos y tener una familia, y la oportunidad no nos había llegado. Así que pocos meses después corrimos al juzgado a casarnos con la idea de intentar formar una familia antes de que fuera demasiado tarde. Fue el hecho de vivir juntos, como marido y mujer, lo que me permitió descubrir que Therese era muy distinta de la persona que parecía a primera vista.

—¡No me digas...!

—Bueno, durante un tiempo, yo estuve como flotando en una nube. No soy un tipo precisamente excitante. Soy un tranquilo, estudioso y aburrido profesor de Historia. Me entusiasman cosas que a los demás, o a muy poca gente, les importa. Y de repente resultaba que yo le había gustado a una mujer preciosa, divertida, inteligente. Le había gustado mucho. Y hasta había querido estar conmigo, fundar una familia conmigo... Era una sensación muy potente. No pude resistirme. Creí que finalmente había encontrado la vida que siempre había anhelado tener. Ella se quedó embarazada inmediatamente. Y luego yo pensé que gran parte de sus rabietas y ataques de furor tenían que ver con eso.

—Ya —dijo Nora—. Sí, esos ataques le venían de golpe, inesperadamente. Yo nunca sabía cómo iba a levantarse cada día. Pasaban días, a veces semanas, y todo parecía normal. Quizá no fuera el colmo de la felicidad, pero normal. Hasta que de repente ocurría algún incidente: una discusión con los vecinos, un desacuerdo en el trabajo, una disputa con una amiga... ¡Una vez una multa de tráfico la tuvo en ese estado durante semanas! Era algo regular. Frecuente. No sé qué era lo que la volvía tan loca.

—También estaban las mentiras: cosas que decía que le hacía la gente, y que no eran verdad. Afirmaba que cierto policía de tráfico la había maltratado de alguna manera...

—Eh, sí —dijo Nora—. Sobre eso tenía una historia muy elaborada. Pero había cámaras en los coches patrulla. Eso le acarreó problemas... y le provocó un prolongado ataque de ira. Si había una cosa que Therese odiaba, era que la sorprendieran en una mentira.

—Ahí lo tienes —dijo Jed—. Después de cuatro años intentando ser la reina del melodrama, yo me cansé y le dije que no podía seguir soportando sus cambios de humor, sus ataques de furia. Yo no era la única víctima de esos ataques, pero la mitad del tiempo que pasé con ella era como un enorme melodrama que no podía comprender y con el que no sabía cómo lidiar. Y eso me convirtió en la persona ideal sobre la cual descargar su ira. Le sugerí una separación legal. Le dije que pensaba que la presión del trabajo y de la maternidad la estaba afectando y que yo podía descargarle parcialmente de aquella tensión. Quería llevarte conmigo. Y fue como si hubiera lanzado un misil: inmediatamente se puso a la defensiva. Fue a buscar a un abogado. Aquello fue la guerra —respiró hondo—. Lo siento, Nora. Yo tuve la culpa de todo.

—Bueno... te acepto la disculpa, pero ahora sé que tú tenías tan poca capacidad como yo de cambiar las cosas. La vida era a veces tan dura con ella...

—Lo siento tanto, Nora... Daría lo que fuera con tal de haber sido más inteligente, más hábil. Con tal de haber sido un mejor padre.

—¿Y si yo he heredado su... inestabilidad?

—Según sus hermanas, fuera lo que fuera, la padecía ya desde que era niña. Sus hermanas eran mayores que ella: más altas, más fuertes, presumiblemente más inteligentes... y, sin embargo, le tenían miedo. En nuestra boda, no quiso que nadie de su familia estuviera presente. Nora, yo no sé cuál era la causa de los problemas de tu madre, pero, si tú no has tenido esos mismos problemas hasta ahora… estoy seguro de que estás libre de ellos. Detesto haberme perdido tantos años de tu vida.

—Tengo algo que decirte —le comentó ella—. Hay… tengo… —tragó saliva—. Tengo dos niñas. Una tiene casi tres años, y la otra diez meses. Y no, no he estado casada. Se llaman Fay y Berry.

Escuchó un extraño sonido al otro lado del teléfono.

—Dios —susurró Jed—. Oh. Dios mío…

—Son muy guapas e inteligentes.

—¿Puedo…? ¿Me dejarás conocerlas?

—Puedes visitarlas alguna tarde que yo no trabaje —respondió ella—. Aunque eres mi padre y llevamos hablando ya un par de semanas, no estoy preparada para dejarte a solas con ellas, así que eso es lo máximo que puedo hacer por el momento. Trabajo muchas horas. No estoy cerca de Stanford: vivo en el condado Humboldt. Hay un par de moteles en la costa a media hora en coche de aquí. En el pueblo no hay hoteles ni pensiones.

—No te preocupes por eso. Dime solo cuándo podré acercarme. Me tomaré el día libre. Oh, Nora, gracias por decírmelo. Gracias por haberme dado esta oportunidad.

—Sí, no lo estropees —le advirtió ella—. De milagro he podido sobrevivir a una mala madre… A la primera señal de que vaya a recorrer ese mismo camino contigo… se acabó.

CAPÍTULO 6

Un día, de camino al manzanar, Nora le confesó a Tom:
—Voy a dejar que Jed visite a las niñas el domingo por la tarde, conmigo presente.
—¿Jed? —inquirió Tom.
—Puede que tarde todavía algún tiempo en llamarle «papá».
—Pero vas a dejar que conozca a tus hijas...
Ella soltó una risita.
—No voy a entregárselas, solo voy a dejar que las vea. Y que ellas le conozcan. Creo que es lo justo.
—¿Quieres que esté yo presente? ¿Por si te pones nerviosa?
—Y yo que pensaba que me encontrabas irritante... —le sonrió.
—Bueno, quizá un poco. Al principio...
—Tengo todavía algunas dudas sobre él, pero ya no le tengo miedo. Los recuerdos que conservo de Jed son buenos. El reverendo Kincaid lo ha investigado. Supongo que nos ha contado toda la verdad.
—¿Supones?
—Bueno, no confío demasiado en mis instintos a la hora de distinguir la verdad de la mentira. ¿Cómo te crees que acabé sin un céntimo, con dos niñas pequeñas y sin marido ni pareja?
Tom la sorprendió deteniendo la camioneta a un lado de la carretera.
—De hecho, precisamente quería preguntártelo, solo que no

me parecía muy cortés hacerlo. Pero dado que has sacado el tema...

—Sientes curiosidad, ¿eh?

—No diré nada a nadie —le prometió él—. Pero si no quieres hablar de ello.... No es asunto de mi incumbencia.

—No, probablemente no —repuso ella—. Asunto de tu incumbencia, quiero decir. El caso es que seis meses atrás era incapaz de hablar de ello. Noah ha conseguido que empiece a salir lentamente de mi caparazón. Estoy empezando a poner las cosas en perspectiva, a darme un respiro de cuando en cuando. Al principio era tan dura conmigo misma, pero... bueno, esta es la cuestión. Estaba en primero de universidad, era la primera vez que me alejaba de casa. En el instituto no había salido con nadie. No había sido precisamente una de las chicas más populares. El caso es que... —se encogió de hombros—. Un día me fui con unas amigas a ver un partido de béisbol. Conocían a un par de jugadores que estaban en el equipo universitario y que aspiraban a jugar en las grandes ligas... Uno de ellos, uno muy guapo, atlético, se puso a flirtear conmigo. Y yo me enamoré de golpe, ¡pam! Cinco meses después, antes de que empezara el segundo año, yo estaba embarazada y él de viaje con su equipo —bajó la mirada y volvió a encogerse de hombros.

—¿Y? ¿Qué sucedió entonces? —le preguntó Tom.

—No dije nada hasta que él volvió de aquel viaje. Yo vivía en un apartamento del campus de Berkeley y supongo que pensé que se casaría conmigo o algo así, que me llevaría consigo... Pero él me dijo: «Tendrás que decirle a tu madre que te ayude, porque yo voy a estar todo el tiempo de viaje». Así que me acompañó a mi casa. Y mi madre se puso como loca. Se puso a lanzar mis cosas al jardín. Me echó de allí. Me dijo que, si yo pensaba que ella iba a cuidarme el bebé mientras yo seguía yendo a la universidad, es que estaba loca. Me lo tiró todo al jardín. Todas mis cosas.

—¿Qué cosas? —quiso saber él.

—Ya me había mudado al apartamento del campus, así que

no tenía mucho allí. Pero mi madre me dijo que no recibiría más dinero, ni para mis estudios ni para nada más. Me comentó que, en todo caso, no era lo suficientemente inteligente para seguir estudiando. Así que lo metimos todo en el coche de Chad. Él me dijo que sabía de un lugar donde podría quedarme —esbozó una mueca—. Era un sitio horrible, pero supongo que en el fondo yo pensaba que me lo merecía: había cometido un terrible error. De modo que me mudé a ese horroroso motel en un barrio deprimido de la población. Acudí a los servicios sociales en busca de ayuda y atención sanitaria y... y Chad volvió a marcharse con su equipo. No volví a saber nada de él hasta después de varios meses.

—¿De veras? —dijo Tom—. ¿Ni siquiera te llamó?

—Me llamó unas cuantas veces, pero parecía más interesado en tener noticias de otra gente, que de mí. Como un par de amigos suyos que vivían por la zona. Solo que no eran realmente amigos, sino unos tipos que le pasaban droga —lo miró a los ojos—. Antes de descubrir que estaba embarazada, solíamos fumar algo de hierba. Seguro que eso es algo que tú nunca hiciste...

Tom se echó a reír.

—Oh, por supuesto que no... ¿un chico formal y anticuado del condado Humboldt? Aquí la cultivamos nosotros mismos.

—¿En serio? —exclamó, impresionada.

—No se lo digas a nadie. Maxie no se pondría muy contenta si se enterara, aunque ya sabía entonces que yo era un chico muy alocado.

—¿De verdad?

—Oye, que yo no era ningún adicto —replicó, indignado—. Era muy joven, un chiquillo. Cervezas, algún porro y nada más. Nunca me metí en problemas —sacudió la cabeza—. Maxie me habría matado. Lo haría incluso ahora.

Nora se echó a reír.

—Tranquilo, que tu secreto está a salvo conmigo. Y eso describe perfectamente mi propia experiencia. Me di cuenta de que estaba embarazada de Berry y, a partir de entonces, eso se acabó. Pero ¿Chad...? Yo no tenía la menor idea, pero él sí que estaba colgado: era como un buque hundiéndose. Dado que lo veía tan poco, ¿cómo habría podido saberlo? Pero cuando volvió después, cuando me quedé embarazada de Fay, su apariencia había cambiado del todo. Se había quedado tan delgado... Lo descubrí demasiado tarde. Había caído de cabeza en el consumo de todo tipo de drogas, le habían expulsado del equipo, había empezado a trapichear para financiar su vicio. No era ya el mismo tipo que tanto me deslumbró cuando con diecinueve años lo vi jugar aquel partido de béisbol —miró a Tom y ladeó la cabeza—. Yo era joven y estúpida, no tenía ninguna experiencia. No sabía nada de la vida. Y no tenía a nadie en quien apoyarme.

—¿Y qué sucedió luego? —preguntó Tom.

—¿Luego?

—Bueno, tienes dos niñas.

—Oh. Bueno, para cuando tomé conciencia de lo que sucedía yo tenía a una niña de un año y estaba embarazada de otra, viviendo de la asistencia pública en una casucha. Tenía veintiún años, estaba sin blanca, no tenía familia y Chad me convenció de que nos viniéramos al condado Humboldt porque había encontrado trabajo aquí, pero Fay vino antes. Era invierno y él me dejó colgada con las niñas en una casa que era una nevera. Si no hubiera sido por la amabilidad de las vecinas, dudo que hubiéramos sobrevivido.

—¿Qué clase de trabajo vino a hacer aquí? —quiso saber Tom.

—Me dijo que había conseguido empleo con un granjero —respondió ella con una triste carcajada, ruborizándose ligeramente—. Lo dudo mucho. ¡Estábamos en Navidad! ¿Qué granjero contrata mano de obra con un metro de nieve? Creo que era un cultivador y que Chad fue despedido o lo dejó colgado, o incluso que lo robó antes de largarse. El caso es que nos abandonó, pero volvió seis meses después en busca de dinero y alguna gente del pueblo lo atrapó intentando robarme... ¡a mí! Jack, Noah, Preacher y Mike V., el policía del pueblo. Llamaron al sheriff y Chad está ahora en prisión. Espero que siga allí el tiempo suficiente como para que se olvide de nosotras.

Tom se había vuelto hacia ella, apoyado en el volante. El otro brazo lo tenía estirado en el respaldo del asiento de Nora, muy cerca de su cabeza. Se la quedó mirando fijamente durante un buen rato.

—Lo has pasado verdaderamente mal —comentó al fin.

Ella respiró hondo.

—Ojalá no me hubiera equivocado tanto.

—Eras muy joven.

—Tenía amigas que eran igual de jóvenes que yo, pero que se protegieron mucho mejor.

—¿Sí? Yo tenía amigos que eran mucho mejores que yo, en muchas cosas. Pero yo cultivo unas excelentes manzanas —le recogió delicadamente un mechón detrás de la oreja.

—Estoy muy impresionada con tus manzanas —le confesó ella.

—¿No decías antes que no confiabas en tus instintos? Yo creo que ahora has mejorado mucho.

—Cuando nació Berry, me asistió una comadrona encantadora. Me comentó que era abuela. Le dio tanta pena que mi madre no quisiera saber nada de la llegada de su nieta… Me dijo que ella no se habría perdido el parto de su hija por nada del mundo. Y añadió: «Tú lo harás muchísimo mejor que ella. Ya lo verás». «Enhorabuena», me dijo cuando me puso a Berry en los brazos. «Te presento a la que será tu mejor amiga para toda la vida». Y ahora parece que hay más de una persona a la que admiro que parece creer en mí.

Él seguía mirándola fijamente, en silencio.

—Debería ponerme a recoger manzanas —le recordó ella.

Tom pareció salir de su trance.

—Sí —y arrancó de nuevo la camioneta.

★★★

Había sido demasiado joven para aprender una lección tan dura de la vida, reflexionó Tom. Ya había sabido que Nora tenía un pasado difícil, pero la historia que le había contado había sido mucho peor de lo que se había imaginado.

A lo largo de aquel día, mientras recogía manzanas y revisaba los árboles, no dejó de pensar en su experiencia, comparándola con la suya propia. Tenía casi treinta años y acababa de tomar conciencia de que estaba preparado para hacerse cargo del manzanar, para casarse y formar una familia: una decisión tanto emocional como práctica, que había requerido de mucha reflexión. Una decisión de la que apenas dos años atrás no había estado nada cerca y que, cinco años atrás, lo había aterrorizado. Pero había abandonado el cuerpo de marines con la conciencia de que aquella sería la siguiente fase de su vida.

¿Y había vuelto a Virgin River? ¿Dónde demonios pensaba que iba a encontrar a una esposa allí? Todas las chicas que le habían gustado en el instituto se habían casado y en aquel momento estaban divorciadas y con hijos. No, no era eso lo que él estaba buscando. Los niños lo asustaban ya demasiado como para pensar en hacerse cargo de los de los demás.

Estaba tan agobiado con aquellas reflexiones que suspiró de alivio cuando Junior le informó de que no necesitarían hacer horas extras aquel fin de semana. Nora parecía muy contenta cuando se subió a su camioneta.

—Bueno —dijo—. Este fin de semana es el de la reunión familiar. ¿Tienes tú algún plan?

—Ninguno —respondió él. Pero pensó que quizá debería intentar pasar el día fuera del pueblo, quizá todo el fin de semana—. Diviértete. Te recogeré el lunes por la mañana.

Tom estaba sentado a la mesa de la cocina, delante de su portátil y con una taza de café al lado. Debería estar revisando números y tablas, pero estaba demasiado distraído. No dejaba de pensar en Nora y en sus hijas. En su antiguo amante, drogadicto. Una cosa era tomar algunas cervezas y un porro, pero... ¿enredarse con un tipo que había acabado en prisión por tráfico de drogas y asalto con violencia? Y luego estaba su juventud. ¿Veintitrés años y ya con unas experiencias tan duras? No había esperado una virgen, pero por el amor de Dios...

Nadie parecía haber reparado en su humor meditabundo.

—Estás muy callado —observó Maxie.

Tom esbozó una mueca y miró a su abuela. Excepto ella, por supuesto. Gruñó algo sobre que tenía muchas cosas en la cabeza.

—Y gruñón también —repuso ella—. ¿Otra vez de charla en los manzanos?

—Sé que te parecerá muy gracioso, pero...

—Quizá esto te anime —dijo Maxie, sacándose un papel de un bolsillo. Lo desdobló e intentó alisarlo—. Te llamó una chica. Le gustaría que la llamaras.

Tom se quedó con la boca abierta. No estaba saliendo con ninguna chica. Miró a su abuela sin comprender.

—Bueno, si no te ha alegrado la noticia, al menos sí te ha llamado la atención —le dijo ella, tendiéndole la nota.

—Ah, no es una chica... Es Darla, la viuda de Pritchard. Bob Pritchard, que murió en Afganistán. Fui a verla al poco de regresar a casa —se pasó una mano por la cabeza—. Dios, espero que esté bien...

—A mí sí que me lo pareció por teléfono —dijo Maxie—. Parecía muy alegre, muy amigable. Me dijo que le habías contado cosas muy bonitas sobre mí.

—Pero ¿qué es lo que quiere? —preguntó Tom.

Maxie se inclinó hacia él.

—Que le gustaría que la llamaras —repitió con tono dulce.

Se la quedó mirando fijamente, mudo.

—Yo podría irme y dejar que la llamaras tranquilamente aquí —dijo Maxie—. Pero como no puedo hacer la comida en ningún otro lugar de la casa, ¿por qué no subes arriba o te vas a la oficina?

Continuó sentado por unos segundos, mirando a su abuela,

que era mucho más baja que él, pero que siempre parecía más alta, más grande.

—Está bien —dijo al fin, recogiendo su portátil para encaminarse hacia la oficina de la nave. Durante el camino, no pudo evitar preguntarse: «¿Cómo puedo esperar liarme con una mujer cuando soy tan obtuso?».

Estuvo durante un buen rato sentado ante su escritorio antes de descolgar el teléfono, porque lo cierto era que, si Darla estaba sufriendo... él no estaba precisamente en condiciones de consolarla. El recuerdo de Pritchard todavía conseguía nublarle la mirada y apretarle la garganta. Habían sido seis los marines que habían intentado meterlo en el helicóptero cuando su vida había estado ya pendiente de un hilo.

Aquello había ocurrido un año atrás. Marcó el número.

—¡Tom! —lo saludó Darla, alegre.

—¿Cómo has adivinado que era yo?

Ella se echó a reír.

—Identificador de llamadas. Nombre: Tom. Supuse que eras tú y no tu abuela. Qué mujer tan dulce, por cierto.

—Sí.

—¿Qué tal te va?

—Bien. Bueno, razonablemente bien. ¿Y a ti? —inquirió, algo nervioso.

—Estoy mucho mejor, muchísimo mejor que cuando estuviste aquí. Creo que el hecho de verte y de saber cosas sobre Bob, y sobre la guerra y todo eso... Bueno, me puse fatal y quizá te diera la impresión de que iba a seguir así para siempre, pero no es así. Bob no lo habría querido. Me las estoy arreglando muy bien. De hecho, voy a estar un tiempo por tu zona: me he apuntado a un curso de posgrado en la universidad de Davis, no muy lejos de tu pueblo. Estaré allí un par de meses.

—¿Un curso de posgrado?

—De Farmacia. Es a tiempo completo y tendré que estudiar bastante, pero no tengo clases ni horas de laboratorio en fin de semana y pensé que, aunque sé que tú estarás ocupado, podría acercarme hasta allí y aprovechar para estudiar un poco. Esto es, si te apetece que vaya. No quiero molestar.

—No hay problema —dijo él—. Así que te estás convirtiendo en farmacéutica.

Ella se echó a reír.

—De las buenas. He alquilado una casa en el pueblo: mi empresa lleva años enviando representantes de ventas a esa zona y he sabido de una casa en el pueblo que está muy bien. Volveré a Denver para cuando acabe el curso, por supuesto. Pero estaré allí la semana que viene y no tendré gran cosa que hacer, salvo estudiar. Oye, ¿querrás venir a verme? Hay algunos restaurantes por aquí que están muy bien.

—Eh… aquí no paramos de recoger manzanas, Darla.

—Bueno, ya lo sabía. El otro día busqué en Google «Cosecha de manzanas en el condado Humboldt» y saliste tú. También podría acercarme yo a verte. Seguro que habrá un motel cercano…

«Vaya», pensó Tom. «Como si yo figurara en la lista de solteros más codiciados del país».

—Darla, aquí tenemos más espacio del que necesitamos y a Maxie le encantaría tener compañía. Avísanos cuando llegues. La casa no es elegante, pero sí acogedora. No hay muchos restaurantes buenos por aquí, y ninguna vida nocturna. Eso sí, el paisaje es excelente y la tarta de manzana insuperable.

Ella se echó a reír. Era una risa musical, cantarina, un sonido lleno de felicidad. No, decidió Tom: Darla no pensaba acercarse a Virgin River para pasarse el día llorando. Iba a visitar a un amigo. Darla podía ser viuda, pero era la viuda de uno de los mejores tipos que había conocido. No habían tenido tiempo de tener hijos. Y era mayor: tendría unos veintiocho años o así. Una mujer inteligente, bonita, autosuficiente.

—Yo adoro la tarta de manzana —comentó ella.

—¿Te gusta el paisaje de montaña? ¿Las vistas del mar? ¿Los bosques de secuoyas? —le preguntó con un tono entusiasmado que a él mismo le sorprendió.

—Nunca he visto una secuoya.

—Bueno, si puedes dejar de estudiar por unas horas, yo sé dónde están.

—Sé que esta es una temporada muy ocupada...

—Puedo tomarme algún día libre que otro. ¿Cuándo llegarás?

—Iré a California la semana que viene. Quiero preparar bien mi equipaje, estudiar mi calendario de clases y luego podría salir para allá el viernes. No está muy lejos. Unas pocas horas de viaje en coche, ¿no?

—Eso es. Y la cobertura del móvil es bastante mala, así que no cuentes mucho con él, sobre todo en medio de tanto árbol y tanta montaña.

—Tom —le dijo ella, adoptando de repente un tono serio—. Te mandé un mensaje de email. Tres mensajes, de hecho. Y no me respondiste. Tenía miedo de llamarte...

—Ay, maldita sea. Soy muy malo con esas cosas. Darla, apenas me escribe nadie y casi todo es correo basura. Siento haberlo mirado tan tarde.

—¿No te manejas con Internet para el negocio?

Él se echó a reír.

—Llevamos años haciendo negocios con la misma gente. Vamos con la camioneta al pueblo, a las tiendas, descargamos las manzanas y funcionamos con facturas de papel. Maxie está más tiempo ante el ordenador que yo.

—Bueno, es un alivio oír eso. Creía que me estabas evitando.

—Nada de eso. Esta es una de las sorpresas más agradables que he tenido en meses.

Dado que llevaba ya un par de semanas hablando con Jed, e intercambiando algunos mensajes de correo, Nora no solamente había llegado a sentirse muy cómoda con él, sino que además le gustaba como persona. Aun así, la perspectiva de su primera visita a su humilde hogar la puso bastante nerviosa. Él la llamó a mediodía.

—Hola. Sé que habíamos quedado a primera hora de la tarde, pero ya estoy por la zona. ¿Cuándo puedo acercarme? No quiero molestar.

Nora se sonrió: era un hombre tan bueno... Pero de repente se vio asaltada por un miedo horrible. «Por favor, Dios mío, que todo esto no sea mentira», rezó para sus adentros. «Por favor, que sea verdad».

—Puedes venir ahora mismo —le dijo—. Las niñas ya están bañadas y vestidas. Y ya han comido.

—Vaya. Pensaba invitaros a comer fuera.

—No es necesario, pero... ¿has comido tú? Porque tengo una buena reserva de manzanas, mantequilla de manzana, y pan... Aunque me temo que no será una comida muy apetitosa.

—Desayuné tarde y bien, no te preocupes.

—Entonces vente. Ah, y Jed... Como ya te dije antes, Berry es muy tímida. Ve con cuidado.

—Por supuesto. Hasta ahora.

Llegó enseguida. Debió de haber telefoneado desde las afueras del pueblo. Quince minutos después, se presentó en su casa. Y con regalos, a juzgar por la gran bolsa de juguetería que portaba.

—¡Oh, Dios mío! —exclamó ella—. No debería estar sorprendida, pero lo estoy.

—No he podido evitarlo —se disculpó Jed con una tímida sonrisa—. Aunque la verdad es que ni siquiera lo he intentado.

Estaba en la puerta, con una gran bolsa en los brazos. Fay, que había estado de pie junto al sofá esperando a que alguien le hiciera caso, se sentó en la alfombra y fue gateando hasta él. Nora la levantó en brazos antes de que consiguiera llegar hasta la puerta. Berry, por el contrario, se escondió detrás del sofá, mirándolo a hurtadillas.

—¿Puedo entrar? —preguntó Jed.

—Oh, claro —Nora se hizo a un lado para dejarle pasar.

No dijo nada, sino que se movió lentamente, sonriendo. Se arrodilló en el suelo con la bolsa y empezó a sacar los juguetes.

Eran todos nuevos, algo que Nora no había sido capaz de regalar a sus hijas. Eran muy buenos. Había una granja con música, con animales que reproducían sonidos: la vaca que decía «muuuu», etcétera. Otro, muy educativo, tenía una aguja que señalaba un número o una carta, y que reproducía palabras en español y en inglés. Y había varios libros también.

Nora se sentó a la mesa a contemplar la escena. Fay hacía esfuerzos por bajar de su regazo.

—Vamos, Nora, no pasa nada. Estos juguetes son para niños de hasta un año —le aseguró Jed, y enseguida se dirigió a Berry—. Todos son para vosotras, Fay y Berry —dijo con tono dulce—. Podéis quedároslos y jugar con ellos —alzó un libro—. Y, cuando os apetezca, os leeré un cuento.

—Tranquila, Berry —dijo Nora—. Este señor es tu... —no llegó a terminar la frase.

—Abuelo, Nora —terminó Jed la frase por ella—. Aunque podéis llamarme como queráis.

—Berry no es muy habladora —se disculpó Nora—. Es muy tímida.

—Ser precavida es normal, no tiene nada de malo —repuso él—. Yo también soy tímido.

—Sí que lo eres, ¿verdad? ¡Creo que recuerdo eso de ti!

—Siempre me ha resultado más fácil leer y escribir que interactuar con la gente. Probablemente fue por eso por lo que terminé en la facultad. Puedo dar conferencias, escribir largos artículos, ayudar a los alumnos con sus trabajos... Pero cuando se trata de temas personales me quedo como paralizado. Pero estoy decidido a hacerlo mejor contigo. Y con tus hijas —sacó algo más, una gran bolsa con grandes cubos de madera representando letras de bellos colores.

Nora pensó que de momento Berry jugaría simplemente con ellos, hasta que pudiera ordenarlos y componer palabras. También desplegó un diminuto carrito de bebé, al que añadió una pequeña muñeca con sus pañales en miniatura. Fay se sintió inmediatamente atraída por los llamativos colores de los juguetes y Jed le mostró cómo manipularlos para que emitieran sonidos, campanilleos, palabras.

—¿Cómo es que has llegado tan rápido? —quiso saber Nora—. ¿A qué hora saliste esta mañana?

—Llegué anoche. Me quedé en un motel de Fortuna. No quería perder ni un minuto —y añadió, ruborizándose ligeramente—: Hay más, Nora.

—¿Más qué?

—Más cosas para las niñas.

—Oh, Jed, no era necesario. No quiero que piensen que cada vez que te vean vayan a recibir tantos regalos.

—Ya he pensado en eso. Lo he dejado todo guardado en bolsas. Puedes esconderlas en un armario y dárselas cuando yo no esté aquí para que no piensen, ya sabes…

—¿Que no piensen qué?

—Que soy una especie de Santa Claus. Pero esta ha sido una experiencia fantástica, una que nunca había vivido antes. Cuando Susan fue abuela, la acompañé a comprar juguetes y fue como si se volviera loca: ¡se lio a llenar carros como una posesa! —se encogió de hombros—. Luego, cuando yo me enteré de que tenía dos nietas… Dios, no pude evitarlo.

—¿Susan? —inquirió Nora.

—¿No te la había mencionado antes? Es profesora, pero la conocí hace unos quince años, cuando ella era estudiante. No era mi alumna. Era una mujer ya mayor, que había decidido terminar la licenciatura una vez que tenía a sus hijos crecidos. Pero es algo más joven que yo.

—¿Y es tu novia?

Jed asintió y volvió a enrojecer ligeramente.

—Supongo que sí. Pocos años después de mi divorcio, y diez años después del suyo, empezamos a vernos. Es sobre todo una gran amiga. No vivimos juntos, tampoco estamos comprometidos. Me gustaría que la conocieras. Es muy maja —sacó un gran libro de tapas brillantes y se lo mostró a Berry—. Son cuentos de princesas. A las nietas de Susan les encanta.

Berry se adelantó lentamente, mordiéndose un dedo. Los dibujos de princesas de vistosos colores de la portada parecían haberla encandilado. Recogió el libro de las manos de Jed y retrocedió de inmediato para volverse hacia Nora. Apoyándose en las piernas de su madre, abrió el hermoso libro.

De repente, los ojos de Nora se llenaron de lágrimas. Se sorbió la nariz. Jed la miró.

—¿Estás llorando?

Ella negó con la cabeza, pero apretó los labios con fuerza, como si no confiara lo suficiente en sí misma como para hablar.

—¿Qué te pasa, cariño?

Eso mismo fue lo que desató las lágrimas: que la hubiera llamado «cariño».

—No lo sé —respondió—. Lloro de agradecimiento, quizá. O de vergüenza, por no haber podido darles yo todo esto. No sé lo que pensarás de mí.

Jed seguía arrodillado en el suelo, pero se incorporó un poco.

—No puedo sentirme más orgulloso de ti. Cuando pienso en... —se limitó a sacudir la cabeza.

Nora se secó las lágrimas con los dedos y estrechó a Berry contra su regazo.

—¿Cuando piensas en qué? —le preguntó.

A Jed le costaba mirarla a los ojos. Respiró hondo.

—Si me hubiera acercado a ti cuando tenías quince o dieciséis años, si te hubiera dicho quién era y que estaba dispuesto a hacer lo que fuese para ayudarte, si hubiese hecho todo eso, las cosas habrían sido muy distintas. Pero no lo hice.

—¿Por qué? —musitó ella.

Jed volvió a sacudir la cabeza.

—Pensaba que lo hacía por ti. Pero quizá fuera por mí. Tal vez era más fácil evitar la posibilidad de cualquier conflicto: soy culpable de ello. Eso es algo que he aprendido con el tiempo, que soy una persona demasiado pasiva. De haber sabido que ella... que ella te echaría de casa... Dios mío. Por favor, no debes culparte a ti misma.

Nora contempló su expresión entristecida y pensó: «No estoy segura. Ahora mismo podría estar mintiéndome y no me daría cuenta».

—Tenemos un largo camino por recorrer, tú y yo.

—Sí, un largo camino, en eso tienes razón. Y parte de ello tiene que ver con reconciliarnos con la clase de mujer que era tu madre. Nora, estamos dedicando mucho tiempo a hablar del gran dolor que nos ha causado. Podríamos seguir así durante años, como quien se rasca una llaga, tú y yo. Pero en algún momento tendremos que soltar lastre. Por mi parte, yo le rompí el corazón. Le hice daño. Obviamente se sintió abandonada, robada, estafada. Maltratada. Yo pasé años padeciendo el dolor que me infligió al mantenerte alejada de mí, es verdad, pero ella también debió de sufrir mucho. ¿Quién sabe lo que eso puede hacerle a una persona?

—Bueno, yo te lo diré —contestó Nora—. Te convierte en una persona colérica, intolerante e inalcanzable.

—Ella cometió errores, Nora. Y yo también. No tenemos por qué seguir reviviéndolos. Podemos tomar la decisión de no repetirlos. De hacerlo mejor —le sonrió—. Es evidente que tú estás haciendo exactamente eso. Tus hijas te adoran y confían en ti. Siempre estarás a su lado, apoyándolas.

El maletero de Jed estaba lleno de cosas para sus nietas: en su mayor parte ropa, algo de lo que tenían una gran necesidad. Había por ejemplo un suéter con una mariposa estampada cuyas alas estaban adornadas con lentejuelas, que impresionó profundamente a Berry.

—Ohhhh... —exclamó mientras la acariciaba.

Nora se lo puso. Aunque faltaba todavía mucho para que Berry se dejara abrazar por su abuelo, continuó acariciando suavemente la mariposa mientras alzaba la mirada hacia él con una leve sonrisa.

Jed reconoció que Susan le había ayudado a comprar todo

aquello. Había incluso platos y salvamanteles para las niñas. No eran regalos extravagantes. Eran todos artículos necesarios y no había cortado las etiquetas, caso de que necesitaran cambiarlos. Y también había un gran bolsón de pañales, una caja de botes de leche maternizada, otra de toallitas y un lote de frascos y biberones.

Luego se las llevó a Jack's y las invitó a cenar. Era la primera experiencia de Berry y de Fray en un restaurante. Un restaurante que no podía ser más adecuado, ya que disponía de tronas y menús para niños, además de que al ser domingo estaba lleno de familias, incluida la de Jack.

Jack estrechó entusiasta la mano de Jed.

—Bienvenido —tronó—. No sabía que Nora tuviera familia... Es una gran noticia. Nora es una de nuestras vecinas favoritas. Ha estado ayudando en la clínica, en la escuela nueva... es una trabajadora muy buena. El tipo de gente que ha levantado este pueblo.

Poco después, Mel Sheridan entró en el local con sus hijos y su expresión se iluminó cuando vio a Nora con su padre. Procedió a presentarse enseguida.

—¡Es fantástico que haya podido venir! Nora se ha convertido en una gran amiga mía. Se lleva bien con todo el mundo, ayuda cada vez que puede... Es como un regalo caído del cielo.

Nora tenía la extraña sensación de ser una persona normal. Una persona incluso admirada. Una sensación que había tenido muy pocas veces en la vida.

—¿Y tú pensabas que no iba a sentirme orgulloso de ti? —le preguntó Jed en un susurro.

Lo que había aprendido después de haber pasado seis horas seguidas con Jed era que ni era la perfecta fantasía que había soñado, ni el monstruo que su madre le había contado que era. Jed Crane era un intelectual, toda una eminencia en su campo, pero evidentemente no era en absoluto una dinamo social. Las pocas habilidades sociales que poseía seguramente habían sido consecuencia de su relación con su novia, Susan. Cuando Nora era una niña, Jed se había mostrado como un padre solícito y bondadoso, pero sin la capacidad necesaria para lidiar con alguien como Therese. De hecho, Therese debía de haber visto en él a un hombre fácil de manipular.

En aquel entonces, no había podido proteger a Nora. Y resultaba dudoso que pudiera hacerlo ahora. Pero era un hombre de grandes cualidades. Era sincero, por ejemplo. Y aunque parecía un auténtico sociópata, tenía profundos sentimientos. No era malicioso. Y la manera que tenía de conducirse con Nora y con las pequeñas era dulce y amable.

Jed le describió su rutina diaria: podía leer durante horas. Tres meses del año solía pasarlos en Alemania, Inglaterra o Polonia. Como erudito que era de la Segunda Guerra Mundial, había publicado dos libros y numerosos artículos sobre el conflicto y las labores de reconstrucción. Seguía amando su campo de estudio tanto como cuando empezó su tesis. Aunque no tenía deseo alguno de jubilarse, su calendario de clases no llegaba a ser agotador gracias a la ayuda de sus profesores discípulos.

Cuando se estaba despidiendo después de aquella primera y fructífera visita familiar, Jed le comentó:

—Estaré encantado de ayudarte con las niñas cada vez que necesites que alguien se quede con ellas. Los fines de semana, por ejemplo.

—Con el debido respeto... creo que voy a necesitar conocerte mucho mejor antes de que eso suceda —respondió ella.

—Es absolutamente comprensible. Me gustaría volver alguna que otra tarde, tan pronto como tú me des el visto bueno. Y también traerme a Susan conmigo...

—¿Porque ella te da credibilidad? —sugirió Nora.

—Bueno, no. Es decir, sí. Pero es que me gustaría que te conociera. No soy muy bueno con las presentaciones, como sin duda habrás notado. Pero ¿Susan? Ella es una persona muy natural. Es tan buena con la gente que aún sigo preguntándome qué es lo que vio en mí. La traeré cuando tú me lo digas. Ya tiene ganas de conocerte.

—Puedes traerla cuando quieras —le aseguró Nora—. Pero de momento será mejor que nos limitemos a las tardes. De los fines de semana.

—No puedo esperar para decírselo —comentó, y, cuando sonrió, fue como si se hubiera transfigurado. Toda su timidez pareció haberse evaporado de golpe, para verse reemplazada por una expresión de confianza y felicidad—. Gracias por todo. Este ha sido uno de los mejores días de mi vida.

CAPÍTULO 7

Para cuando Nora subió a la camioneta de Tom el lunes bien temprano, se sentía perfectamente bien consigo misma. Antes de que llegaran a abandonar el pueblo, se descubrió tatareando por lo bajo.

—Tengo la impresión de que la reunión familiar fue muy bien —le comentó él.

—Desde luego. Parece que Jed Crane... es un gran tipo. Trajo a las niñas un montón de cosas: ropa, juguetes, accesorios útiles... Dado que llevaba tiempo necesitando algunas, le estoy muy agradecida. Es la primera tarde entera que he pasado con mi padre desde que era niña. No puedo decidir si él es el mismo a quien recuerdo... o si es una persona completamente nueva.

—Quizá sea ambas cosas —apuntó Tom.

—Hay cosas de él que nunca llegué a saber porque mi madre le tenía tanto odio que jamás me contó nada bueno. Es doctor en Historia —soltó una risita—. Cuando se pone a hablar de Historia, es casi como si se transportara a otro lugar. Es fascinante. Seguro que es un gran profesor. Nunca se me habría ocurrido mirar en la sección de ensayos de Historia de la biblioteca, pero seguro que hay allí algún libro suyo. Adora la Segunda Guerra Mundial. Al parecer, es todo un experto en el tema. ¿Quién se lo iba a imaginar?

—¿Cómo es que no te lo dijo tu madre?

—Supongo que no quería que me gustara nada de él, dado

que la abandonó y todo eso. Necesitaba que todo fuera culpa de Jed. Y él no la defendió precisamente ante mí, pero sí me sugirió que quizá ella no fuera capaz de mucho más. Y también que, al marcharse, debió de hacerle mucho daño. Demasiado —sacudió la cabeza—. Todavía voy a necesitar de un tiempo para asumir eso, porque sigo muy enfadada con ella. De hecho, ahora que sé que mi padre me pagaba la manutención y que siguió insistiendo en verme, mi indignación con ella es aún mayor. No fue nada fácil para mí crecer escuchando a cada momento que la mitad de mis genes no eran buenos.

—¿Ella te decía esas cosas? —inquirió Tom—. ¿De verdad?

—Claro que sí. Pero ya te lo había dicho. Es por eso por lo que voy a pensar algunas cosas positivas que decirles a las niñas sobre su padre cuando empiecen a preguntarme sobre él.

Tom soltó una corta carcajada.

—Eso será interesante. El tipo está en prisión por narcotráfico.

—Lo sé. Es una tragedia de hombre, la verdad. Años atrás era un joven con un sueño. Un gran jugador de béisbol que lo tuvo todo por un tiempo: una beca de estudios, un contrato con un gran equipo… y de repente algo le ocurrió. ¿Se le metería en la cabeza que las cosas podían ser aún más fáciles, más rápidas y quizá aún más divertidas si se drogaba? ¿Alguien le dio algo y, ¡pam!, se enganchó? Nunca lo sabré. Supongo que no sería el primer atleta profesional en seguir ese camino. Es una tragedia muy común, eso es lo que es.

—No —le dijo él, casi consternado—. ¡Él no fue nada bueno contigo!

—Lo sé —repuso Nora con tono suave—. No quiero que mis hijas arrostren esa carga. Esa carga es mía. Recuerdo bien la primera vez que lo vi. Dios, parecía brillar… Enredarme con él no fue una buena idea: probablemente fue tanto su culpa como la mía —se volvió para mirarlo—. Yo tenía algunas amigas, pero por lo que se refiere a la familia, a la gente que teóricamente ha de profesarte un amor incondicional… siempre anduve falta de algo así. Probablemente era muy estúpida y también estaba muy sola.

Tom respiró hondo.

—Espero que siga en prisión durante mucho tiempo.

—Oh, yo también. Una cosa es encontrar cosas positivas que decirles a mis niñas sobre su padre, pero…. ¿dejar que se acerque a ellas? —meneó la cabeza—. Eso no. Yo las protegeré.

Tom sonrió.

—Una fuerza de la naturaleza de uno cincuenta y cuatro con tacones.

Ella le devolvió la sonrisa.

—¡Uno sesenta!

—Pero… ¿te sientes sola ahora?

—No. Las amigas que tengo ahora son firmes. Auténticas. Tengo a Noah y a su esposa. Tengo a Adie, a Martha y a Leslie: tres mujeres fuertes que jamás me han juzgado. Y, bueno, también estás tú.

—Yo —repitió él. Fue casi una pregunta.

—Sí, te recuerdo que fuiste tú quien dijo que éramos amigos. Sin que tuviera que esforzarme nada, tú hiciste que te contara todas mis intimidades así que, aunque tú no me consideres una amiga, yo sí te considero un amigo. Bueno, ¿qué tal tu fin de semana? —le preguntó—. ¿Trabajaste todo el tiempo?

—La mayor parte, sí. Pero el fin de semana que viene pienso tomarme algunas horas libres. ¿Volverá tu padre?

—Seguro que sí —respondió ella—. Todavía no hemos hecho planes concretos, pero parece que ayer no se aburrió en ningún momento. Y sé que quiere incluir a la mujer con la que lleva viéndose cerca de quince años —Tom estaba aparcando frente a la nave cuando ella le preguntó—: ¿Trabajarás el fin de semana?

—Puede que sí. Pero una amistad vendrá a verme y pienso tomarme algún rato libre.

Los ojos de Nora se encendieron.

—¿Una amistad?

—Una mujer.

—¡Diablos! —exclamó—. ¿Tienes novia?

—Aún no —contestó él, apagando el motor—. Esta es su primera visita.

—Guau. Quizá deberíamos cerrar la finca para que tengáis un poco de intimidad —comentó ella, y le hizo un guiño.

—Se quedará en la casa, Nora. Privacidad y Maxie son términos excluyentes.

—Vaya. Bueno, si quieres un consejo… ve poco a poco. Piensa bien lo que vas a hacer en cada momento.

Tom se echó a reír.

—¿Y piensa usted bien lo que está haciendo ahora, señorita Crane?

—Por supuesto que sí —respondió ella. Y acto seguido se preguntó: «¿De verdad que le he hecho un guiño?».

Dio la casualidad de que Nora estaba recogiendo manzanas muy cerca la tarde del viernes cuando un impresionante Cadillac rojo entró en la finca. Casi se cayó de la escalera mientras se estiraba para ver bajar a la mujer del coche. Tanto se inclinó hacia la derecha que la escalera se tambaleó y tuvo que agarrarse rápidamente a una rama para no terminar en el suelo bajo un montón de manzanas.

Aquella mujer era verdaderamente despampanante… No parecía el tipo que ella se había imaginado para Tom. Iba muy elegante con sus botas rojas de tacón, sus pantalones de vestir, su capa corta negra y su fular multicolor. ¡Aquellas botas rojas! Nora casi se desmayó de envidia. Botas de cuero rojo. ¿Había algo más extravagante? Y además tenía el tipo de cabello que Nora siempre había admirado: liso y brillante, largo hasta los hombros, rubio, como una cortina que se agitaba con cada uno de sus movimientos pero conservando al mismo tiempo su forma. Y con qué naturalidad llevaba el fular colgado de un hombro, ondeando a cada paso. En un gesto inconsciente, Nora se tocó el pelo. Llevaba cuatro años cortándoselo ella misma.

Aquella ropa, aquellas botas, aquel coche... Aquella mujer parecía talmente una visita de la realeza.

Oh, se alegraba tanto por Tom... Se sentía sorprendida, pero muy feliz. Tom se merecía la perfección.

De repente lo vio atravesar el manzanar hacia la mujer, caminando rápido y sonriendo de oreja a oreja. Vestía su habitual uniforme de tejanos, botas de goma hasta la rodilla y camisa azul con el logo de la empresa, arremangada, revelando sus poderosos antebrazos. Hacía frío en el manzanar, pero la gente que estaba trabajando, como Tom y la propia Nora, no necesitaban chaquetas. Se quitó la gorra conforme se acercaba y de pronto le dio un fuerte abrazo, meciéndola a un lado y otro con cariño. Se separaron rápidamente con una carcajada, y enseguida ella se limpió de polvo la elegante capa. Sí, probablemente estaría sucio. Ese día Nora lo había visto revisar los árboles, arreglar la valla y cargar los cajones de manzanas.

Observó cómo se alejaban por el sendero hasta que subieron los escalones del porche y se metieron en la casa, del brazo y riendo.

«Sí, esto es lo que Tom se merecía», se recordó, y continuó recogiendo.

Si alguien tenía que encontrar a su pareja perfecta, mejor Tom que cualquier otra persona que conociera. Resultaba curioso que en un principio se hubiera mostrado resentida con él, y que le hubiera temido un poco, convencida como había estado de que no le había caído bien. Pero ella no había tardado demasiado en llegar a apreciarlo, a admirarlo. Probablemente todo empezó el día en que le curó las heridas con aquella solicitud tan dulce, para preocuparse luego de llevarla y traerla a casa del trabajo. El colmo fue cuando le llevó un bocadillo y la consoló mientras lloraba.

Había tenido una pequeña fantasía que sabía que era estúpida y que jamás revelaría a nadie. Que una vez que ella hubiera logrado levantar mínimamente la cabeza, después de haberle demostrado que no era una patética perdedora, Tom llegaría poco a poco a desarrollar un cierto interés por ella. Sabía que algo así no podría suceder rápido, que era un disparate, pero las dificultades de su vida actual no podían matar todas sus fantasías...

Aquello había sido antes de que viera a aquella mujer tan perfecta, por supuesto.

Algo después vio a Tom subir los escalones del porche cargado con el equipaje de su amiga: sus maletas de marca. No tenía idea de qué marca serían, pero sabía que debían de costar una fortuna. Pensó que, si un día se decidía a aceptar su invitación y pasar allí un fin de semana, tendría que hacerlo con una simple mochila. Era un juego de maletas de tres tamaños, más un maletín bastante grande. «¡Guau!», exclamó para sus adentros. Debía de ser una mujer muy importante, además de hermosa.

Suspiró. Aparte de fantasear secretamente con tener a un hombre como Tom en su vida, también se veía a sí misma sentada a la mesa de aquella cocina en bata, leyendo el periódico, esperando a que sus hijas se despertaran por la mañana. Se veía asimismo cocinando, horneando, embotando y trabajando en el manzanar. Se preguntó si Maxie tendría un huerto de autoconsumo. Si pudiera, ella lo tendría, seguro. Pero la más deliciosa fantasía era aquella en la que se veía sentada en aquel porche, contemplando la puesta de sol tras las montañas y el manzanar. El hermoso, sensual y exuberante manzanar.

Después de vaciar su último saco de manzanas, Nora recogió la mochila en la que llevaba la comida y la botella de agua para dirigirse a la carretera. Abandonó la finca y cerró la verja. Habitualmente se quedaba a esperar a Tom a la puerta de la nave, pero no había duda de que ese día estaría bastante ocupado.

A pesar de sus estúpidas y juveniles fantasías, cuando se ponía a imaginar a la mujer que Tom consideraría su perfecta compañera, la verdad era que se la imaginaba mucho más hogareña que la rubia del Cadillac rojo. Tal vez uno de esos requerimientos fuera que su esposa supiera hornear una tarta de manzana que rivalizara con las de Maxie... «Oh, para ya», se recriminó con energía. No había razón alguna para que aquella magnífica criatura no supiera manejar un horno… ¡Al fin y al cabo, ella misma no sabía!

De repente oyó el claxon de la camioneta: tres cortos bocinazos que la hicieron detenerse y volverse. Se dispuso a saludar a Tom con la mano cuando pasara a su lado, pero, para su sorpresa, se detuvo.

—¿Qué estás haciendo? —le preguntó él, bajando la ventanilla.

—Ir a casa —respondió—. Tom, tienes compañía.

Él se echó a reír.

—Todavía está deshaciendo las maletas. Parece que aún tardará varias horas. Tengo tiempo de llevarte a casa, ducharme y afeitarme antes de cenar. Sube.

Ella así lo hizo.

—Pero si podrías estar haciendo ahora mismo algo mucho más interesante… como por ejemplo ayudarla a deshacer su equipaje.

—Pensaba que tenías presente que me había comprometido a llevarte a casa —dijo él, riéndose.

—Y te estoy muy agradecida por ello…. Pero no todos los días aparece una despampanante rubia para pasar el fin de semana contigo, y provista además de un guardarropa entero.

—Parece que ha traído todo su guardarropa, ¿verdad? A mí me cabría todo lo que tengo en un petate. ¿Viste entonces todas las maletas que ha traído, solo para dos noches?

—No lo hice a propósito —se disculpó Nora, y, cuando se ruborizó, él se echó a reír—. Estaba justo en mi línea de visión. Pero es que… —se interrumpió, suspirando.

—¿Qué?

—¡Es tan guapa…!

—Es muy bonita, eso te lo concedo.

—Tom, esa mujer no parece de este mundo. ¿La conoces desde hace mucho?

Él negó con la cabeza.

—Uno de mis compañeros estaba casado con ella. Lo mataron en Afganistán y yo la visité a mi vuelta a Virgin River…

para asegurarme de que lo estaba llevando bien. En aquel tiempo, ella todavía se estaba esforzando por recuperarse. Ahora está mucho mejor y se ha matriculado en la universidad de Davis, es por eso por lo que ha venido.

—Oh, Dios mío, ¡yo pensaba que era tu novia!

—Supongo que eso todavía es posible… Se llama Darla y no hay nada en ella que no me guste. Es bonita y elegante, buena e inteligente. ¡Pero viaja con demasiadas maletas!

Nora no pudo evitarlo y se echó a reír.

—Será mejor que lleves cuidado. Tiene aspecto de rica.

—Sí, ¿verdad? —Tom se mostró de acuerdo—. Yo le dije que se trajera unos bonitos pantalones y botas en caso de que fuéramos a la costa a cenar —se encogió de hombros—. Supongo que le habrá costado trabajo decidirse.

—En serio, es la mujer más bella que he visto nunca. Estoy segura de que hasta vestida con un saco habría estado preciosa, pero, Tom… esas botas de cuero rojo… —se llevó una mano al pecho, cerró los ojos y echó la cabeza hacia atrás.

—¿Qué?

Lo miró asombrada.

—¿Qué? Tom, esas botas de cuero rojo son el culmen. El no va más.

—¿De veras?

Nora se volvió ligeramente hacia él.

—Si puedes permitirte esas preciosas botas de cuero rojo con tacones altos… es porque te lo puedes permitir todo. Si te pasas al rojo es porque ya has probado el negro y quieres algo todavía más magnífico, más espectacular. Más impresionante.

—¿En serio? —preguntó él—. ¿Y tú cómo lo sabes?

—Tom —dijo, algo impaciente—. El rojo es un color especial. Solo te pones el rojo para cosas importantes. El negro es mucho más práctico.

Él se limitó a sacudir la cabeza.

—La cantidad de cosas que uno llega a aprender… ¿Tú has tenido alguna vez botas rojas?

—¿Como las de ella? ¡Oh, por favor! Apenas un puñado de mujeres sobre la tierra deben de poseer unas botas como esas. No sé de qué marca son, pero las suelas eran de un negro brillante. Eran como obras de arte. Aunque, hey, una vez tuve en mis manos unos zapatos de cuero rojo, cuando tenía quince años, para un baile del instituto…

—¿Lo ves?

—… que al final se puso una amiga mía —terminó Nora, riéndose—. Créeme cuando te digo que yo nunca he jugado en esa liga… ¡la de las botas de cuero rojo!

Cuando entró en Virgin River, el tono de Tom se volvió mucho más serio.

—Escucha, hay otra razón por la que te he traído hoy al pueblo, aparte de mi devota amistad. Hemos estado teniendo algunos altercados con la fauna salvaje de este lugar, por así decirlo.

—Te vi reparando la valla otra vez.

—Tres veces en un mes. No es normal. Nadie ha visto a nuestro intruso, pero sospecho de una osa. A principios del verano la vi en el manzanar… comiendo manzanas verdes. Tiene tres oseznos, que a estas alturas ya estarán bastante crecidos. Debe de entrar en la finca al alba o durante la noche. Al menos no nos está molestando mientras trabajamos. Pero estoy empezando a cansarme de reparar la maldita valla.

—¿Cómo sabes que se trata de un oso?

—Los ciervos no rompen las vallas. Estiran sus cuellos para alcanzar las manzanas del otro lado, pero nada más. Los pumas son carnívoros. Solo les interesa la carne. La de cualquier animal que puedan atrapar.

—Oh —exclamó ella—. Ahora que sé eso, me siento mucho mejor —comentó, irónica.

—Casi nunca atacan a los humanos, a no ser que se sientan acorralados.

—Menudo consuelo, Tom.

—Sospecho que la osa y sus crías trepan por la valla y la

rompen en el proceso. Y yo no pienso levantar una de obra para impedírselo. Antes me subo a un árbol y la disparo.

—Oye, un momento… ¿de qué estamos hablando aquí? ¿De manzanas perdidas o de vidas perdidas?

—Yo estoy hablando de vallas rotas —dijo él—. Pero además existe el peligro de que nos tropecemos con ella o con las crías. Y de que te ataquen a ti, por ejemplo, si te consideran una amenaza.

—¿Cómo podría alguien como yo suponer una amenaza para cualquiera?

Tom se quitó la gorra y se pasó una mano por la cabeza.

—La lógica no funciona aquí, Nora. Son animales salvajes intentando proteger a sus crías y su territorio. Hace poco esa osa atacó a un tipo que se acercó demasiado. El hombre se tumbó boca abajo, haciéndose el muerto. Lo pasó bastante mal.

Nora bajó la barbilla con gesto decidido.

—Bueno, la osa tiene que irse. Buena suerte con ello.

—Estaré aquí el lunes por la mañana. No vayas caminando hasta el cruce. ¿De acuerdo?

—Por supuesto —una vez frente a la casa, se dispuso a bajar de la camioneta. Pero en el último momento sonrió maliciosa y le dijo—: Que te diviertas con esas botas.

—Baja de una vez, picaruela.

—¡Hey! ¡Creo que va contra la ley que un jefe insulte a su empleada!

Tom se inclinó hacia ella.

—Pues demándame.

Tom volvió a casa, se duchó y afeitó y, por una vez, se vistió con una ropa que no llevaba estampado el logo *Manzanas Cavanaugh*. Cuando bajó las escaleras, encontró a Darla sentada a la mesa mientras Maxie trajinaba de acá para allá, cocinando y charlando a la vez. Darla tenía una copa de vino blanco y Tom se sirvió una cerveza.

—¿Vendrá a cenar Junior? —preguntó a su abuela.

—Esta noche no. Solo seremos los tres. Quiero aprovechar la oportunidad de conocer a Darla un poco mejor.

—No hay mucho que saber —replicó la aludida—. Crecí en Colorado, fui a la universidad de allí, conseguí el primer y único empleo que he tenido nunca en una empresa farmacéutica local, allí conocí también a mi marido... No llevábamos mucho tiempo casados cuando falleció.

—Lo siento mucho, Darla —dijo Maxie.

—Gracias. Lo he superado... eso es lo que habría querido Bob. Estoy muy unida a mi familia. Me han ayudado mucho.

—¿Vives cerca de tu familia?

—Todos vivimos a menos de siete kilómetros de distancia cada quien de cada cual. Mi hermano, su mujer y sus dos niños; mi madre y mi padre; un tío y una tía; un par de primos. Cuando alguien se va de viaje, siempre hay otro que le cuida la mascota.

—¿Tienes una mascota? —quiso saber Maxie. Bajó la mirada a Duke, que estaba estirado bajo la mesa, y el animal alzó la cabeza. Enseguida volvió a dejarla caer, aburrido.

—Un caniche pequeñito. Se llama Precious. Afortunadamente, no pierde pelo.

Tom se atragantó con su cerveza. Maxie tuvo que darle palmaditas en la espalda.

—Se le ha ido por otro lado —lo disculpó—. ¿Te has llevado al perro a la universidad de Davis?

—No, no habría funcionado. Allí no tengo amigos. Se ha quedado en casa de mis padres; allí está muy encariñado con su terrier escocés. Cuando viajo por motivos de trabajo, siempre lo dejo con mis padres.

—¿Te puedo ayudar en algo, Maxie? —se ofreció Tom.

—Sí, gracias. Baja al sótano y saca de la nevera un pastel y algunas fresas. Para tomar con el café después.

—Oh, no para mí, Maxie —dijo Darla—. No soy muy de postres.

—¿No eres golosa? —oyó Tom preguntar a su abuela mientras bajaba las escaleras del sótano.

—No mucho. Siempre ando vigilando mi peso.

—Qué pena. Bueno, Tom se comerá lo que sobre.

Cuando volvió a subir, Tom advirtió que Darla se había cambiado de botas para cenar. Se había puesto unas de ante, planas, que combinaban bien con sus tejanos ajustados. Lucía también un suéter grueso de manga larga con un pronunciado escote en pico, de color rojo. Tom estaba empezando a comprender lo que había querido decir Nora con aquello de que el rojo era especial.

Maxie estaba llevando a la mesa una de sus especialidades: un sabroso asado que Tom tendría el honor de trinchar, con patatas y espárragos de su propio huerto. Había también panecillos recién horneados con cremosa mantequilla dulce de una ganadería vecina. Todo ello con sal y pimienta y un pequeño cuenco de rabanitos picantes, muy del gusto de Tom.

—¡Qué festín! —exclamó Darla, haciendo que Maxie sonriera orgullosa. Una vez que todos estuvieron sentados, mientras Tom trinchaba el asado, Darla pidió—: Para mí un trozo muy pequeño, por favor.

—¿No tienes hambre? —le preguntó él—. Ha sido un viaje largo.

—Bueno, no soy muy aficionada a las carnes rojas. Tampoco vegetariana ni nada de eso, por cierto. Simplemente como más pescado que carne.

—Te irá bien entonces en esta parte del mundo —dijo él, sirviéndole una rodaja pequeña—. El río de Virgin River produce las mejores especies de trucha y salmón. ¿Qué pescado es el que te gusta más?

Darla estaba cortando diminutos pedazos de carne y espárragos.

—Umm, creo que el atún *ahi*. Y me inclino por el sushi. ¿Te gusta el sushi? —le preguntó a Tom.

—Claro. En San Diego comí mucho sushi.

—¿Hay restaurantes japoneses por aquí?

—En la costa, quizá... —respondió Tom—. Creo que esta parte del estado es más conocida por la carne de vaca, de caza... Comida de carne, sustanciosa.

—¿Carne de caza? —inquirió ella, pinchando un diminuto pedazo y llevándoselo a la boca.

—Pato, faisán, ganso, venado, ese tipo de cosas. Hay un área de caza enorme. Muchos cazadores pasan por aquí.

—¿Caza? ¡Aj!

Tom se inclinó hacia ella.

—La caza es como la pesca, solo que sin agua.

—Supongo que sí —reconoció, probando el espárrago—. Maxie, esto está riquísimo. ¿Lo has cultivado tú?

—Sí. Tengo un pequeño huerto de verduras. El brócoli y los espárragos los he recogido tarde.

Tom observó cómo Darla apenas probaba las patatas, para volver luego a las verduras.

—Entonces, ¿qué planes tenéis para el fin de semana? —quiso saber Maxie.

—Bueno, por muy aburrido que suene, había pensado en llevar a Darla a dar un paseo por el manzanar esta noche. Y mañana, si pudieras prescindir de mí, me gustaría llevarla a la costa, por el bosque de secuoyas. Podríamos cenar en Arcata, así que te quedarías sola, Maxie.

—Maravilloso. ¿Y el domingo?

—El domingo tendré que ponerme en marcha a eso del mediodía —dijo Darla—. El lunes por la mañana tengo clases.

—Toma, corazón —le ofreció en ese momento Maxie, acercándole la cesta del pan.

—Oh, gracias, pero no... el pan no forma parte de mi dieta. No cabría en estos pantalones si comiese pan. Y la mantequilla está descartada —dejó el tenedor sobre el plato y se inclinó hacia atrás. Apenas había probado bocado—. Maxie, la cena estaba fabulosa.

—¿Y eso cómo lo sabes? —inquirió ella, mirando su plato.

Darla se echó a reír.

—No suelo tener mucho apetito. Y tengo mucho cuidado con cosas como la fécula, las grasas, la carne roja.

—Lo tendré presente —le aseguró Maxie—. Puedo prepararte un bocadillo de mantequilla de cacahuete y mermelada, si quieres.

Darla volvió a echarse a reír, como si se tratara de una broma.

—No, estoy bien, de verdad.

—¿Y para desayunar? ¿Qué te apetecerá desayunar mañana?

Darla ladeó la cabeza, enarcó una ceja y sugirió:

—¿Un poco de muesli? ¿Yogur natural?

—¿Qué tal All-Bran?

Darla esbozó una mueca.

—Aquí desayunamos fuerte —le explicó Tom—. Huevos, patatas, salchichas, beicon y tostadas. Pero tú tendrás tu muesli y tu yogur.

—Tom —se dirigió a él, preocupada—, ¿no te preocupa tu colesterol?

Justo en aquel momento se estaba llevando a la boca un buen pedazo de patata bien untado de mantequilla, queso y crema agria. Una vez que terminó de masticarlo y tragarlo, respondió:

—A lo largo del día suelo levantar cerca de una tonelada de manzanas. Eso mantiene a raya mi nivel de colesterol.

—Supongo que tienes razón —repuso Darla—. Yo hago ejercicio todas las mañanas, pero el resto de mi jornada no es tan física. Soy agente de ventas. Tengo un montón de reuniones, muchas de ellas en restaurantes. ¡Si comiera todo lo que me pusieran delante, pesaría cien kilos!

—Estás perfecta, querida —le dijo Maxie—. Háblanos ahora de ese trabajo tuyo y de la gente a la que vendes tus productos.

De manera inteligente, Maxie se dedicó a mantener entretenida a Darla, que había dejado de comer, de manera que ellos dos pudieron terminar su cena. La información resultó interesante: su trabajo con médicos, hospitales y ensayos de fármacos capaces de curar enfermedades que, hasta el momento, habían tenido poca solución. Viajaba de tres a cuatro días por semana y disfrutaba haciéndolo. Tenía clientes que con el tiempo se habían convertido en amigos, porque dependían de ella. Y luego estaban los beneficios: bonos y regalos que entregar a sus clientes y, para ella, buenas entradas para conciertos y eventos deportivos. Y grandes descuentos para destinos vacacionales: *resorts* en el Caribe, Hawái, México. Disfrutaba de hecho de unas gloriosas vacaciones por todo el mundo.

Durante las explicaciones de su trabajo, Tom y Maxie se levantaron de la mesa y empezaron a fregar los platos, cuidadosos de no ignorarla. Dado que Maxie había dejado la parrilla en agua, no tardaron mucho tiempo en fregarla, en cargar el lavaplatos, en recoger la mesa. A esas alturas, Maxie ni siquiera se molestó en sacar el postre.

—Vamos —dijo Tom, tendiéndole la mano—. Ve a buscar tu abrigo. Gastemos las pocas calorías que has consumido en la cena.

Afortunadamente, solo él vio el gesto de Maxie cuando puso los ojos en blanco.

CAPÍTULO 8

Para alegría de Tom, hacía una noche clara. Fría, despejada, con el cielo salpicado de millones de estrellas. Caminó con Darla por el sendero flanqueado de manzanos, con las manos hundidas en los bolsillos del abrigo.

—Puedo entender por qué te encanta todo esto —comentó ella—. Es tan pintoresco y tan tranquilo...

—Nunca había pensado que podía ser pintoresco. Hay mucho trabajo. Movemos toneladas y toneladas de manzanas y litros y litros de sidra.

—Pero tienes empleados —repuso ella.

—Varios. Y ahora que estoy en casa, yo puedo llevar todas las fases del negocio: las cuentas, las nóminas, los encargos... todas esas cosas que hacía Maxie con la ayuda de Junior mientras yo estuve fuera. Tiene todo el derecho del mundo a aflojar el ritmo. Era o llevar el manzanar o pensar en venderlo en un futuro no muy lejano.

—¿Venderlo? —inquirió ella.

—Este negocio ha pertenecido a la familia Cavanaugh desde que se plantaron los primeros árboles, hace ya mucho tiempo de eso. Creo que fue mi bisabuela. A Maxie le habría apenado mucho. Y a mí también. No me imagino haciendo otra cosa.

—¿Y es un negocio rentable?

—Lo suficiente para satisfacer todas nuestras necesidades durante todo el año. Y en invierno, cuando ni plantamos ni recogemos, nos mantiene muy bien.

—¿Es lucrativo?

—Supongo que sí —respondió Tom con un encogimiento de hombros. Pero la verdad era que no lo pensaba. No podía comparar su manzanar con ningún otro. Les iba bien y cada vez que sacaban beneficios, siempre los invertían en la tierra, en la cosecha, en los equipos, en la casa. Tenían algunos ahorros, por supuesto, pero el dinero, en su mayor parte, volvía al negocio. Continuamente estaban ampliando la producción. Y evidentemente pagaban a empleados fijos y temporales para la cosecha.

—Qué gran sitio sería este para pasar los fines de semana y descansar del bullicio de la ciudad —comentó ella.

—¿Mejor que Jamaica? —replicó él, burlón—. ¿O que los palcos de primera en un partido de los Lakers?

Darla le dio un codazo en plan juguetón.

—Puedes pasar aquí todos los fines de semana que quieras. Cada vez que te apetezca —la invitó.

—¿Vendrás a verme a Davis?

—Probablemente no durante la cosecha. Rara vez me tomo un fin de semana entero libre entre finales de agosto y Acción de Gracias. A veces puedo arañar un día. O una tarde.

—Pero estuviste fuera durante siete años y aquí se las arreglaron bien —le recordó ella.

—Sí, pero ahora estoy en casa y ellos no llevan el peso de esto.

—¿Te estoy distrayendo ahora mismo de algo importante?

Tom se detuvo y se volvió para mirarla.

—Esto es como un capricho. Después de pasar todo el día en el manzanar, no suelo hacer estas cosas. Pasear entre los árboles por la noche, bajo el cielo estrellado, me hace mirar todo esto de otra manera, apreciarlo mejor —inspirando profundamente, apoyó las manos en su cintura—. ¿Y a ti cómo te va, ahora que no tienes a Bob a tu lado?

—Muy bien —respondió Darla—. Tuve mi duelo, que fue

muy duro, pero estoy mejor. Incluso tuve unas cuantas citas. Nada muy prometedor, pero bueno…

—Ya sabes que besé a mi primera chica en el manzanar —dijo él.

—Apuesto a que has besado a un montón desde entonces.

—No en el manzanar —inclinándose lentamente, buscó sus labios. Ella apoyó las manos en sus hombros y alzó la barbilla para ofrecerle su boca.

Tom le acarició tiernamente los labios con los suyos y deslizó luego los brazos por su cintura. Atrayéndola hacia sí, profundizó el beso, que se fue haciendo más exigente.

Darla consintió durante unos segundos hasta que se apartó suavemente, soltando una nerviosa carcajada. Él no la soltó, sino que se quedó observando su sonrisa, sus ojos.

—Vayamos despacio, Tom —le dijo ella.

—Claro —y la tomó de la mano para continuar paseando por el sendero—. Me sorprendió que me llamaras, Darla.

—¿De veras? Porque, cuando me visitaste, yo me quedé con la idea de que nos seguiríamos viendo —alzó la mirada hacia él—. Yo pedí ese curso de posgrado, Tom. Pensé que nos daría la oportunidad de llegar a conocernos mejor.

—¿En serio? —replicó él, asombrado. Sonriendo, le apretó la mano—. No tenía ni idea.

—No deberías mostrarte tan sorprendido. Eres un hombre muy deseable. Guapo, trabajador, exitoso.

—¿En serio?

Ella se rio y se apoyó en él.

—Vamos a pasárnoslo muy bien este fin de semana.

Tom disfrutó contemplando el maravillado asombro de Darla ante los bosques de secuoyas y la costa rocosa, siempre con la cámara del móvil a la busca de fotos panorámicas o cortos vídeos. Le sorprendió el placer que le proporcionó contestar a sus numerosas preguntas sobre la zona, el negocio del manzanar o su infancia con su abuela. Supuso que si le preguntó tan poco sobre el tiempo pasado con los marines fue porque, después de todo, fue allí donde perdió a su marido.

Le dijo que se sentía cómoda con él porque tenía la sensación de que la conocía, después de haber servido en el ejército con su marido. Tom asintió, pero en realidad él no compartía aquella sensación en absoluto. Bob no le había hablado mucho de ella, solo lo justo, como por ejemplo que no podía esperar para volver a casa, que su esposa era maravillosa, etcétera. Pero, por lo demás, no se había enterado de dato alguno significativo sobre ella.

Tom había sido capitán, y Bob sargento primero. No habían sido exactamente viejos amigos, pero Tom había servido con él en el desierto y le había tenido mucho aprecio. Bob había querido seguir carrera en el ejército, mientras que Tom siempre había pensado en dejarlo al término de su servicio.

A las veinticuatro horas de la primera visita de Darla al manzanar, a Tom ya le costaba trabajo seguir pensando en ella como en la esposa de un sargento de marines. Estaba muy orgullosa de su trabajo, amaba lo que hacía. Tenía verdadera pasión por su oficio.

Le preguntó si Bob y ella habían pensado en tener hijos. Darla le respondió que apenas habían hablado de ello. Pero, durante la cena del sábado, consiguieron hablar de temas más personales. Tom le contó su infancia como huérfano, y ella la suya junto a su hermano mayor y sus devotos padres. Parecía que había llevado una vida muy cómoda hasta que decidió casarse con un marine y enviudó al poco tiempo. Él no pudo por menos que compadecerla: todo el mundo arrostraba su propia carga de sufrimiento, pero aquella preciosa y activa mujer no debería haber sufrido aquel trauma. Aquello le hizo pensar en la cantidad de chicas con toda la vida por delante que habían perdido a sus hombres en la guerra, así como en los chicos que habían enterrado a sus mujeres, enroladas en el ejército, por la misma razón.

El domingo por la mañana descubrieron que Maxie se las había arreglado para ofrecer muesli y yogur natural a Darla para el desayuno, un detalle que la hizo sonreír. Una vez acabado su abundante desayuno de costumbre, Tom le dio un beso en la frente y le dijo que volvería tras hacer un rápido chequeo al manzanar.

—Por favor, date prisa —le pidió ella, sonriendo dulcemente—. Tengo que marcharme a mediodía y no quiero hacerlo sin despedirme. Además de que tenemos que planear nuestro próximo encuentro.

Poco después, Tom regresó a casa con tiempo suficiente. Encontró a Maxie en la cocina y le sonrió.

—Eres un portento, ¿lo sabías? ¿Cómo te las has arreglado para conseguir el muesli y el yogur?

—No ha sido tan difícil —respondió ella—. Pero es que tenía que solucionarlo. Apenas ha comido un par de espárragos en todo el fin de semana.

—Bueno, el sábado yo la vi comer algo más —repuso él con una sonrisa.

—Gracias a Dios. Puede que no coma mucho, pero tiene un conjunto de ropa distinta para cada hora del día.

—Creo que es por eso por lo que se conserva tan delgada —comentó Tom, dándole a Maxie un toquecito con el dedo en la punta de la nariz—. Si sigue comprándose tanta ropa, se arruinará.

Maxie se echó a reír.

—Está haciendo las maletas. Ve a ver si necesita ayuda. E invítala a comer, aunque no tengo la menor idea de lo que puede gustarle. A lo mejor podría podar un poco de césped y servírselo en un plato.

—No seas mala —le recriminó Tom. Pero poco después se reía para sus adentros mientras subía las escaleras. Encontró a Darla doblando cuidadosamente su ropa.

Ella le sonrió, pero él frunció el ceño.

—Darla, ¿estás guardando tu ropa en papel tisú?

—Sí —respondió, orgullosa—. Absorbe los olores, evita que se arruguen y, si se produce algún accidente, como un derrame de laca o de perfume, el papel sirve de protección. En realidad lo utilizo solamente por los olores y las arrugas.

—Impresionante.

—Sospecho que tú no te tomas tantas molestias —comentó ella.

—No. Con un par de mudas limpias y mis bártulos de afeitado, me basta.

—Qué masculino...

Había tres maletas abiertas sobre la cama. Darla llevaba puesto en aquel momento su cuarto par de botas, esa vez negras y con plataforma, y su cuarto fino y sensual suéter. Vio las botas rojas, que descansaban sobre la maleta más grande. Recogió una.

—Háblame de estas botas —le pidió.

—¿Qué quieres que te diga?

—Bueno, tienen aspecto de ser especiales. ¿Lo son?

Ella esbozó una sonrisa de oreja a oreja.

—Podría decirse que sí. Son unas Jimmy Choo.

—¿Jimmy qué?

—Choo. Una marca de alto diseño.

—Vale, ahora dime: ¿las tienes porque las necesitas, porque te gustan, porque te encantan? ¿Por qué?

—Vaya una pregunta tan rara —dijo ella, quitándole la bota—. Bob solía hacerme preguntas así, pero en cualquier caso le gustaba verme con ellas puestas. Son muy especiales y hacen que me sienta especial. ¿No te parece suficiente con eso?

—Supongo que sí —contestó Tom—. Si te lo puedes permitir... Apuesto a que son muy caras. Parecen caras —de hecho, reflexionó, toda ella parecía cara.

—Me lo puedo permitir, Tom —le informó, riéndose.

—Bueno... —empezó él, apartando una de las maletas para sentarse en la cama—, tengo otra pregunta, dado que no tengo la menor idea de lo que se necesita para hacer que una hermosa mujer como tú se sienta especial, ¿cuánto son de caras tus botas rojas?

—Seguro que no querrás saberlo —respondió mientras doblaba un fular que él no había llegado a ver.

—Sí que quiero.

Darla negó con la cabeza.

—De verdad que no es algo de lo que tengas que preocuparte. Nunca me compro nada extravagante que no me pueda permitir con toda libertad.

—Compláceme —le pidió él—. Siento curiosidad.

—¿Estás seguro? —lo miró a los ojos—. Porque no toleraré que me juzgues y me condenes... Ya sé que no estás interesado en cosas como las botas o la ropa de diseño. Eso a mí no me importa. Pero no consentiré que me condenes por intentar estar guapa gastándome mi propio dinero en lo que quiera.

Tom se llevó una mano al corazón.

—Esa no es en absoluto mi intención. Me gusta que estés guapa.

Ella le sonrió dulcemente.

—De acuerdo. Estas botas son muy caras. Más de mil dólares.

—¿En serio? ¿Cuánto más?

Darla respiró hondo.

—Conseguí un precio bueno: mil trescientos sesenta y cinco dólares.

Tom tragó saliva y esbozó una leve sonrisa.

—¿Precio bueno, dices?

—Lo sé —repuso ella—. Habría podido encontrarlas en eBay, ¡pero no las quería de segunda mano! Puestos a gastarme dinero, quería que fueran nuevas.

—Por supuesto —pero, para sus adentros, él estaba pensando: «Qué locura». Aunque suponía que habría sido divertido buscarlas de tienda en tienda. Por lo demás, se le ocurrían otras actividades mucho más divertidas—. El negocio de ventas de farmacia debe de ser muy rentable.

—Oh, mucho. Sin embargo, recibí algún dinero el año pasado y… —bajó rápidamente la mirada y Tom esbozó una mueca cuando lo adivinó: la herencia de Bob—. Habría podido utilizarlo para pagar facturas, pero pensé que me merecía algún capricho…

—Claro —dijo él—. Lo siento, yo…

—Eres maravillosamente comprensivo. La mayoría de los hombres no lo entenderían. Me refiero a lo mucho que significan las cosas bonitas para una mujer.

Tom alzó una mano y le acarició la mejilla con el dedo índice.

—Lo entiendo, Darla. De verdad que sí.

Minutos después, llevó su equipaje al Cadillac. Le abrió la puerta del conductor y ella, en lugar de sentarse al volante, se quedó donde estaba. De repente, le echó los brazos al cuello y, apretándose contra él, le dio un beso en los labios. Deslizó incluso la punta de la lengua en el interior de su boca y gimió ligeramente.

Como el perro de Paulov, Tom deslizó los brazos por su cintura, la apretó con fuerza e inclinó la cabeza para hacer justicia a aquel beso. Subió lentamente una mano por su espalda hasta acariciarle la nuca, moviendo el pulgar y el índice en lentos círculos al tiempo que profundizaba el beso. Pensó en el hecho de que debería volver a casa para poder reanimar a Maxie antes de que terminara sufriendo un síncope, dado que era seguro que estaría contemplando la escena. Aunque Maxie tenía mucha experiencia de la vida, así que no tenía por qué preocuparse. Decidió pues concentrarse en el festín que se le ofrecía a la vez que se preguntaba por qué no había saboreado aquella pasión el día antes, o la noche anterior cuando estuvieron solos.

Ella se retiró despacio, acariciándole el pecho con una mano y regalándole una dulcísima sonrisa, a la vez que entornaba seductoramente los ojos.

Tom soltó una risita, casi incómodo.

—¿Qué pasó con este beso anoche? Me habría encantado hacer un alto en el camino para detenernos en la cuneta.

—Decidimos que iríamos despacio —le recordó ella—. Pero, si quieres saber mi opinión, creo que esta amistad tiene mucho potencial.

—Yo lo que creo es que tengo que revisar mis correos electrónicos más a menudo —repuso él, alzándole la barbilla para un segundo beso. Pero fue un beso breve. Por muy tentadora que fuera la perspectiva de prolongarlo, ella se marchaba y él no quería montar ninguna escena al aire libre.

—Bien. Seguro que nos veremos pronto. Por favor, dale las gracias a Maxie de mi parte. Ha sido maravillosa conmigo.

—¿No quieres entrar para darle las gracias tú misma?

—Ya se las di esta mañana. Y de verdad que tengo que irme.

—Descuida. ¿Qué tal si me llamas después, para decirme que has llegado bien?

—Claro —y se inclinó para darle un último y rápido beso en los labios—. Y gracias a ti también, Tom. No me imaginaba que iba a ser tan fantástico, de verdad —y, dicho eso, subió a su coche y se alejó de allí.

—Yo tampoco —comentó para sí mismo, quitándose la gorra y pasándose una mano por su corto cabello.

Una vez recuperado, se acercó a la verja para cerrarla.

No constituyó sorpresa alguna para Nora que Jed pretendiera volver tan pronto como ella se lo permitiera, y acompañado de Susan. El domingo a primera hora de la tarde estaba de nuevo en la puerta de su casa con otra caja de regalos.

—Esto se está convirtiendo en algo casi previsible.

—Hola —la saludó con una sonrisa la mujer que lo acompañaba—. Soy Susan y estoy verdaderamente encantada de conocerte. Gracias por haberme permitido venir. Ver a Jed descubrir a su familia ha sido… —suspiró, cerró por un instante los ojos y continuó—: Ha sido y es un gozo. Este ha sido su sueño durante tantos años… Hasta ahora ha disfrutado mucho con mis hijas y mis nietos, pero esto es algo completamente nuevo. ¡Está como en éxtasis!

—Susan —susurró él—. No la asustes. No estoy obsesionado.

Susan se echó a reír. De unos cincuenta y pocos años, llevaba el cabello gris sin teñir y el rostro limpio de maquillaje. Vestía unos tejanos y una camiseta, con una camisa de franela por encima. Una mujer muy sencilla, práctica, abierta.

—Sí que está obsesionado —confirmó—. Pero no tienes que temer nada.

Jed no perdió el tiempo: ya se había arrodillado en la alfombra con la caja de juguetes. Fay apareció al instante, gateando hasta la caja mientras su abuelo procedía a sacar lentamente juguetes y libros. Berry tardó algo más, pero también se acercó y se sentó en el suelo.

—¿Puedo traerte algo de beber, Susan? —le ofreció Nora.

—No, nada, gracias. Solo quiero mirar a Jed. Pero podemos hacer eso y charlar. Quería preguntarte si tenías intención de estudiar alguna especialidad mientas estuviste en el campus. ¿Tenías alguna preferencia, algún objetivo?

Nora se sentó en el sofá, con Susan a su lado.

—Había pensado en estudiar Magisterio, pero no tenía experiencia. Y, la verdad, no sé por qué se me metió en la cabeza.

—Pero aunque no tuvieras toda la información, sí que sabías que tu padre era profesor.

Nora asintió con la cabeza.

—Sí, y, cuando era pequeña, jugaba a las maestras con la niña de la vecina y las muñecas. Pero no era más que un juego…

—No lo descartes tan rápidamente. Yo solía construir ciudades en miniatura cuando era niña. Usaba flores, mondadientes y piedrecitas, cualquier cosa que tuviera a mano en el jardín. Pero nunca casas de muñecas, siempre ciudades llenas de gente. Me inventaba cuentos y obras de teatro. Mi madre pensaba que sería dramaturga, y mi padre, arquitecta. A final me convertí en antropóloga —se echó a reír y Nora se sintió inmediatamente cautivada por aquella bella, sencilla y discreta mujer—. Cuando veía jugar a mis hijas, adiviné enseguida a lo que se dedicarían. La verdad es que era demasiado obvio.

—¿Qué son?

—Bueno, Lindsey siempre estaba desvistiendo a los otros niños para curarlos. Ahora está haciendo su residencia como médica de familia. Melanie prefería cambiar los pañales y dar el biberón a sus muñecas. Es la que tiene tres hijos, una típica ama de casa que, sin embargo, aspira a estudiar algún día. Ya veremos.

—¡Vaya! ¡Voy a tener que observar muy atentamente los juegos de Berry y de Fay!

—Pero ¿qué me dices de ti? —inquirió Susan—. ¿A qué te dedicas actualmente?

—A recoger manzanas —respondió con una carcajada.

—¿Te gusta?

—Es un trabajo duro y pesado. Y sí, me gusta. Y me quedo corta. Adoro estar allí, en el manzanar. Es algo natural. Sano. Pero lo hago porque me pagan bien.

—¿Te has planteado la idea de volver a la universidad? —quiso saber Susan.

—Susan... —murmuró Jed a modo de advertencia.

—Nos está escuchando a escondidas —dijo ella con una carcajada—. Pero contéstame, Nora...

—Hace ya muchos años que no —admitió—. ¿Para qué pensar en cosas que no puedes conseguir?

—Bueno...

—Susan —insistió Jed con tono suplicante, interrumpiéndola. Respiró hondo y miró a Nora. Mientras lo hacía, Fay se subió a su regazo, confiada—. Nora, esta conversación puede esperar, hace muy poco tiempo que nos conocemos. Y dado que estas niñas son mis nietas y las quiero seguras y protegidas, apoyo completamente tu actitud de cautela con la gente, yo incluido. Pero lo que Susan está insinuando es que... todavía tienes opciones. Si quieres volver a la universidad y completar tu formación, cuentas con la oportunidad de hacerlo en Stanford.

—Jed —dijo Nora, con humor—. No es solamente la matrícula y los libros lo que se interpone en mi camino. Tengo una familia que mantener. Incluso aunque me financiases los estudios…

—La mayoría de mis amigos y amigas son gente casada y con estudios —le dijo él—. Sé todo lo que eso implica. La vivienda, el mantenimiento, el transporte… Son muchos los gastos. Pero escucha: deberías estar más segura de mí, y cómoda con tu propia decisión, clara respecto a tus objetivos. Personalmente, te apoyaré decidas lo que decidas. Si la universidad no te interesa, quizá te llame la atención alguna otra cosa. Yo solo quiero ayudar.

—¿No me has ayudado ya lo suficiente? —inquirió Nora.

—No —respondió él—. Durante diecisiete años estuve enviando un cheque mensual a Therese sin saber en qué lo utilizaba. De eso, al menos, la mitad de la culpa fue mía. Debí haber encontrado una manera más directa de ayudarte. Pero ¿ahora? Ahora quiero darte todas aquellas cosas que no pude ofrecerte en aquel entonces. Y sin que tú te sientas comprometida a nada.

—Cuidado, Nora… —la advirtió Susan con tono divertido.

—¡Susan! —la cortó nuevamente Jed. Y, de nuevo, Susan se echó a reír— Te he traído unas cuantas cosas que seguro que necesitas. Cosas que te harán la vida algo más fácil. Quiero hacer todo esto solo porque tú eres mi hija y estas niñas son mis nietas.

—¿Qué me has traído? ¿Leche maternizada, pañales?

—Y un coche —intervino Susan.

—Oh, por el amor de… —Jed se frotó las sienes.

—Es de segunda mano —explicó Susan—. Era mío. Lo cuidé muy bien. Le hice un montón de kilómetros, pero lo mimé mucho. Hace poco decidí cambiarlo por uno nuevo, pero Jed me lo compró, así que no tuve necesidad. Aunque tiene unos cuantos años, está en excelentes condiciones y dispone de asientos para niños —esbozó de nuevo aquella sonrisa tan encantadora que tenía—. Mi hija sabía exactamente qué modelo de asientos tenía que comprar y dónde podía conseguirlos a buen precio: es una experta en estas cosas. La otra, en cambio, es una experta en decirme la ropa que tengo que ponerme. Bueno, venga... ¡vamos a ver estos regalos tan especiales!

Nora se había quedado muda. ¿Un coche? No, aquello era demasiado. A pesar de lo que había dicho Jed, no podría evitar sentirse comprometida. Y no estaba preparada aún para...

—No puedo —dijo, sacudiendo la cabeza.

—Claro que puedes —insistió Susan—. Mira, mi exmarido y yo tuvimos que financiar los coches y los seguros de nuestras hijas cuando cumplieron los dieciséis o los diecisiete años. Los dos trabajábamos y no podíamos llevarlas de un sitio al otro en el nuestro. Y hubo otros gastos: fiestas de graduación, eventos... más la ropa y otros accesorios, que eran cada vez más caros. Así, con los años, fuimos cubriendo todas sus necesidades. Hubo que pagar los estudios de Lindsey. Y Melanie y su joven marido necesitaron una entrada para la casa. Si Jed hubiera estado cerca cuando tú tuviste que atravesar por todo ese proceso, no te habría parecido lo que te parece ahora: un dinero caído del cielo —sonrió a Nora—. Eres muy afortunada. Tu padre quiere ayudarte y no espera nada a cambio, excepto la oportunidad de llegar a conocerte mejor.

Jed seguía en la alfombra, con Fay en su regazo y Berry sentada prudentemente a su lado, mientras les leía un cuento.

—¿De verdad? —dijo Nora.

Jed la miró.

—Nora, es mucho lo que tengo que compensarte. Yo a ti. Y no al revés.

CAPÍTULO 9

Luke Riordan estaba tirando la basura de las cabañas en el gran contenedor del camping cuando oyó un bocinazo. Al levantar la mirada, vio una autocaravana con un gran tráiler aparcando en el recinto. No había duda alguna: se trataba de su viejo amigo, Coop, que se había presentado dos semanas antes de la fecha prevista. Terminó lo que estaba haciendo, se rio y sacudió la cabeza. Luego se dirigió hacia la camioneta cuando Coop ya estaba bajando.

—¿Te han vuelto a despedir? —le preguntó Luke, alzando una mano a manera de bienvenida.

—Lo dejé yo. ¿Te enteraste de ese vertido de petróleo que se produjo en el Golfo?

—¿Fue tu empresa?

—Así es. Siempre escatimando dinero, esos canallas. Hicieron demasiados recortes y se produjo el vertido. De modo que me largué.

—¿Y ahora qué? —quiso saber Luke.

—Por ahora, esta pequeña población de las montañas mientras me recupero —contestó Coop. Y esbozó una de aquellas deslumbrantes sonrisas por las que era tan conocido.

Henry Cooper, alias AKA Hank, o Coop, o Hank Cooper, había empezado a trabajar en entrenamiento de helicópteros cuando Luke era instructor en Fort Rucker. Tenía fama de rebelde. También era conocido como uno de los mejores pilotos de aparatos *chopper* que tenía el ejército. Ostentaba una brillante carrera militar, aunque por lo general acababa siempre chocando con sus jefes. Durante los diez últimos años había pilotado helicópteros para compañías petrolíferas en plataformas marinas. Y, como era previsible, había terminado chocando también con su último patrón.

—¿Cobraste indemnización? —inquirió Luke.

Coop se frotó la nuca.

—Bueno, me fui yo mismo. Pero antes de despedirme había ahorrado algo. Y vendí parte de las acciones de la empresa, que resultó que habían subido mientras ellos mataban gente en los pozos. No hay justicia en el mundo, ¿verdad? Pero estoy en buena forma. Puedo cazar y pescar sin problemas mientras tú trabajas: ese plan me iría muy bien —y sonrió de nuevo.

Luke no pudo por menos que echarse a reír. Coop hablaba demasiado, pero siempre estaba dispuesto a ayudar. Era un trabajador duro.

—¿Y Ben? —Luke le preguntó por el segundo compañero que tenía previsto acudir a aquel pequeño encuentro.

—Sí, le llamé. Le propuse que llegáramos juntos, pero estaba trabajando en aquella fosa séptica o pozo negro que anda haciendo en su tienda de aparejos de pesca. ¿Has estado alguna vez allí?

—Nunca —admitió Luke, y contempló el enorme remolque de su autocaravana—. Veo que te has traído tu propia cama. ¿Qué llevas en ese tráiler?

—Una Harley, una Yamaha Rhino, de motocross... y una moto de agua. Más la casa sobre ruedas que tira de todo ello. Vendí el barco.

—¿Has estado viviendo en esa cosa?

—Ajá. Y como un rey.

—Hay cosas que nunca cambian —repuso Luke con una carcajada—. Bueno, estás de suerte. Tengo un terreno para autocaravanas bien provisto de energía eléctrica, agua y alcantarillado. Y, además, agárrate... Yo mismo prepararé la cena de esta noche.

—¿Por qué es una gran noticia que cocines? —quiso saber Coop, frunciendo el ceño.

—Bueno, esto es alto secreto. Mi mujer adora la cocina. Lo que no significa necesariamente que sea buena cocinera... Por cierto, si se te escapa algo de esto, eres hombre muerto.

—Descuida. Bueno, me dijiste que te habías reproducido. ¿Dónde está el resultado?

—Brett está durmiendo la siesta. Tienes tiempo de aparcar tu trasto antes de que se despierte. El terreno que te he reservado está detrás de la casa. Una vez que te hayas instalado, te invitaré a una cerveza.

—Gracias —Coop miró a su alrededor con expresión admirada—. Esto no está nada mal...

—No creo que puedas probar esa moto de agua por aquí —dijo Luke—. Demasiadas piedras en el río. Las playas están al norte, algo lejos. Podrías ir al lago, aunque el agua está demasiado fría. Pero sí que podrás disfrutar de la Rhino y de la Harley: no encontrarás un país más hermoso que este. ¿Necesitas que te ayude a descargar?

—Simplemente indícame la dirección —dijo Coop—. Ah, y... Luke, me alegro de verte, hombre. ¿Cuándo fue la última vez?

—No lo sé. ¿Seis años? ¿Ocho?

—Demasiado tiempo —comentó Coop. Y volvió a subir a su camioneta para maniobrar con el remolque detrás de las cabañas.

Coop había mantenido el contacto suficiente con Luke como para estar al corriente de los hechos básicos: que se había instalado en Virgin River después de licenciarse del ejército para encargarse de algunas de las viejas cabañas de camping en las que había invertido con su hermano. Luke no había tenido nada mejor que hacer, así que se había quedado, las había reformado, había conocido a una mujer, se había casado, etcétera.

Y sin embargo nada le preparó para la sorpresa que se llevó al descubrir a aquel nuevo Luke. O a su esposa.

Cuando ambos se conocieron unos quince años atrás, Coop era un novato de veintitrés años mientras que Luke, algo mayor que él, era un instructor de helicópteros que acababa de escapar de un desastroso matrimonio. Cuando Luke regresó de Somalia, había encontrado a su esposa embarazada de otro hombre. Y no de cualquier tipo, sino de un oficial bajo su mando. Aquello lo trastornó tanto que su reacción se convirtió en leyenda. Una leyenda casi tan grande como el flirteo que tuvo Coop con el desastre también por causa de otra mujer. Pero al menos él no se había casado con ella. Solamente había ido a la cárcel por su culpa.

Decir que habían formado una pareja mal avenida habría sido un eufemismo.

Y allí estaba Luke, un hombre cambiado. O, mejor dicho... ¡un hombre cambiando pañales! Esa era una imagen que Coop jamás había esperado ver. Coop tenía algunos amigos casados, pero no así de domesticados.

Y cuando el bombón que su amigo tenía por mujer llegó por fin del trabajo, Coop casi se desmayó. Luke le había dicho que era joven: lo que no le había mencionado era que no llegaba a los treinta y que era absolutamente despampanante.

—Maldito canalla —murmuró con una sonrisa de oreja a oreja—. ¿Dónde has encontrado a esta belleza?

—Aquí mismo, amigo mío —respondió Luke.

—Pensaba que habías jurado no volver a casarte.

—Al diablo con las grandes proclamas. Desde el primer instante en que la vi...

Lo interrumpió la carcajada que lanzó su esposa, Shelby.

—Qué mentiroso es. Se resistió hasta el último momento.

Pero Coop encontraba realmente fascinante a aquel nuevo Luke. Aparte de su joven esposa y del inquieto pequeñuelo al que claramente adoraba, Luke también era tutor de un encantador treintañero con síndrome de Down: Art. Mientras Art se sentaba a la mesa, Luke sirvió a su mujer una copa de vino y continuó haciendo los filetes en la parrilla. Brett salió al jardín a jugar con su camioncito y empezó la sesión de evocación de los viejos tiempos. Durante la cena, hubo más de lo mismo. Una vez que Brett estuvo acostado, Luke encendió una fogata delante del porche, en el hoyo previsto para ello.

—¿Cómo erais Luke y tú en los viejos tiempos? —quiso saber Shelby—. ¿Cuándo os hicisteis amigos?

Coop se echó a reír, algo incómodo. Se alegró de que ella no pudiera ver el leve rubor de sus mejillas.

—Yo no era más que un chiquillo, esa es mi excusa. Pero no te habríamos caído muy bien, seguro. Bebíamos demasiado, conducíamos a demasiada velocidad, nos metíamos en peleas cuando no andábamos detrás de las chicas...

—A mí no me cuesta imaginarme a Luke como un mujeriego —comentó Shelby.

—Ya. No era muy hábil con las mujeres. Una le golpeó una vez en la cabeza con una jarra de cerveza. Nunca me enteré de cuál fue la ofensa.

—Respirar —masculló Luke—. Yo estaba saliendo de una mala relación. Tal vez estaba un poco amargado...

Coop soltó una carcajada.

—¿Tú crees? ¡Al menos no acabaste en la cárcel, como yo!

Shelby se irguió muy derecha y miró fijamente a Coop.

—¿Qué hiciste?

—Parece que nada, pero dado que me había quedado inconsciente, no fue mucho lo que pude hacer en mi propia defensa.

—Te quedaste inconsciente, pero tenías magullados los nudillos —le recordó Luke.

—Sí, eso fue lo inexplicable, supongo. No tengo la menor idea de lo que sucedió, pero por aquel entonces tenía la mala costumbre de perder la paciencia y de liarme a puñetazos con las paredes. Así de inteligente era entonces. Tardé años en convencerme de que no había herido a nadie más que a mí mismo.

—Pero ¿cómo fue que terminaste en prisión?

—Tenía esa novia... Imogene. No era precisamente una gran chica. Tenía unos gustos extremadamente caros. Pero guapa, muy guapa, con un cuerpo increíble. Trabajaba de camarera en un bar de mala muerte en las afueras de Fort Benning. Yo solía preguntarle todo el tiempo por qué no se buscaba un trabajo mejor y ella decía que los militares eran los que daban mejores propinas. Sobre todo aquellos que no podían permitírselo. Esto es lo que creo que eran: tipos a la espera de recibir una caricia o al menos un número de teléfono. Pero una noche en que yo había bebido demasiado y me quedé inconsciente, Imogene fue golpeada. Así que llamó a un imbécil de marine que conocía del bar, le lloró y le dijo que su novio le había pegado. Quince años después de aquello, ahora creo que estaba buscando algo más que compasión de aquel tipo.

—Pero no lo hiciste, ¿verdad? —preguntó Shelby—. No le pegaste.

Coop negó con la cabeza.

—Todavía no soy capaz de recordar lo que le pasó a mi mano, pero nadie resultó herido. Ni se quejó ninguna puerta, ni ninguna pared. Durante unos días horribles, me juré que no pegaría jamás a una mujer. En aquel tiempo tenía un montón de defectos, pero ese no era uno de ellos. Incluso yo tenía mis límites: jamás hice algo tan bajo. Y yo solo había pegado a un tipo que me hizo enfadar. Pero aquel marine imbécil llamó a la policía militar y me metieron en prisión, en la penitenciaría de Leavenworth. Hay dos cosas en el ejército que te garantizan detención y temporada en la cárcel: conducir bajo la influencia del alcohol y la violencia doméstica.

—Supongo que saldrías pronto —comentó Shelby.

—No tanto. Estaba pendiente de juicio ante un tribunal militar cuando un par de compañeros de entrenamiento consiguieron varios testigos que dijeron que un cliente se puso violento con ella en el bar. Imogene se enfadó conmigo porque yo no había estado allí para defenderla, o quizá por haber estado allí y no haber sido capaz de hacerlo. Y creo que le tenía echado el ojo a aquel marine —soltó una sardónica carcajada—. El tipo se embarcó cuando yo estaba todavía en prisión, así que supongo que la cosa no le funcionó.

—¿Quién era? —inquirió Luke.

—No sé su nombre, pero nunca olvidaré su cara. Solo un cabeza de chorlito que había pisado unas cuentas veces aquel bar... y que debía de creerse un maldito héroe. Una cara que espero no volver a ver nunca. Porque podría olvidarme de que hace tiempo que dejé de pegarme con la gente.

—Esa mujer, ¿no resultó al final acusada? ¿Por haberte culpado a ti? —quiso saber Shelby.

—No. Era una civil —dijo Coop—. La sentencia recogió que, dado que estaba muy oscuro, quizá pudo haberse equivocado. Y no acusó a nadie para que la policía militar la dejara en paz. Sin embargo, hubo tipos en el bar que afirmaron haber visto a un tipo jactándose de haberle dado una lección. Problema número uno: nadie fue testigo del incidente y el tipo en cuestión lo negó todo en el juicio. Se disculparon conmigo cuando me liberaron. Me dijeron también que, si en lo sucesivo quería evitar situaciones como esa, tal vez debería dejar de beber y salir con mujeres menos vengativas.

—¿Y lo hiciste? —inquirió ella.

Coop se frotó la mandíbula.

—No recuerdo la última vez que me he emborrachado, pero nunca he tenido mucha suerte con las mujeres.

—¿Te casaste alguna vez? ¿Hijos?

—Estuve a punto de casarme... dos veces. No funcionó. Nada de hijos. Tengo treinta y siete años. Desde los veintidós, mi vida ha cambiado mucho. Supongo que soy un solitario.

—¿No tienes familia?

—Oh, sí. Mis padres todavía viven y tengo tres hermanas casadas, un par de sobrinos y un par de sobrinas. Viven todos en Alburquerque, donde crecí. Y he pasado los diez últimos años trabajando o en Costa Rica o en el Golfo de México para empresas petrolíferas radicadas en Texas.

—Eso suena a más de una compañía —comentó Shelby.

Coop se encogió ligeramente de hombros.

—Yo nunca representé un gran papel en esas empresas: me limitaba al transporte por helicóptero a las plataformas marinas. Pero hay cosas que uno no puede evitar ver. Cuando los patrones, llevados por la avaricia, ponen en riesgo a la gente, a la fauna y al ecosistema... Digamos que me cansé. Soy piloto: para mí, la seguridad es lo primero. Gestión de riesgos. No hay dinero en el mundo que justifique poner en riesgo una vida.

—Por supuesto —se mostró de acuerdo Shelby.

—Ni siquiera la vida de un pato —remachó Coop.

Luke se echó a reír.

—Coop se nos ha vuelto un rebelde.

—No puedo negar lo que veo —replicó él—. Yo no hago las reglas. No soy un héroe, no he filtrado ninguna información para denunciar a nadie, pero no pienso trabajar para una compañía que destruye el medio ambiente y pone en riesgo a sus propios empleados mientras gana dinero a espuertas.

—¿A ti? —preguntó Shelby—. ¿Te pusieron a ti en riesgo?

—Oh, diablos, no —dijo él—. Si me hubieran pedido que volara a una plataforma en malas condiciones, me habría negado. Pero siempre podían encontrar a alguien que lo hiciera, y eso me indigna. Sin embargo, yo no soy un poli. Esa actitud me ha costado más de un empleo, pero me alegré enormemente de dejarlos. Nunca me ha llevado más de diez segundos decidirme. Veamos, ¿el trabajo por un lado, la vida por otro? Está claro: la vida.

—¿Así que te has hecho ecologista?

Coop se rio de buena gana.

—Valoro y respeto la naturaleza. Siempre y cuando no dañemos a nadie ni destrocemos el medio ambiente, no tengo nada contra el petróleo.

—Pero cazas —le recordó ella.

—Y llevo ropa de cuero. Y lleno mi depósito de gasolina. Pero no vulnero las normas de seguridad ni me aprovecho de la gente hambrienta que necesita trabajar en lo que sea para dar de comer a sus hijos... ¡Aj! ¡Haz que deje de pontificar, Luke!

Luke se echó a reír.

—¿Qué te parece el terreno que te he preparado ahí atrás? ¿Ya te has montado la casa con ruedas?

Coop sonrió y alzó la mirada al cielo.

—Creo que me va a gustar esto.

Nora sabía que Tom Cavanaugh iría a buscarla el lunes por la mañana, así que lo esperó en la puerta de su casa, apoyada en su Nissan gris de segunda mano. Se imaginaba la cara que pondría cuando viera el vehículo.

Tom apareció a la hora habitual y se quedó sentado en la camioneta, sorprendido. Su reacción le arrancó una carcajada.

Finalmente, bajó de la camioneta y se la quedó mirando inquisitivo.

—¿Tienes compañía?

Ella negó con la cabeza.

—Me lo dio Jed —le dijo, y abrió una de las puertas traseras—. ¡Tiene asientos de niño!

Tom se quitó la gorra y se rascó la cabeza.

—¿Te lo dio así sin más?

—Está intentando recuperar el tiempo perdido, creo. Perteneció a su amiga, Susan. Ella, en vez de cambiarlo por un coche más nuevo, se lo vendió a Jed, que lo quería para mí. Yo me quedé de piedra. Todavía no me lo puedo creer. Y, ¿sabes una cosa? Es muy bonito.

—Supongo que eso quiere decir que tendrás carné de conducir.

—Por supuesto. Lo que pasa es que hace mucho que no conduzco.

—Yo puedo seguir llevándote al trabajo mientras te acostumbras de nuevo —le sugirió—. Hoy, por ejemplo. Así me cuentas lo de tu visita.

—Me parece a mí que el hecho de que no necesite ya que me lleves te ha dejado un tanto decepcionado… —opinó ella, soltando una carcajada.

—Pero es que me he acostumbrado a tus informes…

—Podemos hablar durante la comida. Si es que no estás demasiado ocupado.

Parecía incómodo. Nora tuvo la sensación de que se avergonzaba un poco, desviando por un instante la mirada.

—No quiero que nadie piense…

Pero ella ya estaba sacudiendo la cabeza.

—Vamos… ¡no estamos en el instituto y tú tienes novia!

—Aún no.

—Oh, venga… ¡Tenemos que hablar! ¡Quiero saberlo todo sobre esas botas rojas!

—¿Te regaló algo más el viejo Jed, aparte del coche? —preguntó de repente Tom.

Ella apoyó las manos en las caderas y sonrió.

—¿Estás cambiando de tema aposta?

—Me lo estaba preguntando, eso es todo…

—Una tarjeta Walmart para comprar ropa de invierno, algunos juguetes para las niñas y además nos trajo la cena: pollo asado con patatas y verduras. La compró de camino.

—Supongo que ahora no necesitarás muchas cosas…

—¡Necesito saber cómo te fue el fin de semana! —replicó Nora, riéndose—. Esto es lo que haremos. Yo te seguiré hasta el manzanar. Prepararé el café como de costumbre. Tomaremos una taza mientras esperamos a que lleguen los demás. Mientras tanto, tú podrás hacerme las preguntas que quieras… ¡y me lo contarás sobre todo tu fin de semana con esa mujer despampanante!

—¿Despampanante? —inquirió él, ceñudo.

—¡Bueno, Tom, acuérdate de que la vi! Pero pongámonos ya en marcha o no tendremos tiempo para hablar. ¡Vamos!

★★★

Tom no tenía la menor idea de cómo se las había arreglado aquella explosiva mujer para conseguirlo, pero no dejó de sonreír durante todo el trayecto hasta el manzanar, siguiendo a su Nissan. Nada más aparcar, le sugirió que tomaran el café en la cocina con Maxie.

—Pero... Tom, no voy a conseguir sonsacarte ningún detalle íntimo con tu abuela presente —murmuró Nora por lo bajo.

Él se inclinó hacia ella, con su rostro muy cerca del suyo.

—No vas a sonsacarme ningún detalle íntimo de todas maneras.

—Oh —exclamó Nora, tapándose la boca—. De acuerdo entonces.

Cuando entraron en la cocina, descubrieron a Maxie sentada a la mesa, con el periódico y una taza de café delante. Estaba dormitando.

—¿Maxie?

Se despertó con un respingo.

—¡Oh! —sonrió de pronto—. Buenos días, Nora —bostezó—. Dios mío.

—Oh, estás cansada —observó ella—. Tomaremos mejor el café en la oficina.

—¿Te encuentras bien, Maxie? —le preguntó Tom.

—Sí —respondió—. Me temo que no he dormido muy bien estas últimas noches. ¿Y bien? ¿Vamos a tomar café o no? —dio un sorbo del suyo y esbozó una mueca—. El mío se ha enfriado.

—Yo me encargo —se ofreció Nora, recogiendo su taza. Arrojó el resto al fregadero, le preparó un nuevo café con leche y azúcar, se sirvió otro para sí y se sentó a la mesa—. Tom me prometió que me contaría lo de su fin de semana.

—Vaya, eso será interesante. A mí no me ha contado nada —dijo Maxie.

Tom se aclaró la garganta.

—Estuviste aquí —le recordó, sirviéndose también una taza.

—Sí, y no sé si nos lo pasamos bien o no.

—Nos lo pasamos bien. Darla es una chica de ciudad, una

ejecutiva. Le encantó el manzanar, las secuoyas, la casa. Lo que pasa es que no llegó a apreciar nuestro estilo de vida rural. Ya sabes lo que quiero decir: no es la clase de chica que se entusiasme con un filete de vaca a la parrilla. Pero tiene intención de volver.

—¿De veras? —inquirió Maxie.

—Sí —confirmó él, mirándola con los ojos entrecerrados y esperando que no se pusiera a criticar su extraño apetito, sus numerosos cambios de vestuario o el hecho de que en ningún momento se había levantado de la silla para ayudarles con los platos.

—Estupendo —comentó Maxie, y miró a Nora—. Es una mujer muy guapa. Con dinero. Y viuda.

—Eso he oído —repuso Nora—. Su marido sirvió en el ejército con Tom, ¿verdad?

—Sí. ¿Cómo era él? —le preguntó Maxie.

—Un buen tipo.

—Vaya, con eso me he quedado tranquila —se burló su abuela.

—Trabajaba para mí —explicó Tom—. Normalmente no intimas con los hombres que están bajo tu mando, pero él era sargento y sus chicos habrían muerto por él. Al final, fue él quien murió por ellos: perdió la vida intentando salvar a los demás. Era leal, listo, valiente… y tenía un gran sentido del humor. Cuando no estaba velando por su seguridad y su bienestar, les hacía reír con sus chistes. A veces pensaba que las normas eran estúpidas y a veces yo le daba la razón. No puede decirse exactamente que traspasara la línea, pero casi —se echó a reír y sacudió la cabeza—. Era un provocador. No le importaba correr riesgos. No hablaba mucho de Darla, al menos conmigo. Pero bueno, todos estábamos muy ocupados.

Nora estaba como en trance, escuchando.

—Ocupados —repitió. Aunque él no lo había dicho, se imaginaba que se había referido a que habían estado constantemente amenazados, bajo el fuego enemigo. Intentó ahuyentar ese pensamiento, recordándose que en aquel momento estaba en casa, a salvo—. ¿Cómo es Darla?

—¿Que cómo es? —inquirió él, frunciendo el ceño—. Maja. Agradable.

Maxie y Nora intercambiaron una mirada. Maxie arqueó las cejas.

—De acuerdo, es muy inteligente y vendé medicamentos para una empresa farmacéutica —explicó Tom—. Tiene que viajar un montón. Parece que le gusta la ropa y supongo que gana bastante dinero. Y... vigila mucho su peso.

Nora soltó una carcajada y meneó la cabeza.

—¡Hombres! —exclamó, exasperada—. Yo lo que quiero saber es esto: ¿qué le gusta hacer para divertirse? ¿Hace excursiones por el campo, practica el surf, se va a cazar patos? ¿O juega al ajedrez, lee y pinta? ¿Le gustan los animales? ¿Cuáles son sus grandes objetivos y sus sueños imposibles? ¿Practica la religión, habla idiomas, cocina, hornea pan, cose? ¿Está en Facebook? ¿Tiene Twitter? ¿Le gustaría tener hijos, preferiría ser una madre trabajadora o una madre ama de casa? ¿Quién es su mejor amigo y quién su peor enemigo? ¿Cuál es su ídolo? Si alguien le pide que redacte una lista de las cinco cosas más importantes de la vida, ¿cuáles son? ¿Y cuáles son las tres cosas por las que se sentiría más agradecida? Si un día la invitaran a cenar con un famoso o una famosa, vivo o muerto, ¿quién sería?

Cuando hubo terminado, tanto Maxie como Tom la estaban mirando asombrados, con la boca abierta.

—Nora, si ni siquiera yo mismo sería capaz de responder a esas preguntas —le confesó él.

—Yo solo puedo responder a cuatro o cinco —dijo Maxie—. El manzanar es importante para mí. La segunda prioridad después de la familia, que es Tom. Horneo, hago ejercicio caminando por el manzanar y creo que embotar, hornear, cocinar y limpiar esta casa tan grande bien podría calificarse también de ejercicio. Fui madre trabajadora, soy abuela trabajadora y espero ser algún día bisabuela trabajadora. Estoy en Facebook...

—¿Estás en Facebook? —inquirió Tom, sorprendido.

—Un poco por mí y por mis amistades, para compartir fotos y noticias…

Nora estaba fascinada.

—¿Y con qué famoso cenarías?

Miró al techo mientras buscaba una respuesta. Finalmente dijo:

—Hillary Rodham Clinton.

Nora estaba atónita.

—¿Qué es lo que querrías saber sobre ella?

Maxie sonrió.

—Tendría que ser una cena muy larga…

—Ay, diablos —la cortó Tom—. Creo que es hora de recoger manzanas.

—Maxie, tengo noticias frescas —dijo Nora, disponiéndose ya a marcharse—. ¡Tengo un coche! Uno con asientos de niño para poder hacer recados y venir al trabajo. Eso figuraría en mi lista de las tres cosas por las que me siento más agradecida.

—Esa sí que es una buena noticia —comentó Maxie—. Así que… ¿vendrás a cenar este viernes? ¿Con las niñas?

—Maxie, creo que probablemente Darla volverá el viernes… —apuntó Tom.

—Oh. Bueno, ¿qué tal el miércoles entonces? ¿Podrás recogerlas y traerlas aquí? Podrías salir del trabajo un par de horas antes para que tuvieras tiempo, y quedarte hasta tarde. Ir a casa, cambiarte, preparar a las niñas… —miró a Tom—. Prepararía un gran… ¿El qué? ¿Espaguetis? ¿Sopa de pollo? ¿Carne en salsa con puré de patatas? Un asado sería demasiado para ellas.

—Voto por cualquiera de esas opciones —dijo Nora—. Sería tan divertido… traeré la trona de Fay. ¡Gracias, Maxie!

CAPÍTULO 10

Hank Cooper poseía un tráiler último modelo, perfecto para un solterón deportista como era él. Lo había instalado en el terreno para autocaravanas que se extendía detrás de las cabañas de Luke, lo había anclado y había bajado luego la compuerta trasera para descargar su motocicleta, su moto de agua y la Rhino. Una vez que lo hubo bajado todo y vuelto a cerrar la compuerta, procedió a descolgar del techo el mobiliario del salón. Disponía también de una amplia cocina, un cuarto de baño grande y el dormitorio principal. Llevaba viviendo en aquel remolque ya un par de años y siempre tenía los armarios y cajones llenos, de manera que no tenía necesidad de preparar nada cada vez que viajaba. La cocina también estaba montada: no solía tomarse demasiadas molestias, pero solía cocinar dentro en vez de salir a comer fuera.

A continuación montó una carpa adjunta de plástico y aluminio para proteger los vehículos.

Cuando hubo terminado, desplegó un toldo y sacó parte de su mobiliario exterior. Su nevera estaba bien provista: comida, cerveza, soda. Disponía asimismo de una antena parabólica que le proporcionaba buena cobertura de televisión y conexión a Internet.

Finalmente se instaló en la tumbona a descansar, escuchando los rumores del bosque y del río cercano. Pensó que la gente que alquilaba aquellas cabañas no sabía lo que se perdía. Por la mañana había estado ayudando a Luke en el recinto de las cabañas, y después se había dedicado a navegar por Internet, con una cerveza a mano y el portátil sobre las rodillas.

Primero había entrado en la página de Devlon Petroleum. Las acciones habían subido desde el día anterior y no parecía que la empresa hubiera tenido problemas con la Agencia de Medio Ambiente o sufrido accidentes en sus propios equipos, algo de lo cual se alegró en parte, aunque no se arrepentía en absoluto de haberse despedido de allí. Se habían producido un par de vertidos menores que no habían tenido mucha publicidad, además de un par de accidentes laborales que habrían podido evitarse de haberse respetado las preceptivas medidas de seguridad. Su última discusión con su piloto jefe tuvo lugar cuando se negó a volar a las plataformas del Golfo a causa de un parte meteorológico que pronosticaba la llegada de un huracán. Si le hubieran pedido que volara en aquellas condiciones para recoger a un trabajador en peligro y llevarlo a tierra, lo habría hecho. Pero lo único que había querido la empresa había sido llevar a más hombres a las plataformas a pesar del empeoramiento de las condiciones meteorológicas. Su piloto jefe solamente había cumplido órdenes cuando le espetó:

—O vuelas o te largas.

Coop había preferido largarse.

Probablemente la culpa era enteramente suya. Cuando dejó el ejército después de haberse pasado seis años a bordo de un helicóptero, había aceptado todo tipo de trabajos de alto riesgo. Al cabo de un par de años como mercenario en un Black Hawk en países carentes de un ejército propio, había pasado a hacer viajes a plataformas petrolíferas de empresas civiles, para descubrir que aquel trabajo podía ser tan éticamente cuestionable como el primero. Pero el dinero lo había llamado. En aquel tiempo no había percibido ninguna diferencia entre pilotar un Black Hawk en Irak o en Mozambique y pilotar aparatos civiles en Costa Rica o en el golfo de México, entre el continente y los pozos marinos.

Pero luego había sido testigo de su primer vertido de importancia en el mar y todo había empezado a complicarse. Las consecuencias para la fauna habían sido horribles. Coop nunca había prestado demasiada atención a las gaviotas, a los pelícanos y a los peces hasta que vio millares de ellos cubiertos de crudo. Como tampoco se había preocupado de la situación de las pequeñas flotas pesqueras hasta que las vio amarradas en puerto a cientos, incapaces de salir a trabajar. Fue entonces cuando empezó a darse cuentas de cosas tales como los negligentes intentos de limpieza de los vertidos, o las subidas del precio del petróleo como consecuencia de la recarga en el consumidor de los propios errores de la empresa, así como de los gastos derivados de las denuncias recibidas.

Había trabajado para un total de cuatro compañías petrolíferas. Y se había despedido de todas por lo que consideraba un comportamiento irresponsable en la extracción y transporte de crudo. Había estado buscando todavía una más cuando se dio cuenta de que necesitaba un cambio. Un respiro. Y aunque eso le había hecho sentirse algo culpable, las mismas compañías que tanto desaprobaba le habían pagado bien y además con bonos y acciones. Tenía una abultada cuenta bancaria, de manera que podía permitirse dejar de trabajar durante un tiempo para pensar sobre su paso siguiente. Y, mientras tanto, también hacer donaciones a organizaciones sin ánimo de lucro dedicadas a la limpieza de vertidos o a la protección de la fauna salvaje.

«Basta», se dijo. Abrió su buzón de correo electrónico. Tenía un mensaje de Ben Bailey, el tipo con el que tenía que encontrarse en Virgin River. Estaba ocupadísimo y muy agobiado, sobre todo con la avería de su fosa séptica. Estaba intentando arreglarlo todo para poder hacer al menos un rápido viaje a las montañas y avistar por lo menos un ciervo, si no cazarlo. Solo estaba a cinco horas en coche desde su hogar en Oregón.

Coop contestó a su mensaje:

Ven cuando puedas. Yo todavía estaré un tiempo por aquí. Ahora mismo estoy en paro. Otra vez. Si no vienes tú, iré yo a verte. Todavía no he visto ese negocio tuyo.

—Ah, el infame Coop —pronunció una voz a su lado.

Miró por encima de la pantalla del portátil. El tipo era algo más alto que Luke, pero por lo demás el parecido era asombroso. Esbozó una mueca.

—¿Por qué «infame»?

—Tu reputación, como la de mi hermano, te precede —le tendió la mano—. Colin Riordan. Mismo ADN que Luke. Somos vecinos. ¿Qué tal?

Coop cerró el portátil y le estrechó la mano.

—Relajándome un poco. Este lugar es magnífico.

—Sí, es increíble la suerte que tuvo Luke —comentó Colin con las manos en las caderas, mirando a su alrededor—. Él y nuestro hermano Sean vinieron aquí a cazar y encontraron esta finca muy deteriorada. Su anciano propietario se hallaba por entonces postrado en la cama, muriéndose. La verdad es que estuvo agonizando durante años… Pero Sean y Luke se comprometieron a cuidar del tipo. Con el tiempo, Luke vino aquí y puso en marcha las obras. Lo reformó todo. Pensé que luego vendería las instalaciones, pero al final se quedó.

—Shelby —adivinó Coop.

—¿No es un portento? Con mi cuñada, me tocó la lotería. Y hay más afortunados: Aiden y Sean se casaron.

—¿Cuántos hermanos estáis aquí? —preguntó Coop, levantándose.

—Cinco Riordan. Luke me contó que pilotabas para el ejército.

—Sí, durante unos años. Y, si no me equivoco, tú también has pilotado Black Hawk.

—Así es —dijo Colin—. Hasta que un estúpido accidente me retiró de la profesión. Estábamos de maniobras en Fort Hood cuando un avión civil fuera de control me derribó —sacudió la cabeza—. Me tragué toda una maldita guerra para que luego un pobre tipo sufriera un ataque cardíaco en pleno vuelo con consecuencias casi mortales para mí. Pero me vine aquí para recuperarme y conocí a Jillian, una pequeña granjera de lo más interesante. No estamos casados, pero llevamos juntos cerca de un año. Y la cosa tiene visos de continuar.

—¿Qué le pasa a este lugar que tiene tantas mujeres guapas?

—Curioso, ¿verdad? —Colin se echó a reír.

—¿Una cerveza, Colin? —le ofreció Coop.

—No, gracias. Pero me gustaría ver tu caravana. Luke me ha estado hablando de ella. Te caben un montón de cosas y además es una verdadera casa con ruedas.

—Sube y echa un vistazo. Es suficientemente grande para mí. Y también es un garaje rodante.

Colin subió a la autocaravana y contempló la cocina. De allí partía una escalera que llevaba al dormitorio principal y al baño, dejando al mismo tiempo espacio para un amplio salón.

—Estos sillones se arriman a la pared, la mesa se pliega, se eleva el sofá cama hasta el techo... y se abre toda la pared posterior para poder bajar la rampa y entrar así con los vehículos. La moto de agua se monta sobre ruedas.

Colin se echó a reír.

—Compré el remolque en un principio para viajar, pero cuando mi último empleo en Corpus Christi, alquilé un terreno y me instalé allí. No fue precisamente un movimiento radical para el tipo de vida que había llevado. Viví incluso unos meses en un barco, que no era precisamente muy grande... Pero tengo un largo historial de no quedarme en el mismo lugar durante mucho tiempo.

—Y con el trabajo lo mismo, ¿no? Luke me comentó algo sobre tus diferencias de opinión con la manera en que los tipos de negro gestionan los asuntos.

—Ah, eso —dijo Coop, soltando una carcajada—. Luke piensa que me he convertido en una especie de ecologista. No lo soy. Simplemente odio la violación y el pillaje.

Colin se echó a reír.

—Bueno, yo creo que sí que soy un poco ecologista. Solo disparo contra los animales cuando amenazan con devorarme. En cuanto a Jilly... ni siquiera utiliza pesticidas químicos en su huerto de verduras. Quiero ver el resto de esta caravana —señaló las escaleras—. ¿Qué hay ahí arriba?

—Dormitorio y baño. Adelante.

Colin subió la escalera para descubrir un espacioso cuarto de baño con ducha y un dormitorio con cama de matrimonio, con un amplio armario de puertas y cajones que ocupaba toda una pared. Frente a la cama había una pantalla plana.

—Venga, arranquemos esa Rhino tuya. Te llevaré a dar una vuelta por el bosque —le propuso Colin—. Puede que terminemos en la granja de Jilly. Te aseguro que es digna de ver.

El miércoles por la tarde, una vez que todos los trabajadores abandonaron el manzanar, con el equipo bien guardado y la verja de la finca cerrada, Tom se dirigió a la casa. Al acercarse, vio a una niña pequeña sentada al pie de la puerta trasera con un gran libro de dibujos sobre el regazo, volviendo cuidadosamente las páginas. Incluso aunque no hubiera sabido que Nora y sus hijas cenarían esa noche en su casa, habría reconocido a aquella niña como hija suya. Tenía el mismo tono claro de tez que su madre, color melocotón pálido. Su cabello castaño era algo más claro, pero, cuando alzó la mirada hacia él, Tom reconoció de inmediato aquellos grandes ojos castaños con diminutas motas doradas.

Debía de ser Berry. Nora le había hablado mucho de ella.

Se sentó en el escalón, a su lado. Se sacó las botas que había llevado todo el día: olían a estiércol y Maxie no consentiría que se sentara con ellas a la mesa de la cocina. Berry se apartó un poco. Nora le había comentado que era muy tímida. Miró la página que parecía haber cautivado su atención y le preguntó:

—¿Qué animal es ese?

La niña ni siquiera se dignó a mirarlo, pero respondió:

—Una vaca.

—¿Sabes cómo hace la vaca?

—Muu —respondió muy por lo bajo.

Tom se rio suavemente. Berry llevaba un bonito conjunto de color lavanda: pantalón y blusa de manga larga con un dibujo de flores, deportivas y calcetines con borde de encaje. Él había esperado a una pilluela ataviada con ropa antigua y gastada, en vez de la pulcra ropa que llevaba.

—¿Y este otro dibujo? ¿Qué animal es?

—*Bato* —dijo por lo bajo.

Tom se echó a reír.

—O pato, más bien. ¿Y cómo hace el pato?

—Cuá —susurró ella.

—Eres muy lista. ¿Cuál es el siguiente animal?

La niña volvió la página y respondió:

—La *lana*.

—La rana. ¿Y cómo hace la rana?

—Croá, croá…

—Yo tengo una charca llena de ranas. ¿Te gustan las ranas?

La pequeña asintió con la cabeza.

—Si te acercas un poco más a mí para que pueda ver la hoja, te lo puedo leer —se ofreció Tom.

La niña se limitó a pasar la hoja. Pero enseguida se le adelantó.

—Un gatito. Miau…

—Magnífico —dijo Tom, y se acercó un poco más para leer: «Este es un gatito y dice miau. Al gatito le gusta jugar con un ovillo de lana o de hilo» —intentó imitar bien un maullido, con lo que se ganó una nueva mirada de Berry con una leve sonrisa.

Se preguntó si Nora, de niña, habría sido como Berry, dulce y tímida. En aquel momento ya no lo era, pero en ocasiones era de lo más divertida. Y tampoco podía negar que era una gran chica. Independiente. Y orgullosa. Demasiado. Tenía coraje. Tom tenía la impresión de que a veces proyectaba más del que realmente tenía, pero eso también le gustaba.

Berry volvió de pronto la página y él leyó:

—«Este es un perrito y hace…» —se volvió hacia ella.

—Guau. Guau —respondió, mirándolo.

—Yo tengo un perrito.

—Ya lo sé. *Guke* —informó, orgullosa.

Tom se echó a reír.

—Sí, Duke. Aunque no es exactamente un perrito. Es más bien un perro. *Guke* es bastante grande...

—No pronuncies mal por ella —sonó de repente la voz de Nora a su espalda—. Ya sé que resulta tentador, y gracioso, pero...

Ambos se volvieron, sonrientes.

—Parece muy lista para tener solo dos años —comentó Tom.

—Tiene casi tres, pero sí que lo es. Necesito trabajar más con ella, pero el problema es el tiempo. Necesitamos practicar los colores, la escritura, los números... Está en preescolar —miró el libro—. Ese es el cuento favorito de Berry. Un regalo de su abuelo.

—¡Jed! —exclamó Berry, alborozada.

Tom fue incapaz de reprimir una sonrisa.

—Parece que le cae muy bien.

—La cosa no ha sido tan rápida... Solo en su segunda visita consiguió que ella le dejara leer un cuento, siempre que no se acercara demasiado.

—Pues entonces a mí se me ha dado de maravilla —comentó Tom—. Porque este es nuestro primer día y ya le he leído tres páginas.

Nora se sonrió.

—Si quieres ducharte antes de la cena, tienes tiempo.

Tom hizo un burlón gesto de olerse la axila y alzó una mirada interrogante hacia ella.

—¡Caramba! —exclamó Nora—. Maxie me dijo que querrías ducharte. No me extraña.

—De acuerdo, bajaré en unos minutos —y se levantó para entrar en la casa.

Ante la mesa, sentada en su trona con un plato de galletas saladas delante, estaba Fay. Por alguna razón que no consiguió explicarse, Tom se alegró enormemente de descubrir que la hermana de Berry se parecía también muchísimo a Nora: cabello castaño claro, tez muy clara, ojos de un tono marrón dorado. Pero aquella pequeña no era tan tímida: se puso a chillar y a reír tan pronto como lo vio entrar en la cocina y le entregó un puñado de galletas medio mordidas. Parecía desbordar felicidad y confianza.

Maxie se rio al ver el estado de las galletas. Tom sospechaba que su abuela prefería el desastre que podía generar en la mesa una pequeñuela como aquella... a botas rojas y suéteres caros combinados con ningún apetito en absoluto.

—Voy a darme una ducha rápida.

Bajo el chorro de agua, pensó en lo guapas que eran aquellas niñas. Y aunque Berry parecía un tanto retraída y de trato difícil con los desconocidos, aquella familia rebosaba felicidad. Darla, por otra parte, era feliz. Muy feliz. Sobre todo cuando hablaba de viajes, de ropa y dinero, aunque... ¿qué tenía eso de malo?

Nada. Nada en absoluto.

Se puso un suéter y unos tejanos limpios. Cuando Darla se quedó a cenar, se calzó unas botas, pero esa noche se quedó en zapatillas. Había tenido un largo y cansado día. Había cargado varios camiones con cajones de fruta y sidra. Estaba agotado. Y muerto de hambre.

Cuando bajó a la cocina, encontró a Nora y a Maxie sentadas ya a la mesa, riéndose de algo. Berry estaba sentada al otro lado de Nora, encima de un par de cojines cubiertos por toallas de papel para no mancharlos con salsa de espagueti.

—Aquí estás —dijo Nora, levantándose—. ¿Quieres cenar ya o prefieres tomar una cerveza o algo?

Tom miró a Berry, sacó tripa y se frotó con fuerza el estómago,

—¡Yo querer comida! —exclamó, haciéndola reír, y añadió para sus adentros: «¿Qué diablos me ha pasado? Yo no sé nada de niños. ¿Por qué tengo tantas ganas de jugar con Berry?». Pero la niña no dejaba de sonreírle, lo cual le hizo sentir algo por dentro, una especie de extraño calor.

—Bien —dijo Maxie, reuniéndose con Nora en la encimera de la cocina.

Habían servido la ensalada en cuencos individuales. Sobre la mesa había un pan de ajo. Maxie estaba colando los espaguetis mientras Nora terminaba de preparar la salsa.

Fue Nora la que llevó las ensaladas a la mesa.

—Berry, tienes que comértela. Tiene nutrientes.

—¿Tienes alguna idea de lo que son los nutrientes? —le preguntó Tom.

—Absolutamente ninguna. Pero tiene que acostumbrarse —sonriendo, Nora añadió—: Con la verdura remolonea un poco, ¡pero te garantizo una buena actuación con la pasta con salsa!

—A Tom también le gusta mucho —intervino Maxie.

—De niña, yo tenía muchos problemas con las verduras. Mi madre siempre me ponía un plato delante y, si no me lo comía todo, me dejaba sin cenar. Tuve que ganarme el derecho a comer pastel de carne a fuerza de comer coles de Bruselas. No soy una mujer caprichosa con la comida, pero dudo que ese proceso haya ayudado en algo —sirvió los espaguetis a sus hijas mientras Maxie se ocupaba de los adultos—. Atención, es posible que esto degenere en desastre —advirtió, e hizo cambiar a Tom de asiento para que no estuviera al lado de alguna de las niñas, por si se manchaba.

Fue, efectivamente, un poco desastre, pero pareció divertir mucho a Maxie y a Nora. Maxie se echó a reír cuando vio el pelo de Fay lleno de fideos y salsa, y la niña reaccionó riendo también de manera incontrolable. Con lo cual más comida fue a parar a su pelo, y así sucesivamente, en bucle.

Le sorprendió que Nora, que era menuda y delgada, tuviera tanto apetito. A él le gustaban las mujeres bellas, siempre arregladas y de busto generoso, pero le disgustaba que hicieran ascos a la comida. ¿Acaso no era posible conciliar ambas cosas?

Finalmente, Nora se recostó en la silla y exclamó.

—¡Oh, Dios mío, perdóname, por favor, Maxie! ¡He comido como una glotona! ¡Estaba todo riquísimo!

—Nunca te disculpes por comer con alegría en mi mesa —dijo Maxie—. ¿Tienes todavía hueco para la tarta? Me ayudaste a hacerla.

—Lo siento, pero de verdad que no puedo...

—¿Te llevarás un poco a casa?

—¡Sí! ¡Por supuesto! ¡Oh, gracias! ¡Creo que nunca en toda mi vida he comido tan bien!

Tom no pudo por menos que recordar en aquel momento las palabras de Darla: «Me inclino por el sushi. ¿Te gusta el sushi?».

—Ha faltado el vino —observó.

—Algún día, cuando no tenga que conducir después con las niñas, te prometo que me tomaré una copa de vino. Ha pasado mucho tiempo desde la última vez. No sé si te has dado cuenta, pero no voy muy confiada con el coche. Necesito algo más de práctica. En esas condiciones no quiero arriesgarme a tomar siquiera una copa, sobre todo con las niñas a bordo.

—Perfectamente comprensible. ¿Qué hacemos ahora? ¿Jugar un rato con las crías?

—No. Fregaremos antes de que Fay se ponga revoltosa. Y luego me las llevaré a casa para bañarlas y acostarlas pronto. Mañana madrugo.

Como si la hubiera entendido, Fay se removió en la trona, alzó los bracitos y soltó un fuerte gemido.

—Oh, no, quiere el biberón. Ya es la hora. Tengo uno preparado... Deja los platos, Maxie. Tendrás que esperar a que termine de dárselo.

—Yo se lo daré —se ofreció Tom. Lo dijo sin pensar, para su propia sorpresa.

—¿Seguro?

—Claro.

—Muy bien. Voy a limpiarla, entonces —Nora se dedicó a limpiarle la cara y las manos con una toallita húmeda. Acto seguido, soltó el cinturón de la trona, levantó a la niña y se la entregó a Tom—. Ponte cómodo. Te traeré el biberón y la manta.

No muy seguro del significado de aquellas instrucciones, Tom se llevó a Fay al salón y eligió el asiento favorito de Maxie, una cómoda mecedora, desde la que podía dominar la cocina. Nora enseguida se le acercó por detrás, con el biberón y la manta.

Fay estiró los bracitos hacia el biberón con un irritado «eh, eh, eh». Luego, sosteniéndolo ella misma y arropada en la manta, se arrebujó en el regazo de Tom y empezó a chupar.

Tom miraba hacia la cocina, donde estaban pasando muchas cosas. Berry se había subido a un taburete entre Maxie y Nora, para ayudarlas a fregar, salpicando en realidad más que otra cosa, mientras las dos mujeres charlaban como si se conocieran de toda la vida. Y, maravilla de las maravillas, Berry no paraba de hablar, y subiendo la voz. No como cuando había estado sentada en el peldaño de la puerta, hablando tímida y en voz baja, sino bien alto y fuerte, locuaz. Se dirigía tanto a Maxie como a su madre, mirando a una y a otra.

Enjabonaban los platos, los aclaraban y los secaban. Aunque Maxie tenía lavaplatos, prefería fregarlos a mano a no ser que fueran muchos. Decía que el agua caliente aliviaba el dolor de sus manos artríticas.

Bajó la mirada a Fay, que lo estaba mirando a su vez. Aquellos ojos de soñolienta felicidad lo llenaron de una sensación de profunda satisfacción y anhelo, como si hubiera hecho algo más que ofrecerse para algo que ni siquiera había sabido que quería. La niña le sonreía mientras chupaba la tetina del biberón. Él le devolvió la sonrisa, y enseguida vio que sus ojos empezaban a cerrarse. Los abría, los cerraba, volvía a abrirlos, volvía a cerrarlos… Finalmente, cuando casi se había terminado el biberón, se quedó dormida. Y, en un impulso, Tom bajó la cabeza para besarle la cabecita.

—Sabía que esto iba a pasar.

Se quedó consternado. ¿Había hecho algo malo?

—El último biberón del día la deja aplastada de cansancio. Siempre es una verdadera carrera bañarla antes de que se duerma. Dámela, yo la sostengo.

—¿Te la vas a llevar?

—A casa, Tom. Necesita acostarse.

—¿Y el baño?

—¿Sabes una cosa? El baño se lo puede saltar un día.

—Pero tiene salsa de espagueti en el pelo y detrás de la oreja.

—Ya, la limpiaré un poco cuando la cambie y le ponga el pijama. No quiero que Adie intente bañarla o que en la escuela infantil piensen que soy una madre negligente... Dámela —le pidió, extendiendo los brazos.

—Puedo llevarla yo al coche —se ofreció él—. ¿Ya está lista Berry?

—Sí, aunque se ha mojado un poco —dijo Nora. Acuclillándose, acarició con un dedo la orejita de Fay—. Es la cosa más bonita del mundo, ¿verdad? Gracias por todo, Tom. Por la tarde entera y la cena... Ha sido todo maravilloso. Espero poder ser capaz algún día de invitarte a ti y a tu familia a mi mesa.

La expresión de sus ojos era tan dulce y tierna que Tom sintió que algo se removía en su interior. Para disimular la incomodidad que le producía tanta emoción, se levantó con Fay en los brazos, entregó el biberón a Nora y arropó bien a la bebé con la manta.

Nora fue a la cocina a buscar a Berry. Maxie la había sentado sobre sus rodillas y le estaba poniendo el abriguito, comentando con ella lo mucho que le había gustado que hubieran ido a cenar. Nora guardó el biberón casi vacío en la gastada bolsa de lona donde llevaba los pañales.

—Creo que ya lo tengo todo. Berry, ¿te acordaste de recoger tu cuento?

La niña asintió.

—Dale las gracias a Maxie, que nos vamos ya.

La pequeña le dio las gracias por lo bajo y la abrazó. Luego Maxie se levantó para despedirse de Nora con otro abrazo.

—Me lo he pasado tan bien... —le dijo—. Prométeme que las traerás otro día.

—Me encantaría. Ha sido maravilloso —tomó a Berry de la mano y se dirigieron al coche, con Tom detrás.

Tom sentó a Fay en su silla mientras Nora hacía lo mismo con Berry y le abrochaba el cinturón. Fay ni siquiera gimoteó, de lo muy dormida que estaba. Pero Tom no se apañaba con el cinturón, así que Nora tuvo que acudir en su ayuda, sonriente.

Apoyó luego las manos en su cintura para darle un abrazo de despedida.

—Gracias.

—Iré contigo hasta la verja, para abrírtela.

—Puedo arreglármelas...

—Insisto. Así volveré dando un paseo. Hace una hermosa noche.

Nora alzó la mirada al cielo y soltó un profundo suspiro.

—Cuando llegué aquí, pensaba que había ido a parar al infierno. Pero mira este cielo, huele este aire. No me podía imaginar que esta iba a ser la mejor etapa de mi vida. Seguro que eres consciente de lo afortunado que eres.

—Vamos —dijo él, subiendo al coche—. Por cierto, bonito coche, Nora.

—¿Verdad? Al principio tuve mis recelos con Jed, pero ahora creo que todo va a salir bien. Es muy bueno. No podría pedir más.

«Yo sí podría pedir más», pensó Tom. «Una mujer en vez de dos, por ejemplo. Una mujer adecuada».

Segundos después estaban ante la verja y él se apresuró a bajar para abrirla.

—Conduce con cuidado —le dijo antes de cerrarla.

Se alegró de haberle sugerido acompañarla hasta allí. Necesitaba pasar un rato a solas antes de que Maxie lo acribillara a preguntas sobre lo poco o lo mucho que había disfrutado de la velada, así que caminó lentamente de regreso a la casona. Luego se sentó en los peldaños de la puerta trasera, justo donde había estado con Berry.

Le gustaban muchas cosas de Darla. Le gustaba que fuera inteligente, brillante y muy sofisticada. No le importaba que él, a su lado, pudiera parecer un aburrido granjero. Había tenido una infancia feliz y protegida. Aparentemente no guardaba esqueleto alguno en el armario, tal como una expareja encarcelada por tráfico de drogas. No tenía hijos, de manera que no arrostraba carga alguna... Bueno, sí que arrostraba una carga: la de un guardarropa de miles de dólares, pero ese no era su problema. Un guardarropa cuyo lucimiento sería un desperdicio en una población pequeña como Virgin River. ¿Y si él prefería pasar las vacaciones acampando en el bosque o pescando mientras ella se iba a una playa del Caribe? Muchas parejas aceptaban de buen grado sus diferencias. Solo que a él no le entusiasmaba la idea de cargar con dos grandes maletas para cada día de viaje.

Soltó un profundo suspiro.

En cambio, las cosas que le gustaban de Nora eran bien distintas: su belleza sin adornos, su voluntad y su determinación, su bondad, su gratitud, su humor. Incluso le gustaban sus hijas. Mucho.

CAPÍTULO 11

Maxie estaba sentada en el salón, con los pies en alto y el televisor encendido. Sabía lo que Tom estaba haciendo: o estaría sentado en el porche o paseando fuera, inquieto e indeciso, preguntándose qué diablos iba a hacer. Aunque los últimos años los había pasado fuera, conocía demasiado bien al muchacho. Era un planificador nato.

Tom no parecía lamentar demasiado el no haber tenido padres. Ese tipo de carencias no destacaban demasiado en un lugar como Virgin River, donde abundaban las familias extensas. En una población con grandes negocios familiares como granjas, viñedos, manzanares y ranchos de ganado, era muy común incluir a los abuelos y a los tíos en cualquier rutina familiar. Así como también era típico de los chicos de pueblo aspirar a una vida más excitante y amplia de miras.

—Cuando sea mayor, pienso conocer todos los países del mundo —solía decir Tom de pequeño—. No pienso pasarme la vida entera en un pueblucho como este. Quiero ver cosas, hacer cosas excitantes.

Ya entonces suponía Maxie que iría a la universidad y se enrolaría en los marines, como así sucedió. Esa había sido su escapada a un mundo mayor y excitante... a espuertas.

Ella nunca intentó convencerlo de las virtudes de la tierra. Pero después de probar diversas carreras en la universidad, Tom se había licenciado finalmente en Agricultura. Y tras su paso por los marines, había vuelto al manzanar. Ella no le había pedido que lo hiciera. Más bien le había advertido de que, si al final no mostraba ningún interés por el negocio de las manzanas, ella lo vendería al cabo de unos años. No pensaba seguir recogiendo manzanas con ochenta años, pero se habría sentido más que encantada de seguir viviendo en su casa, en su tierra.

Maxie sabía que, en lo más profundo de su ser, Tom encontraba un gran consuelo en la belleza de la simplicidad, de la naturaleza, de una vida plena. Sabía también, sin embargo, que la manera más rápida que podía tener de alejarlo del manzanar no era otra que intentar vendérselo.

Pero al final se conformaría. Lo aceptaría. O al menos eso esperaba ella.

Oyó el ruido de la mosquitera al cerrarse y lo vio entrar en el salón. Tuvo que esforzarse por disimular su impaciencia. Se moría de ganas de preguntarle por la cena y por sus invitadas. En lugar de ello, le ofreció:

—¿Tarta?

—No, gracias. Me voy a la cama.

—¡Pero si son las ocho menos cuarto!

—Ha sido un día largo —repuso él—. Sacaré a Duke una vez más, eso sí. Vamos, muchacho —le dijo al perro. El animal tardó su tiempo en levantarse, como si le dolieran las articulaciones.

Tardó un rato en regresar. Dado que Duke no había pedido salir, no tenía ninguna prisa. Transcurrieron otros diez minutos antes de que regresara con el animal y subiera las escaleras rumbo a su habitación.

«Pobre», pensó Maxie, medio divertida. Resultaba obvio que le gustaba mucho Nora y que quería que Darla le gustara más. Esperaba que fuera capaz de dormir. En cuanto a ella, seguiría disfrutando de la televisión.

El otoño había llegado y Coop se alegró de encontrarse en uno de los más bellos escenarios que se había podido imaginar.

Dado que Luke y Shelby lo invitaban a cenar casi cada noche y no le cobraban el terreno donde estaba instalado, procuraba compensarles ayudando en los trabajos del camping. Limpiaba las cabañas, iba a comprar a los grandes supermercados de la costa y colaboraba en las tareas de cocina.

Recorrer la zona con Colin en la Rhino, que era una especie de todoterreno en miniatura, se había convertido en su pasatiempo favorito. Ya conocía buena parte de la comarca y, allá donde iba, todo era precioso. Coop estaba encantado con la granja de Jilly, con su gran casa y el huerto de verduras, pero lo que más le impresionaban eran las pinturas de Colin. Le parecía imposible que el tipo fuera un autodidacta y no un pintor profesional.

—Necesito tener una de esas pinturas —le comentó un día a Colin—. ¡Pero no tengo una pared donde colgarla y además no sabría cuál elegir!

—Ya tendrás algún día una pared —replicó Colin con una carcajada—. Una vez que decidas lo que vas a hacer en el futuro.

Coop sacudió la cabeza.

—No pienso volver a la guerra, ni a las empresas petrolíferas. Y no sé pintar. De hecho, creo que lo único que sé hacer es pilotar helicópteros. Luke tuvo suerte al encontrar lo de las cabañas. Lleva una vida muy decente. Y en un pueblo decente.

—Tú has recorrido mucho valle y mucha montaña, pero creo que del pueblo no has visto gran cosa. ¿Qué tal una cerveza en Jack's? —sugirió Colin—. Ya es hora de que conozcas a Jack. Luke va allí una vez por semana. Vamos.

Colin acompañó a Coop al camping para dejar allí la Rhino y recoger a Luke. Poco después, aparcaban frente a Jack's.

El hombre que estaba detrás de la barra puso cara de haber visto a un fantasma. Y lo mismo hizo Coop, a la vez que exclamaba:

—¡Tú!

Hubo un largo silencio. Finalmente, fue Luke quien dijo:
—¿Qué diablos...?

Coop se volvió hacia él, echando chispas por los ojos.

—¡Es él! ¡El marine que me hizo detener!

—¡Yo no te hice detener, imbécil! ¡Fue la mujer a la que pegaste! Yo simplemente estaba presente cuando ella gritó: «¡Ha sido él!».

—¡No, tú llamaste a la policía militar y les dijiste que había sido yo! —dijo Coop, adelantándose hacia la barra—. ¡Yo ni siquiera estuve allí!

Instintivamente, Colin y Luke se apresuraron a agarrarlo, cada uno de un brazo.

—Hey, hey, hey. ¿Qué es esto?

—Nada. No sucedió nada —dijo Luke, reteniéndolo.

—Sí que sucedió algo —remarcó Jack—. Ella tenía la mandíbula hinchada, un ojo morado, unos cuantos moratones y…

—¿Y te llamó a ti? ¿Cómo es que tenía tu número? ¿Te lo preguntaste alguna vez?

—Me dijo que se encontraba en una mala situación y yo le dije que si alguna vez necesitaba ayuda…

Coop soltó una carcajada cruel.

—¿Y dónde estabas tú después de que a mí me detuvieran? Porque me soltaron, ¿sabes? ¡No tenían nada contra mí!

—¿Qué?

—Ya me has oído. Ella mintió, ¿te enteras? Ella quería que me arrestaran. ¡Pretendía cambiarme por un marine! ¡Tú!

—Yo me embarqué con mi destacamento —explicó Jack—. Solo estaba en Benning de paso. Y ella sabía que yo me iba a marchar… ¡No me quería!

—No, amigo. A quien no quería era a mí —dijo Coop—. Su intención era que me detuvieran por algo que nunca hice.

—Pero si le habían dado una paliza —le recordó Jack, enfático.

—Alguien se la dio. Había gente que lo sabía, y que sabía que no había sido yo. Debió de plantar a algún tipo que querría una cita, el tipo la siguió hasta su coche y, al ver que no estaba dispuesta a cambiar de idea, le pegó. Se fue a casa y entonces te llamó a ti. Y aunque tú no viste nada ni sabías nada, ¡hiciste que me detuvieran! ¿No se te ocurrió nunca revisar el asunto, comprobar qué había pasado, ya que no habías visto nada? —Coop se liberó bruscamente tanto de Colin como de Luke y se irguió—. Bueno. El caso es que ahora estoy aquí. Y este pueblo no es lo suficientemente grande para los dos.

Y, dicho eso, dio media vuelta y abandonó el local.

Luke sacudió la cabeza.

—Él no lo hizo, Jack —le aseguró—. Vamos a tener que arreglar este asunto. No pienso consentir que Coop se vaya de aquí. Acaba de llegar —y se marchó para reunirse con Coop y Colin y subir al vehículo.

Poco después, los tres hombres y Shelby estaban tomando una cerveza en el porche de Luke.

—No me puedo creer que Jack hiciera algo así —dijo Luke, dejando caer la cabeza—. En cierta manera tiene sentido, lo cual constituye una razón más para arreglar este asunto.

—¿Cómo que tiene sentido? —exigió saber Coop—. ¿Y por qué querría yo solucionarlo?

—Jack es un buen tipo —dijo Colin—. El lado positivo es que tiene reputación de defender siempre a los más desvalidos. El lado negativo es que, evidentemente, no tenía todos los hechos. O pensó que los tenía cuando no era así.

—La cuestión es que yo tenía orden de destino en Fort Rucker y no pensaba llevarme a Imogene. Eso habría sido un desastre: ella no quería sentar realmente la cabeza y tener algo permanente conmigo. No llevábamos mucho tiempo, al menos no el suficiente para que fuéramos pareja... Creo que ella simplemente quería un billete para trasladarse a otro sitio. Así que discutimos, rompimos lo poco que quedaba por romper entre nosotros, y yo me largué con unos amigos a emborracharme. Y, si queréis saber la verdad, no precisamente por haber cortado con Imogene, sino más bien por todo lo contrario. Lamento que le pegaran, pero no sé por qué me armó esta trampa... Pero no, claro que lo sé. Estaba enfadada y prefería verme en prisión por haberme negado a llevármela a Alabama que ver cómo detenían al tipo que realmente le pegó.

—¿Quién le pegó? —quiso saber Luke.

—Un sargento que estaba destacado de manera permanente en Benning. Debió de salir con él alguna vez, creo. Yo ya llevaba unos cuantos días en el calabozo cuando mis amigos lo encontraron. ¡Y la maldita Imogene nunca llegó a acusarlo de nada! Él admitió que pudo haberla golpeado —se rio amargamente—. «Que pudo haberla golpeado». Le dio una buena paliza. Según mis amigos, se jactó de ello en el bar, pero no lo confesó a la policía militar. Ignoro por qué ella no quería verlo entre rejas. Después de aquello, ya no volví a verla.

—Creo que entonces deberíamos explicárselo todo a Jack, dado que no se enteró ni de la mitad de la historia —dijo Luke—. Y, en todo caso, se enteró mal.

—Pues yo no pienso darle ninguna explicación —dijo Coop—. Mi inclinación, más bien, es la de pasar de todo esto.

—Esta vez no —replicó Luke. Apoyando los codos en las rodillas, se inclinó para acercarse más a su amigo—. Creo que los tres compartimos un rasgo común, que no es otro que el de escoger siempre el camino más fácil.

—¿Le estás diciendo eso a un soldado veterano que ha estado en la guerra?

—Vale, te lo diré de otra forma —dijo Luke—. En el lugar donde estás ahora mismo, es demasiado fácil que alguien suponga lo peor de ti. Yo he estado en ese lugar más de una vez y te digo que apesta. Colin probablemente podrá contarte…

—¿Yo? —lo interrumpió su hermano con una carcajada—. ¿El tipo al que sorprendieron sus hermanos mascando Oxycontin como si fuera una golosina? Sí, hubo un tiempo en que a mí se me suponía siempre lo peor, y lo malo era que a veces acertaban. En esto no puedo por menos que estar de acuerdo con Luke. Tal vez no logremos nunca resolver las cosas entre Jack y tú, pero no veo por qué eso tiene que importar tanto. Esto es lo que creo que importa de verdad, Coop: que lo aceptes. De acuerdo, te tendieron una trampa. Fuiste sospechoso, sí, por un tiempo, pero jamás fuiste un delincuente convicto y confeso. No permitas que eso te ahuyente de aquí.

—Colin tiene razón —intervino Shelby—. Tú no tienes ningún compromiso aquí, Coop: todos entendemos que este, para ti, no es más que un lugar de paso. Pero, por favor, no te marches antes de tiempo solo porque una única persona no entiende las circunstancias de lo que te pasó.

—La persona más respetada del pueblo —masculló Coop.

—Jack es un buen tipo —dijo Luke—. Pero tiene fama de meterse en líos de cuando en cuando. Merece la pena darle un poco de tiempo.

—Creo que no me habéis entendido bien —dijo Coop—. No estoy de humor para explicarme con él, para intentar hacerle comprender. Simplemente preferiría tomarme la cerveza en cualquier otra parte.

—Claro. Perfectamente. Yo solo estoy diciendo que es demasiado pronto para que hagas las maletas. Y por la única razón de que te hayan juzgado y te hayas enfadado por ello.

—Me han juzgado mal. Injustamente —precisó Coop.

—Ya volveremos a hablar de ello dentro de unos días —sugirió Colin.

Coop bajó la mirada por un momento. Luego dio un trago de su botella de cerveza y se recostó en la silla.

—Dios, pensaba que había acabado con esto.

—¿Sabes qué fue de Imogene? —inquirió Luke.

Coop sacudió la cabeza.

—No tengo ni curiosidad de saberlo. ¿Habéis tenido alguna vez la experiencia de haber conocido a la persona equivocada en el momento equivocado con un resultado absolutamente desastroso?

Luke, Shelby y Colin se miraron entre ellos. Entonces fue Luke quien se echó a reír: Luke, que se había casado estúpidamente y había salido de aquella relación con el corazón destrozado, para no volver a levantar cabeza en más de doce años, hasta que conoció a Shelby, lo mejor que le había sucedido en la vida. Tomó la mano de Shelby y se la apretó.

—No sabes de qué estás hablando, hombre.

Tom hablaba con Darla casi cada tarde. Le dijo que le habría encantado que fuera el fin de semana, pero que por desgracia estaría trabajando todo el sábado y el domingo.

—¿Tendrás las noches libres? —le preguntó ella.

—Sí —respondió—. Trabajaré todo el día, pero no soy un animal, así que por las noches no.

Ella se echó a reír.

—Tengo que leer muchas cosas, pero estaría bien que pasáramos una noche o dos juntos. En plan de trabajar los dos duro el fin de semana y descansar por las noches. Podría llevar algunas películas.

«Me perderé los partidos de béisbol», pensó Tom, pero repuso:

—Claro.

No era su intención, pero no pudo evitar advertir que Maxie estaba algo tensa con la cena del viernes por la noche. Preparó salmón, arroz y más espárragos de su huerto y, aunque no había sustancias maléficas de por medio, tales como pan, patatas, salsa, etcétera, Darla no comió apenas. Tom supuso que semejante inapetencia formaría parte de su carácter y decidió ignorarla. Al fin y al cabo, ¿no había tenido ya esa discusión consigo mismo? Le gustaban las mujeres de figura despampanante y aquella era una. Y aquella figura debía de ser difícil de mantener a no ser que uno se pasara todo el día cargando cajas de manzanas o comiendo hierba.

Vio el ceño de consternación de su abuela.

—Mañana saldremos a cenar fuera —comentó.

—Oh, espléndido —dijo Maxie—. Lo pasaréis fenomenal. ¿Adónde iréis?

—No lo sé todavía. Ya te avisaré. Puedes acompañarnos si quieres.

Ella le dio una palmadita en la mejilla, sonriente.

—Gracias, Tom. No te preocupes. Seguro que estaré bien.

No le sorprendió ver el pequeño y elegante cofre de cuero que había llevado consigo Darla, conteniendo sus películas. En aquel momento estaba de rodillas frente al televisor. No era un aparato especialmente bueno, pero sí de alta definición: Tom se lo había comprado a su abuela hacía varios años.

—He traído *Realmente amor*, mi película favorita, y algunas otras muy especiales: *La declaración*, que me encanta, y varias más...

—Los Yankees juegan esta noche —susurró Maxie.

—Elige tú la película —dijo Tom, y disimuló un bostezo.

Afortunadamente, Maxie no insistió. En lugar de ello, tomó un libro, se instaló en su mecedora favorita y se concentró en la lectura.

Tom se recostó en el sofá, y Darla se recostó sobre él. Ella se había tumbado entre sus piernas, con la espalda apoyada contra su pecho. Se hallaban ligeramente retrasados con respecto al campo de visión de Maxie, de manera que esta no podía verlos a no ser que girara un tanto forzadamente la cabeza.

En realidad, era una postura bastante decente. Él ni siquiera habría podido besarla. Ese fin de semana, Darla vestía de manera mucho más informal, pese a que había llevado igual número de maletas que el anterior. Y aunque Tom jamás se había preocupado del precio de cosas tales como unos tejanos de mujer, esa vez sentía curiosidad. Le sentaban condenadamente bien, por cierto. Y calzaba zapatillas caseras de ante: lo sabía porque ella se lo había dicho.

Lucía además un fantástico suéter de hilo grueso, a cuyo través podía distinguirse un top color carne... sin sujetador. Tenía unos senos altos y firmes. Le entraron deseos de deslizar una mano bajo aquel suéter para delineárselos con los dedos...

Maxie carraspeó de repente y tosió. Tom se puso alerta como si acabara de decir algo en voz alta.

—¡Oh, esta escena siempre me hace llorar! —exclamó Darla.

Tom alzó la mirada; no tenía la menor idea de qué iba aquella película. Deslizó los brazos por su cintura y la atrajo hacia sí cuando la oyó sorberse la nariz. Poco después, sin que pudiera evitarlo, empezó a dar cabezadas de sueño. Afortunadamente no tardó en despertarse enseguida, cuando Darla alzó la cabeza y lo miró.

—Tom —susurró—. ¡Creo que tu abuela está roncando!

Estuvo a punto de contestarle: «¿Estás segura de que no he sido yo?», pero se contuvo. En lugar de ello, chistó:

—Shhhh.

De cuando en cuando, Tom miraba subrepticiamente a Maxie. Tenía el libro sobre el regazo, la cabeza caída hacia delante y las gafas sobre la nariz, como si todavía estuviera leyendo. Ya no se mecía. De cuando en cuando soltaba un leve ronquido. Tom la envidió en aquel instante: le habría encantado poder echar una cabezada, o al menos mirar cómo iba el partido, pero no se atrevió.

La película terminó por fin, Darla soltó un suspiro de satisfacción. Maxie se estiró, cerró el libro y se quitó las gafas.

—Bueno, me voy a la cama —levantándose, los contempló sonriente, cómodamente arrellanados como estaban en el sofá—. ¿Por qué no os ponéis otra película?

«Traidora», pensó Tom. Ya se vengaría de ella.

Darla se limitó a sonreír. Afortunadamente. Porque Tom estaba tan molesto por la selección de filmes que, si Darla le hubiera soltado algún comentario malvado del tipo «Te has pasado toda la película dormido», lo mismo no habría vuelto ni a verla. Con su abuela podía ser tolerante, pero el resto de la gente bien podía cuidar sus maneras.

Llegó el sábado. Tal como le había explicado a Darla, tenía que trabajar. Tenía a su equipo trabajando horas extras, como poco hasta primera hora de la tarde. Pasó varias veces cerca de la casa al volante del tractor o del remolque, y pudo ver a su abuela trabajando en el huerto o recogiendo manzanas de las ramas más bajas. Estaba sana y le ponía muchas ganas, pero habían convenido en que se mantendría alejada de las escaleras. Además de eso, hacía pan y galletas y abastecía de limonada y de sidra a los trabajadores.

Darla, por su parte, se pasó la mayor parte del día en el sofá del porche, con un libro en el regazo. Bueno, ella le había dicho que también tenía que trabajar, así que ese debía de ser su trabajo, se recordó Tom. No tenía ningún motivo para juzgarla o quejarse.

—Tenemos un problema con la valla —le informó de repente Junior.

—¿Y ahora qué?

Junior se quitó la gorra y se pasó un pañuelo por la cabeza para secarse el sudor del pelo, que ya empezaba a escasear. Había empezado a trabajar treinta años atrás, cuando era adolescente, y ya no se había movido de allí. Desde que Tom lo conocía, había servido en el ejército, se había casado y divorciado y llevaba ya tiempo sin pareja. Tenía dos hijos mayores y era, de lejos, el hombre más cabal y más fiable que había conocido nunca.

A Tom le dolía que pasara tanto tiempo solo, aparte de ver a sus hijos de cuando en cuando.

—Resulta que la he visto —dijo Junior—. Bastante cerca de la casa... tumbando la valla. Me gustaría que volviera hoy. Como a Maxie se le caiga uno de sus pasteles en el porche y al bicho se le ocurra robárselo, ella es capaz de matarla con las manos desnudas.

Tom se rio por lo bajo.

—¿La osa?

—¿Quién si no? Solo una osa con crías se tomaría tantas molestias. Deben de pesar ya bastante, porque rompen la valla cada vez que intentan saltarla.

—Esa osa está empezando a sacarme de quicio —le confesó Tom—. Me está costando mucho dinero en reparaciones. Veo dos posibles soluciones aquí: o se hiberna pronto con sus crías o voy a tener que acecharla y dispararla.

—Lo haré yo, si quieres —se ofreció Junior.

Tom sonrió.

—Quizá podamos hacerlo juntos.

—Me gusta la idea.

—Buddy está hoy de turno. Sácale de los árboles y que te ayude a reparar la valla. Yo tengo cosas que hacer.

—De acuerdo.

Tom se dedicó a recorrer el perímetro de la finca. La valla, más que rota, estaba vencida, como si hubiera cedido bajo el peso del animal. Igual que siempre. Los postes estaban en el suelo y la tela metálica inservible. Habría costado menos repararla si la hubieran cortado con alicates. Con aquella clase de daños, había que sustituir incluso los postes.

Seguía revisando el perímetro cuando vio unas piernas muy familiares encaramadas a una escalera. Aminoró la marcha y apagó el motor.

—¡Hey, trabajadora! —gritó.

Nora se echó a reír y bajó un par de peldaños, con su saco de manzanas casi lleno.

—¿Qué ocurre, jefe?

—Otro susto de la osa. Más tramos de valla estropeados.

—No estará por aquí, ¿verdad? —Nora abrió mucho los ojos.

—Los osos tienen costumbre de esconderse de día. Son grandes y torpes.

—¡Uf! Intenta no asustarme, por favor.

—Así que trabajas este fin de semana, ¿eh? ¿Y Jed?

—Vendrá mañana a visitarnos, lo que quiere decir que estará aquí esta noche. Creo que se aloja en el Best Western de Fortuna. Mañana trabajaré hasta la hora de comer y luego lo esperaré en casa. Quiere llevarse a las niñas de pícnic a ver los bosques de secuoyas y la costa, antes de que empiece a hacer demasiado frío.

—Qué bien. Supongo entonces que la cosa está funcionando.

—Por el momento, sí —reconoció ella—. Mientras tanto, intento no dejar que mi opinión sobre él se vea influenciada por la cantidad de cosas que nos ha regalado. ¿Entiendes lo que quiero decir?

Tom asintió. El cariño de Nora no estaba en venta.

—¿Te gusta el béisbol? —le preguntó en un impulso.

Ella pareció un tanto perpleja, pero asintió.

—Sí. ¿Por qué?

—Anoche jugaron los Red Sox contra los Yankees.

—¿Viste el partido? —le preguntó, repentinamente entusiasmada.

—¿Y tú? —inquirió él a su vez.

—No tengo televisión, pero Buddy y Jerome estuvieron hablando de ello. Jeter tomó tres bases. Debió de ser fantástico. ¡Y en el tiempo de descuento!

—¿Así que eres hincha de los Yankees?

—¿Yo? Soy de California, lo mío son los Giants.

—¡Bueno, yo me crie aquí y soy hincha de los Red Sox! —la informó.

—En cualquier caso, nosotros tenemos un mejor palmarés.

—¡Ja! Habéis tenido un poco de suerte de cuando en cuando, pero... ¿mejor palmarés? No estoy de acuerdo.

—¿De qué estás hablando? ¡Los Giants les dieron una paliza a los Sox! ¡Cuatro dos!

—¿Y los dos siguientes partidos? ¡Los Sox se los llevaron al huerto!

—No cantes victoria. La liga aún no ha terminado.

—Claro que ha terminado. ¡No superaron las series!

—Lo conseguirán el año que viene... y tus Sox no estarán allí para verlo —se acercó a él pese al pesado saco de manzanas que colgaba de su hombro—. ¿Y cómo es que un tipo como tú es hincha de un equipo de la Costa Este? ¿Es que no tienes lealtad alguna?

Tom se echó a reír y la descargó del peso del saco. Sería divertido ver un partido de béisbol con ella. No era que eso fuera a suceder, pero seguro que sería divertido.

—Bueno, pasé mucho tiempo en diversos lugares. Es normal

—se dirigió al cajón y vació allí el saco, para luego devolvérselo—. Supongo, aparte del béisbol, que te gustarán las películas románticas, ¿no?

—Tom, no tengo televisor. Ni dinero para ir al cine.

—Pero cuando tenías televisión e ibas al cine... —insistió él.

—Algo —admitió—. Pero te contaré un secreto, si prometes no revelárselo a nadie.

—¿Sí?

Se acercó a él.

—Me gustan las películas de catástrofes —susurró—. De esas en las que algo destruye el mundo: asteroides, extraterrestres o lo que sea. Creo que soy una especie de fanática de los efectos especiales.

—¿De veras? —preguntó él, sonriendo de oreja a oreja—. ¿Cuál fue la ultima buena que viste?

—Ha pasado mucho tiempo, pero creo que fue *El día después*, la del glaciar. Me encantó. Antes de esa, creo que vi Nueva York destruida unas tres veces: por asteroides, extraterrestres e incluso volcanes.

Tom se echó a reír, con las manos en las caderas.

—Te diré una cosa: un día que vengas a casa con las niñas, encontraremos la manera de acostarlas y nos quedaremos a ver tú y yo la última película de desastres que se haya estrenado.

Vio que Nora retrocedía un paso. Dos.

—Eso sería divertido —dijo. Pero tanto su postura como su tono parecían desmentir esa respuesta.

—¿Qué pasa?

—Nada.

—No, en serio. ¿Qué pasa? —insistió él.

—Que me encantaría, de verdad que sí —le aseguró—. Pero las niñas tienen que bañarse y acostarse después de cenar y, para eso, yo tengo que llevármelas a casa, Tom. Y me levanto a las cinco. Quiero decir que... suena divertido, sí, pero no es práctico.

—Lo haremos un fin de semana.

—Me parece que tú tienes otras cosas que hacer los fines de semana…

—Probablemente no todos —repuso él.

Ella le sonrió como diciéndole que estaba perfectamente segura de que estaba comprometido. Ante lo cual, Tom se volvió más insistente:

—No todos. Veremos esa película porque me encanta ver cómo revientan las ciudades.

—¿De veras?

Tom se encogió de hombros.

—Siempre y cuando sea de mentira. Vuelve al trabajo, que yo tengo que reparar la valla. ¡No quiero que esa familia de osos se coma todas nuestras manzanas!

Nora continuó recogiendo, aunque ya no cantaba. La frase «Lo haremos un fin de semana» no dejaba de resonar en su cerebro. Pensó que se había referido a incluirla a ella junto a su nueva amiga. Pero luego, cuando ella le recordó que tenía todos los fines de semana ocupados, Tom, en vez de clarificarle precisamente eso, le aseguró que no los tendría todos comprometidos. Lo cual casi sonó a que deseaba hacer algo especial con Nora. A solas con ella.

Y eso no era nada bueno, pensar que podía gustarle a Tom.

Cuando echó a perder su vida por primera vez, no había tenido más que diecinueve años. Había sido una jovencita ingenua, inexperta y desesperadamente necesitada de amor y de cariño. En aquel momento, en cambio, las cosas eran diferentes. Era mayor, sabía lo muy mal que podían terminar las cosas si no llevaba suficiente cuidado y no necesitaba del amor de un hombre para realizarse como persona.

Aparte de que no tenía interés alguno en acabar con el corazón roto.

CAPÍTULO 12

Octubre en las montañas era un mes frío, a menudo húmedo, y dedicado enteramente a la cosecha de manzanas. Tom no se había quitado el impermeable en todo el día y aun así estaba calado hasta los huesos. Estaba terriblemente cansado para cuando fue capaz de volver a casa a eso de las cinco.

—Aquí estás —dijo Darla, sonriendo y levantándose rápidamente de la mesa.

Duke interpretó inmediatamente que pretendía acariciarlo. Meneando la cola, fue hacia ella y Darla intentó impedirlo, estirando los brazos.

—¡Aj! ¡No, Duke, no! Siéntate. Siéntate.

Duke ladeó la cabeza, perplejo primero y triste después. Pero se detuvo en seco y se sentó.

Ya más tranquila, Darla sonrió a Tom y se sacudió la ropa como para quitarse algún pelo imaginario, ya que el animal no había llegado a tocarla. Ese día lucía un suéter largo de lana gris y una chaqueta también de lana, color naranja, encima de una blusa de seda negra. Más un par de botas nuevas, que Tom no reconoció. Estaba despampanante.

Le acarició la chaqueta con un dedo.

—Es bonita.

Ella pareció limpiarse el punto donde él le había tocado, pese a que se había lavado las manos en la nave.

—Casimir —susurró—. ¿Cuándo nos vamos? ¿Pronto?

—No se me ocurre ningún lugar al que llevarte que justifique esa chaqueta —dijo él—. Necesito una ducha.

Maxie estaba ocupada ante la pila, fregando sus trastos de hornear.

—¿Un día duro, Tom?

Tom frunció el ceño, pero enseguida reprimió una carcajada. Nadie sabía mejor que Maxie cómo era la temporada de cosecha. Dos cosas se le ocurrieron. La primera era que, de haber estado allí, Nora habría ayudado a su abuela a fregar aquello, aun cuando no hubiera ensuciado nada. Y la segunda que Darla no le habría preguntado nunca si estaba cansado, aunque hubiera tenido un día duro. Aunque, por supuesto, se guardó el comentario.

—Dame quince minutos —miró su reloj—. Todavía es temprano.

—Lo sé —dijo ella—. Pero me he pasado todo el día leyendo y estoy aburrida. Necesito un cambio de escenario.

Maxie se volvió hacia ella.

—Te he puesto los libros en un peldaño de las escaleras, Darla. Tom, si vas a subir a ducharte, haz el favor de subírselos.

—Oh, no, ya lo hago yo —dijo ella.

—No es ninguna molestia —insistió Tom.

—Yo... leeré un poco mientras tú te duchas y luego los guardaré...

Pero Tom ya había llegado al pie de la escalera. Recogió dos manuales de texto y un volumen de bolsillo, cuya cubierta no pudo por menos que llamar su atención: el dibujo de un sensual vampiro a punto de morder el cuello de una bella mujer.

—Umm... Supongo que en farmacología uno tiene que estudiar todo tipo de cosas —bromeó.

Ella le quitó los libros de las manos.

—A veces tengo que descansar la mente unos minutos. Los temas de estudio son muy densos.

Tom señaló la novela del vampiro.

—Sí, este libro parece de lo más relajante... —la siguió escaleras arriba. Una vez en el umbral del cuarto de invitados, apoyó los brazos en el marco de la puerta—. Quince minutos, Darla. No tendrás que esperar más.

—Tómate tu tiempo —le aseguró ella con tono dulce—. Bajaré a charlar un rato con Maxie.

Veinte minutos después, Tom estaba de regreso en la cocina. Nada más entrar, vio que los ojos de Darla se iluminaban mientras lo miraba de arriba abajo.

—¡Caramba! —exclamó, sonriente—. ¡Qué guapo!

Se preguntó cómo se las habría arreglado para complacerla; él no tenía la costumbre de acicalarse tanto como ella. Se había puesto unos tejanos negros, un suéter oscuro y una chaqueta de ante de color beis. En lugar de las botas de trabajo, de las que tenía varios pares, llevaba sus botas de salir: brillantes y lustrosas como las de un buen marine. Ella se puso de puntillas y apoyó las manos sobre sus hombros.

—Juraría que con botas casi llegas a los dos metros de estatura.

—Lo dudo. Maxie, no sé adónde iremos. ¿Tú y Duke estaréis bien?

—Oh, nos las arreglaremos perfectamente —respondió ella con una carcajada—. Divertíos.

—¿Quieres que te traiga un poco de postre? —le ofreció.

Ella negó con la cabeza.

—Coméroslo todo por mí.

—Iremos en mi coche —dijo Darla—. Esa camioneta tuya es tan alta que tengo miedo de romperme el cuello cada vez que me subo y me bajo —le tendió las llaves—. ¿Quieres conducir?

—Claro —y, con una mano en su cintura, la guio hasta su vehículo—. Es nuevo. ¿Cuándo te lo has comprado?

—Oh, hará unos seis meses. Quizá nueve. No lo recuerdo.

—Bonito —comentó, y añadió una vez que se hubo sentado al volante—. Y con mucho espacio para las piernas.

—¿Te gusta? El asiento tiene calefacción. ¿Quieres que te enseñe cómo funciona?

—No hace falta —respondió Tom con una sonrisa.

Pensó que eso era todo lo que había querido siempre. Una mujer como aquella: sofisticada, de éxito, hermosa. Una mujer capaz de aportar orgullo a su nombre, a su familia. Darla era una mujer bien asentada y procedía de una familia firme y unida.

Y, sin embargo, todo aquello se le antojaba un error.

Durante todo el trayecto hasta Arcata, ella le habló de su actual tema de estudio, de los experimentos con fármacos y de cómo la gente de su posición debía conocer muy bien las disposiciones legales vigentes. Tal y como había hecho antes, del tema profesional pasó a hablarle de los bonos que recibía por el cierre de contratos y ventas importantes, además de las jugosas dietas que recibía a cuenta de las comidas de negocios con médicos y directores de hospitales. Se extendió en ello como si constituyera la parte más importante de su trabajo.

—Eso es casi lo mejor —admitió—. Entretener a mis clientes. Y se me da muy bien. Tengo una de las mejores listas de clientes de toda la empresa, y eso que no llevo mucho tiempo en ella.

—Pero... ¿y si Bob hubiera sobrevivido? —le preguntó Tom, sin poder evitarlo—. No habrías podido residir en un mismo lugar durante mucho tiempo. Ya sabes cómo es el ejército.

—Llevábamos menos de un año casados —le dijo—. Antes de que lo destinaran a Afganistán.

De repente él se acordó de que no había base de marines alguna en la zona de Denver.

—¿Cómo os conocisteis?

Darla soltó un profundo suspiro, como si no le apeteciera hablar de ello. Tom pensó que seguramente los recuerdos seguirían siendo dolorosos.

—Estaba de permiso, esquiando con unos amigos suyos. Lo conocí en Vail.

—Pero él no estaba acuartelado allí...

—No. Pero yo viajaba con tanta frecuencia que no tenía problema alguno en ir a verlo. En casa podía trabajar siempre y cuando dispusiera de un teléfono y un portátil, como ahora, así que a veces pasaba varios días seguidos con él.

—Pero ¿tú residías en Denver?

—¿Por qué me estás preguntando todo esto? ¿Se quejó él acaso de ello contigo?

A Tom no le pasó desapercibido el tono helado de su voz. Le tomó una mano.

—Nunca. Es simplemente que no lo había pensado antes. No es más que curiosidad.

—Yo estaba dispuesta a mudarme, a cambiar incluso de trabajo o de empresa, pero Bob me decía que no era justo, que de todas formas pronto lo destacarían a algún sitio. No quería que yo renunciara a un montón de cosas buenas para terminar luego quedándome sola, preocupada, esperando...

«Bob era mucho mejor persona que yo», pensó Tom. Si alguna vez se enamoraba de alguien y se casaba, no le gustaría que su esposa viviera lejos, en otro estado. Ni siquiera a sabiendas de que, al cabo de unos cuantos meses, lo mandarían al otro extremo del mundo.

Darla permaneció callada, como dando a entender que el hecho de que hubiera desviado la conversación hacia su marido fallecido la había molestado. Tom no sabía qué era peor, si aquel silencio o la conversación sobre fármacos y bonos. Finalmente llegaron a Arcata y encontró aparcamiento.

—El único lugar con sushi que conozco no es muy bueno y, probablemente, estará por debajo de tus estándares. ¿Qué tal la comida mediterránea?

—¡Maravilloso! —exclamó Darla, radiante, rompiendo su hosco silencio. Se quedó sentada en el coche hasta que él lo rodeó para abrirle la puerta.

Darla pareció encantada con su elección de restaurante: de nuevo le brillaban los ojos. Una vez que terminaron de pedir las bebidas y los aperitivos, le tomó una mano por encima de la mesa.

—Gracias, Tom, por ser tan buen anfitrión. Y tan buena pareja.

—¿Lo soy?

—Claro que sí —ella se echó a reír—. Tenía tantas ganas de pasar estos fines de semana contigo... Espero que tú los estés disfrutando tanto como yo.

—Totalmente.

—La semana pasada me estuve documentando en Internet sobre tu manzanar. Es muy famoso, ¿lo sabías?

—¿Ah, sí? ¿Famoso para quién?

—Eso es lo que más me encanta de ti: lo modesto que eres. Tienes un portátil. Busca en Google «Manzanas Cavanaugh». Las webs gastronómicas te ponen por las nubes. Descubrirás un montón de cosas sobre ti mismo.

Él arqueó las cejas,

—¿Hay algo que no sepa sobre mí mismo que debería saber?

Llegaron sus bebidas, con un aperitivo de hojas de parra rellenas. Darla se echó a reír.

—¿Sabes que tienes dieciséis hectáreas y doscientos cincuenta árboles con unos veintiocho tipos diferentes de manzanas? Llevas veinte años siendo el primer suministrador del condado. Posees además una estupenda producción de sidra. Eres propietario de un negocio muy boyante.

—Maxie, querrás decir —precisó él.

—Yo tenía la impresión de que era un negocio familiar —repuso ella, bebiendo un sorbo de vino.

—Lleva mucho tiempo en manos de la familia. Yo tuve que elegir entre el cuerpo de marines y el manzanar. Maxie no podía dirigirlo sola para siempre. Afganistán me ayudó a decidirme rápido.

Ella tomó otro sorbo de vino, pensativa.

—¿Te has planteado alguna vez venderlo?

Tom devoró sus hojas de parra rellenas. Darla aparentemente se había quedado satisfecha con un solo bocado, ya que la mitad de una seguía intacta en su plato. Curiosamente, estaba empezando a acostumbrarse a aquella dinámica: la de que su compañera de mesa apenas comía.

—Eso era lo que presumiblemente tenía que ocurrir, a no ser que yo tomara la decisión de volver a casa para encargarme del negocio. Maxie no piensa jubilarse hasta que no esté en las últimas, pero yo tengo bien presente que cada vez todo le cuesta más. El año pasado tuvimos una fuerte discusión por la escalera. Junior, nuestro capataz, me informó de que ya se había caído un par de veces. Aunque Maxie no se había hecho nada, Junior olía ya el desastre y no consiguió convencerla de que recurriera a un empleado para que se subiera por ella —se rio para sí—. Maxie prácticamente llevaba subiéndose a esas escaleras desde que era pequeña. Ni siquiera dejó de subirse mientras estuvo embarazada de mi padre. No es consciente de que tiene que aflojar el ritmo. Aunque probablemente sea eso lo que la mantiene tan joven.

—Qué pena —dijo Darla—. ¡Esa mujer se merece una jubilación mucho más descansada!

—¿Como por ejemplo? —inquirió Tom, acabando con el resto de las hojas de parra rellenas.

—Como residir en una casa que requiera bajo mantenimiento con personas que se encarguen de las faenas más duras. En un bonito lugar, cerca del mar, por ejemplo. Donde haya mucha gente, múltiples actividades, diversiones… Y donde en caso de sufrir un accidente, o una súbita enfermedad, haya profesionales bien preparados cerca que puedan encargarse de todo. En el manzanar, si Maxie se cayera un día de una escalera, solo Junior y tú estaríais para ayudarla. Y, Dios no lo quiera, pero si llegara a sufrir un ataque al corazón…

Tom dejó de masticar y se la quedó mirando fijamente. Nunca se le había ocurrido aquella posibilidad. En aquel lugar, en el condado, la gente se aferraba a su tierra y, a no ser que se mudaran con sus hijos o nietos, a menudo morían allí. Si sufrían un accidente o caían enfermos, eran sus familiares quienes los cuidaban.

Darla pinchó la otra mitad de su hoja de parra rellena y se la llevó a la boca.

—El año pasado ingresamos a mi abuela en una residencia de esa clase. En un principio no quería ir, pero ahora está encantada. Es la campeona de póquer de la residencia, ¿te lo puedes creer? Está en un precioso valle de Colorado Springs, con unas vistas preciosas, y lo suficientemente cerca como para que podamos visitarla y traérnosla a casa algún que otro fin de semana. Allí puede pasear, hacer ejercicio, divertirse. Ahora mismo nos está muy agradecida.

—¿De veras? —inquirió Tom, distraído. Eran muchas las cosas de Darla que no dejaban de extrañarle. De repente, a riesgo de fastidiar de nuevo la conversación, le preguntó—: ¿Sabes? Me cuesta mucho imaginarte como la esposa de un marine de carrera...

Para su sorpresa, Darla se echó a reír.

—¿Un marine de carrera? ¿De dónde has sacado esa idea?

—Bueno, me la dio Bob cuando me comentó que era esa su intención. La de hacer carrera en el ejército.

—Lo era, sí —subrayó ella—. Pero luego ya no. Cuando nos casamos, él ya había renunciado a ese proyecto. Yo le tenía un trabajo reservado. Mi padre tenía un amigo propietario de una fábrica de máquinas depuradoras de agua que quería ampliar su equipo, y Bob, como persona inteligente y marine condecorado que era, resultaba perfecto. Y el salario era muy bueno.

A Tom le extrañaba mucho que Bob hubiera hablado de hacer carrera en los marines delante de los muchachos, con el fin de animarles a hacer lo mismo, cuando en teoría su plan había sido licenciarse para volver a la vida civil. No le parecía de esa clase de tipos.

En aquel momento llegó la cena.

—Oh, Dios mío —exclamó Darla, bajando la vista a la ensalada griega—. ¿Habías visto alguna vez tanta comida?

Tom se imaginó que seguramente tendrían que llevarse las sobras. O quizá no, y se lo comiera él todo.

—Eh, Tom... —Darla alzó su tenedor, como disponiéndose a pinchar una hoja de ensalada—: Si alguna vez decidieras vender el manzanar y dedicarte a otra línea de trabajo, ¿qué harías?

Tom había pedido kebab de pollo, que tenía un aspecto de lo más sabroso. Clavando el tenedor, respondió:

—Solo por curiosidad, ¿qué me tienes preparado tú?

Ella se echó a reír.

—Eres tan gracioso... —enarcó una ceja—. Bueno, está ese trabajo del que te hablé antes, el del amigo de mi padre. El puesto sigue vacante.

Aquello no le hizo la menor gracia.

—La verdad es que no hay ninguna otra cosa que quiera hacer. Me gusta mi trabajo.

—Pero es agotador —replicó ella.

—Y si alguna vez exige mucho esfuerzo a la hora de plantar o de cosechar, en la comarca siempre hay gente buscando empleo. Aparte de eso, si Maxie ha soportado setenta y cuatro años trabajando en esto, seguro que yo puedo durar todavía más.

—Podrías invertir los beneficios de la venta del manzanar en acciones, proporcionarle a Maxie una jubilación de lujo y montarte otro negocio.

Tom continuó masticando en silencio mientras contemplaba su sonrisa de entusiasmo. Aquella mujer era realmente bella. Sentía curiosidad por sus senos, tan grandes y firmes, de aspecto tan apetitoso: se preguntó qué pasaría si los tocaba y descubría que no eran reales. Eso no supondría ningún problema si estuviera enamorado de ella, solo que estaba empezando a darse cuenta de que no estaba en absoluto cerca de esa fase. Aun así, sentía curiosidad por vérselos.

Finalmente, volvió a la realidad. Mirándola a los ojos, afirmó:

—Seguiré trabajando en ese manzanar hasta que me caiga muerto.

—Pero ¿por qué? —inquirió ella, casi desesperada.

—Porque adoro las manzanas.

Se lo quedó mirando de hito en hito, perpleja. Y él se echó a reír.

★★★

El trayecto de vuelta a Virgin River fue como una repetición de sus conversaciones anteriores: mucha información sobre las vacaciones de Darla, sobre sus bonos, sus dietas, sus beneficios, todo ello salpicado con ocasionales comentarios sobre ensayos de fármacos y prescripciones médicas. Tom pensó en introducir el tema del estado actual de los servicios sanitarios, pero, francamente, estaba cansado, Así que continuó conduciendo en silencio.

Darla le preguntó si era feliz viviendo en una casa tan antigua. Ella se había comprado su casa nueva con requisitos muy altos: encimeras de cocina de granito, suelos de pizarra, muebles de madera de cerezo. Al parecer, podía abrir su garaje y los grifos de su jacuzzi a la distancia de decenas de metros, mediante un mando especial.

Tom le confesó que adoraba aquella vieja casona.

—Todavía no he visto ninguna casa nueva que tenga un porche como Dios manda. Como los de antes.

Por fin llegaron al manzanar. Tom bajó del coche para abrir la verja, pasaron, volvió a bajar para cerrarla. Mientras atravesaban los manzanos, Darla le comentó:

—Tom, quiero que sepas lo muy agradecida que me siento por tu amistad. Si no hubiera sido por estas pequeñas escapadas al manzanar los fines de semana, no sé lo que habría sido de mí.

—¿De veras?

—La verdad es que me siento muy sola, lejos de mi familia. Y sin Bob...

—Oh. Bueno, me alegro de que todo esto te resulte tan relajante.

—Es como un regalo caído del cielo, en serio. Como si me hubieras rescatado. Y hay más cosas. El hecho de salir, por ejemplo, algo que hacía mucho tiempo que no hacía. La cocina casera. El aire fresco. Todo es maravilloso. Me paso el resto de la semana esperándolo. He tenido algunas citas, pero lo que no había esperado era que terminaría en compañía de un hombre guapo, de éxito, propietario de un negocio tan impresionante como el tuyo.

—Yo solo cultivo manzanas —le recordó.

—Unas manzanas muy populares. Si decidieras vender este manzanar a una cadena comercial como Del Monte, llegarías a lo más alto, de verdad. Pero espero que eso no suceda demasiado pronto. Adoro venir aquí cada fin de semana. Es todo tan hermoso y tan sereno…

—Eh, Darla, el próximo fin de semana puede que no sea tan relajante. Cada octubre, durante un par de semanas, solemos abrir el manzanar para que la gente lo visite y compre manzanas y otros productos. En esas ocasiones, la finca bulle de gente venida de todas partes. Es algo típico de Virgin River, un verdadero acontecimiento para los del pueblo. Compran y colaboran en la recogida de manzanas, algunos hasta se traen sus propias escaleras. Vienen con niños, con perros… incluso se traen sus parrillas.

—¿Es una actividad lucrativa? —quiso saber ella.

Tom tardó un rato en responder.

—A nosotros nos viene bien. Pero es una locura. Así que no habrá comida casera, ni salidas a cenar, ni paseos a la luz de la luna entre los manzanos.

—¡Oh, seguro que será excitante!

—Pues yo creo que no te gustaría nada. No es algo precisamente muy glamuroso. Un montón de gente del condado subida en las escaleras, recogiendo, probando sidra y tarta de manzana… Perros ladrando, niños correteando entre los árboles, gritando y riendo por todas partes, por todo el manzanar, en la nave, en la casa…

—¿En la casa?

—Son nuestros amigos —respondió él—. La gente del pueblo.

—¡Maravilloso! —exclamó ella—. Bueno, si la invitación sigue en pie, te veré entonces el viernes.

★★★

Tom estaba levantado y en la oficina para las cinco y media, y, aunque faltaba todavía un buen rato para que amaneciera, Nora apareció sobre las seis.

—Buenos días —lo saludó—. Suponía que estarías todavía durmiendo o disfrutando de uno de esos copiosos desayunos de campo. Tienes compañía.

—Seguro que Darla estará durmiendo a pierna suelta —dijo él—. ¿Qué haces aquí tan temprano un domingo por la mañana?

—Quiero empezar pronto. Pretendo marcharme a mediodía, si es que no me necesitas. Jed vendrá a casa. La idea era comer de pícnic, pero con este tiempo...

Tom sonrió.

—Sigues llamándole Jed, ¿eh?

—Me gustaría llamarle «papá», pero eso es algo que no me sale tan fácil.

—Ya estaba al tanto de tus planes para hoy, Nora. No te preocupes. Pero estas dos semanas van a ser caóticas. Si no vas a poder trabajar, dímelo ahora. Vamos a abrir el manzanar al público, como todos los años. Esto va a ser un caos.

—Ya me lo han dicho. ¿Te importaría que Jed y Susan vinieran y trajeran a las niñas? Te prometo que no te distraerán demasiado.

—Perfecto, no hay problema. Díselo. A Maxie le encantará.

—Bueno, me pongo ya a la tarea —se abrochó la chaqueta y se puso los guantes de trabajo. Fue luego a la sala de descanso para recoger un impermeable de los muchos que allí estaban colgados.

—¿No te apetece antes una taza de café?

Ella le sonrió.

—Ahora que voy mejor de dinero, me tomo el café en casa. ¡Con leche! —y abandonó la oficina.

Desde dentro, Tom la oyó dialogar con el perro.

—¡Hola, Duke, viejo amigo! ¿Qué tal estás hoy? Mojado, como de costumbre. Umm… ¡qué bien hueles! ¡Me encanta el olor a perro mojado!

Se descubrió pensando que Nora era verdaderamente un encanto de persona. Sin saber por qué, se preguntó qué pensaría de las hojas de parra rellenas. ¿Le gustarían?

Varias horas después, cuando el sol de la mañana ya había empezado a barrer la niebla, Tom oyó la campanilla del porche trasero. Le había pedido a Maxie que la tocara cuando Darla estuviera lista para bajar su equipaje. Aquella campanilla no la habían usado en años. El abuelo de Tom la había instalado cuando Maxie se encontraba en avanzado estado de gestación. Era un artilugio antiguo, con un cordón de cuero atado al badajo. Su abuelo había querido que Maxie la usara para llamarlo, de manera que no tuviera que recorrer el manzanar en su busca. ¿Y qué era lo que había hecho Maxie en lugar de eso? Había atravesado el manzanar entero para decirle a su marido:

—No quería molestarte, pero llevo todo el día con contracciones y creo que hay que llamar a la comadrona. ¿Te importaría hacerlo por mí?

Tom se rio por lo bajo. Había escuchado aquella historia tantas veces durante su infancia… Su abuelo la había levantado inmediatamente en brazos, la había llevado de vuelta a la casa, había subido las escaleras hasta la habitación para depositarla sobre la cama y había llamado luego a la comadrona. La comadrona era de un pueblo vecino; por supuesto, en aquel tiempo, el pueblo de Virgin River lo componían apenas unas cuantas granjas. Y la mujer no llegó a tiempo: el asunto acabó casi en tragedia porque Maxie, después de dar a luz sola, sufrió unas complicaciones que la dejaron incapaz para tener más hijos. Aunque tampoco habían tenido garantías de que la llegada a tiempo de la comadrona hubiera supuesto diferencia alguna.

Aunque su abuelo, locamente enamorado de su mujer hasta su muerte, siempre había asegurado que le habría encantado haber tenido una decena de hijos, nunca había dejado pasar la oportunidad de afirmar lo muy agradecido que estaba por los dones que le había dado el Señor. Un hijo, un manzanar y una mujer capaz de hornear una tarta decente.

Atravesó el patio hacia la casa. Por alguna razón, su mente se vio asaltada por la imagen de Nora irrumpiendo en el manzanar y pisando fuerte, a paso firme. Y después, sin previo aviso, la de Darla flotando en una litera sostenida por esclavos nubios…

Se sintió ridículo, como encerrado en una jaula que él mismo se había construido, rechazando a la mujer que más le atraía y gustaba, para pasar un fin de semana y otro también con otra que sabía que no estaba hecha para él, por mucho que ansiara lo contrario. Era un caso sin esperanza.

Darla le estaba esperando en la cocina.

—Has madrugado.

—Dado que estarás ocupado todo el día, había pensado en volverme antes. Ya estoy esperando ansiosa el próximo fin de semana. Promete ser divertido.

Tom calculó mentalmente el número de semanas que Darla estaría todavía en Davis.

—Ahora te bajo las maletas. ¿Has desayunado?

—Hace ya un buen rato —respondió con una sonrisa antes de volverse hacia Maxie, que estaba removiendo una gigantesca olla en el fuego—. Gracias una vez más, Maxie. Tu sentido de la hospitalidad es insuperable.

—Ha sido un placer para mí, querida —repuso ella—. Oh, por cierto, ya sabrás lo de los dos próximos fines de semana. Esto se llenará de gente. Espero que te gusten las multitudes.

—Oh, sí.

—Vendrán algunas de mis amigas de las montañas. La casa se pondrá de bote en bote.

—¡Suena divertido!

—Muy bien, entonces.

Tom, meneando la cabeza y riéndose para sus adentros, subió las escaleras. Se encargó de bajar las maletas en dos viajes, para cargarlas en el Cadillac. Como de costumbre, condujo hasta la verja y se bajó para abrirla mientas ella cambiaba de asiento para sentarse al volante. Darla le echó entonces los brazos al cuello, se puso de puntillas y le dio un rápido beso en los labios. Mientras lo hacía, Tom redactó mentalmente el mensaje de correo electrónico que pensaba enviarle: «Darla, replantéate la idea de venir durante el festival de las manzanas. Si van a venir las amigas de Maxie, es probable que termines durmiendo en un catre en la nave de la prensa de la sidra. Y, si te pones a picotear la comida como tienes por costumbre, no sería extraño que te atasen a la silla para alimentarte a la fuerza. Son mujeres muy marimandonas».

Volvió luego a la casona, concretamente a la cocina, atraído por los maravillosos olores que desprendía.

—¿Qué estás haciendo, Maxie? —le preguntó.

—Chili —respondió ella—. El tiempo está enfriando mucho, así que había pensado en llevar una olla a la nave, para los trabajadores. ¿Qué te parece?

—Yo me encargaré de llevarla, si quieres. Eso sí, después de haber probado el chili. No puedo esperar. Con galletas saladas y un poco de queso rallado estará estupendo.

Ella lo miró arqueando una ceja.

—¿Por qué no pruebas a acompañarlo también con una pierna de vaca? —inquirió, bromista.

—Sírveme un cuenco bien grande. A cambio, me ofrezco a recogerte tu cuota de manzanas.

Esperó pacientemente a que localizara un cuenco hondo en el armario, para sacar después un puñado de queso rallado de la nevera y otro de galletas saladas de la despensa.

—Yo pensaba hacer pan de maíz para acompañar el chili, pero está claro que no puedes esperar —le puso el cuenco delante, con una cuchara.

—Cierto, no puedo esperar. ¿Y bien? ¿Esperas compañía? ¿Quién va a venir?

—Aún no lo sé de seguro —reconoció, sentándose a la mesa

con él—. Pero no importa. Cuando convoco a mis amistades, no suelen fallarme.

—Entiendo —dijo Tom mientras desmenuzaba las galletas en el chili, después de espolvorear el queso rallado—. Todavía no has invitado a nadie.

—Pienso hacerlo ahora mismo.

—¿Por qué? Por estas fechas habitualmente siempre andamos de lo más ocupados con el festival de las manzanas.

—Vendrán pronto y ayudarán a hornear y esas cosas.

—Eso no responde a mi pregunta —repuso él—. Dios mío, esto está riquísimo, Maxie.

—Gracias.

—¿Y bien? ¿Por qué?

—Me estoy cansando de Doña Tiquismiquis. Te advierto que, si te casas con ella, me mataré.

A Tom le costó mucho reprimir una sonrisa, pero lo consiguió.

—¿Y si estuviera locamente enamorado de ella?

Maxie puso los ojos en blanco y juntó las manos como rezando a Dios para que le diera fuerzas.

—¿Qué he hecho yo, Señor, para merecer esto?

Esa vez ya no pudo reprimirse y se rio con ganas. Se inclinó hacia ella.

—Maxie, ¿has pensado alguna vez en jubilarte?

—Por supuesto. Esta es mi jubilación. Ya no trabajo tan duro como antes: Junior se encarga de casi todo. O al menos lo hacía hasta que tú volviste a casa.

—¿Y has pensado alguna vez en vender el manzanar? —quiso saber él.

—No, pero sí que he pensado que tú lo venderás cuando yo muera. No puedo negar que la idea me apena, pero para cuando eso ocurra, Junior y los demás estarán ya a punto de jubilarse y yo ya no podré dirigir nada desde la tumba.

—Yo no dudo de que lo intentarás —murmuró Tom por lo bajo.

—¿Qué has dicho?
—Nada.
—Mi oído funciona perfectamente.
—Ya —dijo él, y pasó a hablar muy bajo, de manera deliberada—: ¿Te has planteado alguna vez la idea de vivir en uno de esos apartamentos para mayores? ¿Cuando seas, eh... pues eso, más mayor?
—Tengo setenta y cuatro años. ¿Cuántos años más esperas que viva?
—Creo que algunas de tus amigas viven en residencias comunales de la tercera edad que funcionan muy bien, ¿verdad? De esas en las que están bien atendidas, con trabajadores que les cortan el césped, les preparan la comida cada día, se encargan de las tareas domésticas... Tienen incluso actividades lúdicas, de entretenimiento...
—Sí, en su comunidad, Lorna es la reina del karaoke. ¿Lo sabías?
—Sí, algo he oído —dijo él—. ¿No te gustaría retirarte a un lugar así?
—¿Necesitas algo más de intimidad, Tom? Porque tengo lugares donde quedarme en caso de que quieras pasar un fin de semana solo y esas cosas.
Él negó con la cabeza.
—Darla me comentó que su familia había llevado a su abuela a una de esas residencias, y que aunque ella al principio se resistió a la idea, ahora está muy contenta. Le encanta.
Una mueca malévola se dibujó en el rostro de Maxie.
—¿Ah, sí?
—Eso parece.
—Ya. Pues puedes decirle de mi parte a Doña Tiquismiquis que tengo un rifle en casa y que soy una excelente tiradora —afirmó, cruzándose de brazos y recostándose en su silla.
Tom soltó una fuerte carcajada.
—¿Sabes? Creo que quizá debería dejar todo este asunto en tus manos, para que lo resolvieras a tu manera.

—¿A qué asunto te refieres? —preguntó ella—. ¿Es que esa mujer ya está contando con echarme de aquí?

—Ajá. Y con vender el manzanar e invertir el dinero en acciones. Yo también estoy incluido, ya que me dedicaría a otra cosa —admitió Tom. Pensó en revelarle la cantidad de dinero que Darla había pagado por sus botas rojas, pero sabía que a su abuela le daría un síncope.

—¡Por el amor de Dios!

Tom bajó la cuchara. Su expresión se había tornado seria.

—Escucha, esta es la situación. Su marido era uno de mis hombres, lo mataron cuando estaba bajo mi mando. Ella se siente sola. Quiere venir aquí... pero el motivo no lo tengo claro. No es que le guste precisamente comer manzanas o hacer tartas. Pero quiere venir.

—Yo podría sacar las almohadas duras y el papel higiénico que rasca...

—Intenté hacerle desistir de la idea de venir estos dos próximos fines de semana, pero piensa hacerlo a pesar de que le advertí de que yo no tendría tiempo para atenderla. Es la fiesta de la recogida de las manzanas. Tú le avisaste de que iban a venir un montón de amigas tuyas y aun así sigue empeñada. Creo que, al menos hasta que termine ese máster en Davis, nos la vamos a tener que tragar con patatas.

—Entonces, ¿no estás locamente enamorado de ella? —le preguntó Maxie.

Tom negó con la cabeza.

—Me gustaría estarlo —admitió—. Es muy bonita —«sexy», añadió para sus adentros—. Parece inteligente y parece también que proviene de un entorno familiar seguro y estable, pero...

«Pero hace tanto tiempo que no practico sexo que ya ni me acuerdo de cómo se hace... y aun así sigue sin entusiasmarme la idea de que ella continúe viniendo. Aunque me la encontrara desnuda en mi cama, probablemente no sería capaz de hacerlo...», reflexionó para sus adentros.

—Tom, ¿puedo comentarte una cosa? Es acerca de ese supuesto entorno familiar seguro y estable. Yo no sé de dónde has sacado esos estándares familiares tan altos… quizá de tu bisabuelo. Tu bisabuela era una mujer liberal, abierta, nada inclinada a juzgar a la gente. Cuando yo me presenté en este manzanar buscando trabajo, venía de una familia muy dura: pobres como las ratas, no tenían nada, carecían de formación, ignoraban el significado de la expresión «apoyo emocional». Pese a ello, yo le gusté inmediatamente a tu abuelo. Quizá fue por eso por lo que tu bisabuelo se negó a contratarme. Pero tu bisabuela sí que me contrató: me alojó en la casa, me metió en la cocina para que la ayudara con las conservas, la sidra, las tartas, las labores de casa. Tom, yo arrastraba lo que ahora se llama una enorme «mochila emocional», pero a tu abuelo no le importó. Me declaró su amor, pese a saber con quién se estaba involucrando. Eso nunca ha sido un secreto en nuestra familia: que yo arrastraba cargas, problemas. Tu abuelo lo asumió sin problemas. La mayor parte de la gente arrastra consigo una pesada carga, Tom. Y tú también, no tienes más que mirar tu historial familiar, con una madre que desapareció de la noche a la mañana. Ya sabes a lo que me refiero.

—Lo sé. Nunca volviste a saber nada de ella, ¿verdad?

Maxie negó con la cabeza.

—Te lo habría dicho. Siempre te lo cuento todo.

—Demasiadas historias familiares —repuso, muy serio.

Ambos se quedaron callados por un momento. Finalmente, Maxie dijo:

—¿De verdad que no estás enamorado de Doña Tiquismiquis?

Él volvió a negar con la cabeza.

—¡Pues entonces deja de besarla!

Tom se sonrió.

—No se te escapa nada, ¿eh?

—¿Crees que habría criado a un marine condecorado y había hecho dinero con las manzanas si se me hubiera escapado algo?

CAPÍTULO 13

No era extraño entre las parejas muy ocupadas con sus hijos y sus respectivos trabajos que dedicaran todo el tiempo libre que tenían disponible a comunicarse por teléfono o por correo electrónico, o incluso a citarse durante los cortos intervalos de descanso durante el trabajo. Así funcionaban las cosas para Jack Sheridan y su esposa, Mel. Lo que sí era extraño era que Preacher llamara a Mel para pedirle que se dejara caer por el bar en un momento de poco trabajo para tener una conversación con su marido.

—¿Qué es lo que pasa? —le preguntó Mel a su marido nada más llegar al local.

—Nada —respondió Jack—. ¿Por qué?

—Porque Preacher me pidió que viniera a hablar contigo aprovechando que no estabas muy ocupado. Me dijo que necesitabas ayuda profesional.

Jack gruñó mientras se servía una taza de café.

—Ese hombre no tiene remedio.

Mel se lo quedó mirando fijamente por un momento. Fue luego a la cocina, abrió la puerta y dijo:

—Preacher, ven a ayudarme. Tengo un paciente dentro de media hora y Jack se niega a decirme nada —y volvió a sentarse en su taburete de la barra.

Inmediatamente, Preacher apareció junto a Jack.

—¿Y bien? —inquirió el cocinero—. ¿No le has contado lo que te pasa?

—¡No tengo nada que contar!

Preacher se volvió hacia Mel. Justo en ese momento, Paige entró en el bar y se situó al lado de su marido.

—Hace como una semana, Luke se trajo a un amigo a tomar una cerveza. Un viejo amigo suyo de los tiempos del ejército, antiguo piloto de Black Hawk. Bueno, pues resultó que Jack y Coop, su amigo, se conocían de antes. Una mujer acusó a Coop de haberla golpeado, Jack avisó a la policía militar y encerraron a Coop. El caso es que, al parecer, se había producido una especie de equívoco. Coop salió del calabozo, Jack se embarcó, la mujer no volvió a dar señales de vida y lo que tenemos ahora, en vísperas de la fiesta de la manzana y de la llegada al pueblo de un montón de gente, es un mal rollo entre los Riordan y Jack. Un problema Riordan-Sheridan por culpa de algo que sucedió hace un montón de tiempo y en medio de un embrollo terrible de hechos y detalles.

Mel se había quedado sumida en un consternado silencio. Boquiabierta, desorbitados sus ojos azules. Finalmente, dijo:

—¿Cómo?

Preacher tomó aire y empezó de nuevo:

—Hace como una semana...

Paige le puso una mano en el brazo, sacudiendo la cabeza.

—Desde el principio no, John —y se volvió hacia su amiga—. Mel, unos quince años atrás, un marine y un soldado se encontraron en un mismo lugar en un mismo momento. Tu marine hizo buenas migas con una camarera que le confió que tenía una mala relación con alguien. Le dijo que estaba sufriendo maltrato. Ya conoces a Jack: le ofreció su ayuda, en caso de que la necesitara. Le dio su número de teléfono y, un par de días después, ella lo llamó para dejarle el mensaje de que necesitaba ayuda.

—Y yo fui —dijo Jack—. Le habían dado una paliza y estaba llorando. Yo intenté llevarla al hospital, pero ella se negó. Así que llamé a la policía militar y me quedé con ella hasta que vinieron.

Mel se volvió para mirarlo.

—¿Qué quería ella, Jack?

—No lo sé —respondió, encogiéndose de hombros—. Apoyo moral, supongo. Yo le sugerí que dejara inmediatamente a quienquiera que le hubiera hecho eso y ella me dijo que se marcharía conmigo a donde yo quisiera llevarla, con tal de salir de aquel entorno. Pero yo no podía hacer mucho más: me habían seleccionado para embarcar con un escuadrón de marines. Entonces ella le dijo a la policía militar quién le había pegado y, de repente, apareció el tipo. Tambaleándose, medio borracho, con los nudillos ensangrentados, y negando que le hubiera tocado un pelo de la ropa...

—Jack, ¿quién le dijo a la policía militar que había sido él? —le preguntó Mel—. ¿Fuiste tú? ¿Les dijiste que había sido él?

—¡Pero si apenas podía tenerse en pie! Estaba borracho y tenía todo el aspecto de ser el culpable.

Preacher masculló algo por lo bajo.

—Ya. Afortunadamente ese tipo de cosas jamás te han sucedido a ti —comentó, irónico.

—Fue así como le vi los tatuajes —intervino Mel—. ¿Te acuerdas, Preach? Estaba completamente borracho, boca abajo en el suelo, y yo me senté con él toda la noche.

—De acuerdo, de acuerdo —reconoció Jack—. Pero ¿acaso necesitaba una coartada? ¿Tenía yo los nudillos ensangrentados?

Mel meneó la cabeza.

—Ay, este Jack de mi alma... Por lo menos un centenar de mujeres lo han amado, lo han deseado, han estado dispuestas desde acostarse con él hasta matar por él...

—Vamos —replicó impaciente el aludido—. ¡Esa mujer solo necesitaba algo de ayuda!

—Posiblemente —reconoció Mel—. Está bien: probablemente —se corrigió—. Pero todo esto parece indicar que había algo más, como por ejemplo el motivo de que la camarera no llegara a formular cargo alguno de peso contra el soldado, al menos para mantenerlo en prisión. O quizá el tipo tenía una buena coartada. Si lo arrestaron pero luego lo soltaron y no lo echaron del ejército, entonces falta una pieza en todo este puzle. ¿No quieres saber qué pieza es esa, Jack? ¿Con la altamente improbable posibilidad de que estuvieras equivocado?

—Detecto cierto sarcasmo en esa frase —repuso Jack.

—Lo siento —se disculpó Mel—. Tenemos un pequeño problema en nuestro matrimonio —explicó, dirigiéndose a Paige—. Somos dos personas con una irrefrenable necesidad de tener razón.

—Yo no hice nada malo —insistió Jack—. Cuando una mujer se te presenta toda magullada y acusa a su agresor, lo primero que haces es llamar a la poli.

—No se trata de que hicieras algo bueno o malo, justo o injusto. Tú no hiciste nada malo. El problema está en los detalles. No seas tan terco.

—Ese es tu problema, no el mío —acusó Jack a su esposa—. Yo soy un tipo flexible.

—Ya, claro —intervino Preacher—. Yo he visto muchas pruebas de eso, y no precisamente en los últimos tiempos.

—Mira, ese Coop tiene tan pocas ganas de explicarme las circunstancias de lo ocurrido como yo de escucharle —aseveró Jack, enfurruñado.

—Jack, cariño, a mí me da igual que termines besándote con ese soldado y haciendo las paces. Es solo un visitante. Pero con quien deberías solucionar las cosas es con Luke, como miembro permanente de la comunidad que es. Aparte de buen amigo tuyo.

—Hace una semana que no sé nada de él —dijo Jack—. Yo no fui el culpable de esto, ¿sabes? ¿Qué harías tú si se te presentara de golpe una paciente alegando haber recibido una paliza? ¿Acaso le dirías que dejara de llorar y de montar tanto escándalo?

—Intenta no ser tan cretino, por favor —le recriminó Paige.

Jack le lanzó una mirada de asombro. Por un lado estaba sorprendido de su reacción, pero por otro, no. Paige había padecido una terrorífica situación de maltrato antes de conocer a John. Si había reaccionado, había sido por algo.

—Perdona —se disculpó ella.

—Yo sugiero que escuches su versión de los hechos y la cotejes con la tuya —dijo Mel—. Desde que llegué a este pueblo, me he tropezado con un par de situaciones en las que mujeres realmente malvadas simularon haber sido maltratadas por hombres que eran verdaderos pedazos de pan. Lo habitual es lo contrario, por supuesto, pero estas cosas ocurren. ¿Os acordáis de la exmujer de Aiden Riordan? ¿De cuando fingió haber recibido una paliza cuando resultó que él estaba en San Francisco con Erin? Pero, si no quieres hablar con el tipo, ¿por qué no vas a ver a Luke y le pides que te explique algunos detalles? Preacher estaría encantado de informarse previamente sobre el tipo, para ver si tiene algún antecedente. Y siempre está Walt Booth, por si necesitas algún contacto en el ejército en caso de que quieras averiguar lo que sucedió realmente.

—Bueno, supongo que es posible —masculló Jack.

—Necesitamos aclarar este asunto —dijo Preacher—. Conozco a Luke. Si ese amigo suyo resultó culpable de agresión violenta y maltrato físico, querrá saberlo. Para romper con él. Se lo debemos a Luke.

—Creo que mi misión aquí ha terminado —añadió Mel, levantándose—. ¿Sabes? Llevaba días preguntándome por lo que te preocupaba —le dijo a su marido—. Llama a Luke ahora mismo. Este asunto ya se ha enquistado lo suficiente.

—Tú no has visto lo que yo vi —replicó Jack.

—Claro que lo he visto, cariño mío —le recordó Mel—. Sé perfectamente que nada es tan sencillo como puede parecer. Tú no conoces a ese tipo, pero sí que conoces a Luke. Deberías hablar con él de esto, y luego intentar arreglarlo —se inclinó hacia él como buscando un beso, pero en el último momento le palmeó la mejilla y sonrió—. ¿Sabes? No me extraña nada que las mujeres caigan rendidas a tus pies. Eres tan tierno...

—Vuelvo a detectar cierto sarcasmo en esa frase.

Ella se echó a reír.

—Tengo que ver a ese paciente. Te veré en la cena.

A Nora Crane se le estaban abriendo oportunidades que antes ni siquiera había soñado con imaginar. En primer lugar, nunca se había imaginado que llegaría a conocer tan bien a su padre y allí estaba ahora, pasando al menos una tarde a la semana en su compañía. Prácticamente en cada una de sus visitas, se presentaba acompañado de Susan. Y cada vez que aparecían, lo hacían cargados de más y más cosas para el hogar de Nora y sus hijas. Un día Jed sacó una cuna portátil y un elegante carrito de niño del maletero de su coche, lo que hizo que a Nora se le saltaran las lágrimas de agradecimiento. Fay ya no tendría que dormir con ella y con su hermana en la misma cama. Aquello, sin embargo, no fue nada comparado con el domingo, cuando estaba previsto que comieran todos de pícnic pero al final se puso a llover. Jed y Susan se presentaron con un remolque.

—Parece que tendremos que dejar el pícnic para otro día, pero creo que de todas formas nos lo pasaremos bien —dijo Jed.

—Pero ¿qué...?

—¡Ese viejo sofá tuyo, Nora, tiene que desaparecer! Y lo mismo podría decirse de tu mesa y de tus sillas.

En aquel remolque de alquiler había nada más y nada menos que un sofá, un sillón, una mesa esquinera, una lámpara de pie, una pequeña mesa de cocina y cuatro sillas.

—No, no puedes... —susurró Nora—. ¡Jed, tienes que poner punto final a esto o acabarás por arruinarte!

—No puedo parar... no hasta verte a ti y a las niñas viviendo en un ambiente cómodo y acogedor. No he hecho ningún dispendio: todas estas cosas estaban de saldo y no eran nada caras. Yo solo quiero ayudarte.

—¡Pero yo nunca podré pagarte todo esto!

—Yo lo único que quería era volver a tenerte en mi vida —repuso él—. Nunca conté con el regalo añadido de dos nietas.

Una vez que estuvo todo instalado, Berry se mostró absolutamente encantada. Con los ojos brillantes de felicidad, se sentó en el sofá. Inmediatamente después, Fay trepó también. El suceso no pasó desapercibido en el vecindario, pese a la lluvia. Martha y Adie estaban fuera, y Leslie y Conner no tardaron en aparecer también. Conner se ofreció a sacar los viejos muebles de la casa para cargarlos en el remolque.

—Tiraré esto en el contenedor más próximo, a no ser que tú tengas otros planes —le dijo Jed, refiriéndose al viejo sofá.

—Aquí no se tira nada sin permiso del reverendo Kincaid —le informó Nora—. De hecho, dentro de un par de meses cumpliré mi primer año en Virgin River y, sin la ayuda de mis amigas y vecinas, dudo que hubiera sobrevivido al invierno.

Resultaba difícil imaginarse a alguien en peor situación que Nora. Pero, cuando ella le contó lo del sofá, Noah lo quiso inmediatamente.

—Creo que ya sé a quién se lo podemos dar —le dijo al teléfono.

Bajo la llovizna, Conner y Jed lo cargaron hasta la iglesia, donde lo dejaron a la espera de que lo recogieran.

Sus hijas tenían ya ropa para el invierno, buenas camas, magníficos edredones y comida de sobra en la casa. Nora estaba pensando ya que no podía desear más cuando Maxie le preguntó un día:

—Oye, Nora, ¿tú sabes hornear?

—Bueno —dijo, dubitativa—. Cuando era niña hacía galletas, pero de eso hace mucho tiempo.

—Pero ¿te gustaría?

—Si tuviera tiempo, sí. Podría seguir instrucciones. Pero, Maxie, carezco de utensilios.

—Te diré lo que me gustaría hacer. Ya se lo he contado a Tom. Se acercan un par de fines de semana muy ocupados. Si estuvieras dispuesta, podrías recoger manzanas hasta la hora de comer, ir luego al pueblo para recoger a Adie y a las pequeñas y volver aquí. Nosotras les daríamos de comer y luego se echarían la siesta, aunque a lo mejor Berry querrá incluso ayudarnos. Unas cuantas amigas vendrán a casa a lo largo de esta semana. Te caerán bien. Son tan viejas como yo e igual de malintencionadas. Adoran a los niños y son un verdadero dolor de cabeza para Tom. ¿Te gustaría ayudarme por las tardes? ¿A hornear y esas cosas, en compañía de mis amigas?

—¡Oh, Maxie, me encantaría!

—Creo que Martha preferiría hacer excursiones por el monte antes que hornear, pero dejaré que le extiendas tú la invitación de todas formas.

En casa de Maxie, pareció perfectamente natural que aquella primera sobremesa se alargara hasta bien avanzada la tarde. Todo el mundo seguía sentado a la mesa después de una comida que había empezado poco después de mediodía, casi al mismo tiempo que las labores de horneado. Las niñas habían dormido su siesta. Poco después, Berry se había subido a un taburete de la enorme cocina para ayudar con la masa y las mezclas, mientras su hermana, instalada en su trona, contemplaba alegre tanta actividad.

Para el miércoles, a la hora de la cena, habían avanzado mucho: había una buena provisión de mantequilla de manzana y numerosas tartas apiladas en la bodega del sótano, además de todo tipo de galletas para la fiesta del fin de semana. Nora también había aprendido a hacer pan y panecillos de canela.

Nora trabajaba en la cocina con tanto ahínco como lo hacía en el manzanar.

—Afloja el ritmo —le aconsejó Maxie—. No te canses demasiado antes de tu gran fin de semana.

—Oh, Maxie, esto no me cansa… ¡me llena de energía! Me encanta dar de comer a la gente.

Lo que más anhelaba Nora era la hora de la cena. Se montaba la mesa grande y todo el mundo se sentaba a comer, a reír, a contar historias. Adie se hallaba en su elemento: cosas como aquella no podía hacerlas en casa sola y le encantaba estar con amigas. Y, cuando entraba Tom después de una larga jornada en el manzanar, no se parecía en nada al hombre que Nora había conocido el primer día, cuando se presentó allí para buscar trabajo. Se mostraba tan sumamente alegre y divertido que ella tenía que esforzarse por reprimir su fantasía habitual: la de convertirse algún día en su esposa y compartir aquel hogar con él.

Pero fue cuando Berry alzó de repente una galleta y pronunció con voz alta y clara: «¡Tom! ¡Cómete esto!», cuando Nora sintió que le flaqueaban las fuerzas. Y tuvo que retirarse corriendo para ocultar su emoción.

—¿Dónde está Nora? —preguntó Tom.
Todas las mujeres miraron a su alrededor.
—¿En el baño? —sugirió Adie.
—Allí no hay nadie —dijo Tom—. Vigilad a las niñas, que voy a buscarla —se llevó una cerveza y atravesó el salón, el comedor, incluso subió al piso superior. Finalmente descolgó su chaqueta del gancho de la puerta y salió para descubrirla hecha un ovillo en la mecedora, en el rincón más alejado del porche. Llorando estremecida.

—Hey —de inmediato se quitó la chaqueta para echársela sobre los hombros. Sacó luego otra mecedora y se sentó frente a ella, muy cerca—. ¿Qué te pasa? ¿Por qué estás llorando?

—Es complicado —pronunció, temblorosa—. Es solo que he empezado a sentirme tan... tan segura. Como si formara parte de una gran, maravillosa familia. Y luego Berry...

—¿Qué le ocurre a Berry? —inquirió él—. Se está divirtiendo.

—Sí, se está divirtiendo tanto... —dijo Nora, y se sorbió la nariz—. Soy una floja... Soporté lo de los juguetes nuevos, la ropa e incluso los muebles, pero es que esta semana...

Tom se sacó del bolsillo un pañuelo, que le tendió. Ella se lo quedó mirando cautelosamente, sin aceptarlo.

—¿Estás seguro?
—Suénate —le dijo—. Y después habla conmigo.
Nora se sonó la nariz. Sonoramente. Una pequeña carcajada se le escapó entre las lágrimas.
—Vamos. Cuéntame.
—No espero que lo comprendas, pero a lo largo de mi infancia, cuando estábamos solas mi madre y yo, no teníamos ni mucho menos momentos tan divertidos como estos. No veíamos a mucha gente. Y Berry... —se desmoronó de nuevo.
—¿Qué pasa con Berry? —insistió él.
—¿La has oído? ¿La has oído hablar? Habla por los codos. Está superando la timidez tan severa que tenía, Tom.
—Es cierto —repuso él, perplejo—. Se está acostumbrando a todos nosotros. Nos ha estado viendo mucho últimamente.
—Estaba tan preocupada por ella... —confesó Nora—. Estaba preocupada por todas nosotras. Temía que no pudiéramos salir adelante, que no consiguiéramos tener todo lo necesario para sobrevivir. ¡No podía dejar de tener miedo!
Él le enjugó una lágrima de la mejilla.
—¿Tenías miedo? —le preguntó en voz baja.
—Oh, no te imaginas cuánto...
Tom ahogó una risita.
—Es que siempre pareces tan valiente...
—Sí, sé que lo parezco. Es una actuación —reconoció ella—. ¿Qué otra cosa puedo hacer? Siempre fui una niña tímida, todo me daba miedo.
—¿Tú?
—Sí, tenía miedo de hacer enfadar a mi madre, a las profesoras, a todo el mundo. Y luego, en mis esfuerzos por superar esa timidez, fue cuando me enganché a ese estúpido, un tipo que, en comparación, casi hizo quedar bien a mi madre. Hubo veces, cuando estaba embarazada...
Se quedó callada por un momento y él se apresuró a tomarle una mano.
—Dilo. Tenías miedo. Cuéntamelo.

—Oh, seguro que no querrás escuchar todo esto… Es todo tan humillante, tan terriblemente patético… —pero al ver que asentía, añadió—: De acuerdo, yo dependía de los servicios sociales y vivía con el miedo constante a morir asesinada en mi cama, porque vivía en un horrible lugar lleno de criminales y traficantes de drogas. Tenía miedo de no ser capaz de proteger a mis hijas. Ya cuando vivía con mi madre había pensado que la vida era dura, pero después fue todavía muchísimo peor. Hace un rato, cuando estaba horneando con Maxie y comiendo en tu mesa, recordé aquellas ocasiones en que la trabajadora social me daba bebidas proteínicas para que tuviera calorías suficientes para el embarazo, y, de repente… Jamás me imaginé que algún día llegaría a disfrutar de este tipo de vida: recoger verduras del jardín, hornear pan en una acogedora cocina, sentarme con mis hijas a una mesa llena de tantas risas y de tanta felicidad…

Tom se descubrió recogiéndole delicadamente un mechón de cabello detrás de la oreja. A su pesar, relampagueó por un momento en su mente la imagen de Darla con sus elegantes botas, picoteando la comida sin apetito, inconsciente del verdadero valor de las cosas más sencillas.

—Cuando Chad me dejó colgada en este pueblo, me sentí tan aliviada de que se hubiese marchado, de encontrarme en un lugar tan distinto a aquellos en los que había estado… Y eso que por entonces no sabía cómo íbamos a sobrevivir. Si no hubiera sido por Noah…

Tom cerró de repente los dedos sobre su brazo.

—¿Él te hizo daño?

—¿Noah? —exclamó incrédula—. ¡Por supuesto que no! Noah me ayudó, pero yo no se lo puse fácil. Me cuesta tanto confiar en alguien…

Tom le sonrió.

—Pero ¿confías en Maxie?

—Sí —respondió Nora, sorbiéndose de nuevo la nariz y sonriendo—. Adoro a Maxie.

—¿Y Adie?

—Adie jamás mataría a una mosca —aseveró ella.

—¿Martha?

—Martha es fuerte. Buena, responsable. Admiro su independencia.

—¿Jed? —quiso saber él.

—Cada semana que pasa, estoy más segura de él. Ha sido tan bueno conmigo. Se lo presentaré a Maxie. Si ella confía en él…

—Maxie tiene una especie de sexto sentido con estas cosas. No sé cómo lo consiguió. Su experiencia vital, supongo. ¿Y… yo? —inquirió— ¿Confías en mí?

Nora esbozó una tímida sonrisa.

—Sí, creo que sí.

—¿Qué te parecen las hojas de parra rellenas?

A ella se le escapó una corta carcajada.

—No tengo ni la menor idea.

—Apuesto a que te gustarían. Y los kebabs… seguro que también.

—Tom, a veces me confundes.

—¿Estás mejor ahora? Quiero decir… ¿has terminado de llorar?

—Desde que te conocí, he llorado más que en este último par de años, y te aseguro que durante ese tiempo he tenido razones más que suficientes. No creo que tú saques precisamente lo mejor de mí. A tu lado me siento vulnerable. Tiendo a decirte cosas que nunca le había contado a nadie.

—Yo creo que eso está muy bien. Significa que me consideras un amigo. Te diré lo que vamos a hacer, Nora. Tienes que secarte esas lágrimas y volver conmigo a la cocina. No querrás que las mujeres se preocupen por ti.

—De acuerdo —asintió ella, frotándose los ojos.

—La cena ya está lista —anunció, y le entregó su cerveza—. ¿Quieres un trago?

—Gracias —dijo ella, llevándose la botella a los labios y bebiendo un sorbo. Luego se levantó y le devolvió la chaqueta—. Todo esto se ha convertido para mí en algo muchísimo más importante que un trabajo, Tom. Quiero que sepas lo muy agradecida que te estoy.

—Lo sé. Venga, vamos a comer. Me muero de hambre.

—Yo también. Aunque la verdad es que he estado picando todo el día.

La cena consistió en el mejor de los estofados de Maxie, acompañado de una ensalada preparada por Adie y el pan que había hecho Nora, el primero que había horneado sola. En premio a sus esfuerzos, se llevó a casa una cesta de panecillos de canela y prometió volver muy temprano a la mañana siguiente para recoger manzanas.

Una vez que se hubieron marchado Nora y Adie, Tom se dirigió a Maxie:

—Cuando pase el festival, ¿te importaría quedarte un día con las niñas? Me gustaría llevarme a Nora a cenar a Arcata.

Ella arqueó las cejas.

—¿De veras? ¿Por qué?

—No estoy seguro. Quizá por lo agradecida que está por cada cosa, por cada mínimo detalle. Aunque se trate de cosas que ella misma se ha ganado a pulso. Es tan encantadora...

—Pero ¿qué pasa con Doña Tiquismiquis?

—Maxie... —la advirtió.

—Lo siento. A veces se me escapa —se encogió de hombros.

—Ya.

—Creo que esas niñas son unas verdaderas ricuras —dijo ella—. Me encantará cuidarlas mientras su madre esté fuera. Apuesto a que esa chica lleva siglos sin salir con nadie.

—Solo somos amigos —precisó Tom.

—Bueno, pues apostaría a que hace siglos que no sale a cenar con un amigo. ¿Sabes? Me acercaré a la costa a comprar algunas películas infantiles —y sonrió con expresión altamente aprobadora.

★★★

Jack condujo hasta la casa de los Riordan y aparcó delante. Para su mala suerte, Cooper estaba sentado en el porche, contemplando la puesta de sol. Cuando vio a Jack, dobló su ejemplar de *USA Today* en el regazo.

Jack bajó de la camioneta y se acercó con recelo, pisando el primer escalón del porche justo cuando Luke salía al umbral para esperarlo allí. Observando. Alerta.

—Jack —dijo Luke a modo de saludo.

—Hola —respondió él, pero enseguida dirigió su atención a Cooper—. Este es en verdad un pueblo muy pequeño.

—Pues yo te he dado espacio más que suficiente —fue la réplica de Coop.

—Bueno, lo que he venido a decirte es esto: que tienes tanto derecho a disfrutar de este pueblo como yo. No sé qué planes tienes, pero que no nos veamos cara a cara no quiere decir… —se interrumpió y bajó por un segundo la mirada—. Mira, además de ti, de Luke, de Colin y de mí, solo tres personas están al tanto de nuestra situación: mi esposa, mi cocinero y su mujer. Y dado que no estaban allí presentes cuando el suceso, no están en absoluto convencidas de que tú seas culpable de nada. De manera que no hay razón alguna para que no te prodigues por el pueblo. ¿Entiendes lo que quiero decir?

—No pienso quedarme aquí mucho tiempo —le informó Coop—. Solo el suficiente para esperar a que nuestro amigo Ben se deje caer por aquí y salgamos todos de caza. Luego supongo que volveré a largarme. La próxima vez, quizá, nos volvamos a encontrar en alguna parte.

—Bueno, la caza es muy buena aquí —comentó Jack—. Y durante los siguientes fines de semana los Cavanaugh abrirán su manzanar al público: la gente acudirá a recoger sus manzanas, a aprovisionarse de sidra, a divertirse con amigos. En este pueblo la gente suele reunirse en ocasiones como esa. Aunque no te gusten las manzanas, es una buena manera de socializar. Y luego vendrá la fiesta del campo de las calabazas en la granja de Jilly, para el siguiente fin de semana. Alguna gente se presenta disfrazada. Tú podrías pasarte disfrazado... de ogro, por ejemplo. Causarías sensación.

—¿Qué te ha hecho pensar que podría reírte esa gracia? —le espetó Coop.

—Yo solo quiero decirte una cosa, Cooper. Creo que yo, en aquel entonces, hice lo único que podía hacer. Si es cierto lo que Luke piensa de ti, entonces tú habrías hecho exactamente lo que yo: intentar que esa mujer recibiera ayuda médica y llamar a la policía. Lo que sucedió después no tuvo ya nada que ver conmigo. Yo me embarqué justo al día siguiente, ya que, si estaba allí con mi escuadrón de marines, era para recibir entrenamiento de transporte aéreo. Ya sabes que nosotros nunca estamos demasiado tiempo en un mismo lugar. Tú habrías hecho lo mismo que yo —insistió.

—Puede que sí —reconoció Coop— . O puede que no. Y no habría pensado tan mal de alguien a quien no conocía de nada.

—¿Por qué me contó ella que estaba sufriendo maltrato en su relación contigo? —quiso saber Jack, frunciendo el ceño con expresión de curiosidad.

—Quizá porque durante el poco tiempo en que salimos juntos, ella y yo no paramos en ningún momento de discutir —dijo Coop—. He dicho «discutir». Nada físico. Ella quería formalizar lo nuestro, seguirme a Fort Rucker... pero también quería seguir saliendo con una multitud de otros tipos, así que lo dejamos. Pero ella continuó llamándome, y yo volví a tener un par de escarceos con ella, así que...

—¿Escarceos? —repitió Jack. Y como para añadir el insulto a la ofensa, se echó a reír.

—¡Yo tenía veintidós años!

Jack se frotó la nuca.

—Ya, yo también los tenía... —se rio por lo bajo—. Pero ahora ya soy lo suficientemente maduro como para admitirlo. Mi cerebro no estaba entonces en su sitio, sino bastante más abajo.

—Yo nunca he pegado a una mujer en mi vida —le aseguró de pronto Coop.

—Ojalá pudiera decir yo lo mismo —repuso Jack, contrito—. Crecí con cuatro hermanas, dos de ellas mayores que yo… Diablos, me torturaban. Y yo me defendía, claro. Pero eso terminó cuando yo tenía más o menos doce años.

—Yo tengo dos hermanas mayores —dijo Coop.

—Y yo, además, dos pequeñas —repuso Jack.

—Y una más pequeña —añadió Coop—. Pero es una ricura. Y con las mayores terminé llevándome hasta bien.

—¿Qué diablos estuviste haciendo con esa mujer aquella noche de quince años atrás? —le preguntó Jack de pronto.

—Que me aspen si lo sé. Me desperté en una mesa de pícnic, en el parque del otro lado de la calle, con el mayor dolor de cabeza que había sufrido nunca. Probablemente habría estado buscando un lugar donde dormir porque me sentía incapaz de conducir. Y, a partir de aquel momento, todo se fue al infierno.

—Ya —dijo Jack—. Diablos. Escucha, no te pierdas esas dos fiestas que te he comentado. Después de Halloween hará demasiado frío para cosas así y, hasta Navidad, la gente ya se queda encerrada en sus casas. Los Riordan que no viven aquí aprovechan para venir. No dejes de salir por mi culpa. Y eres bienvenido en el bar, por cierto, cada vez que te apetezca pasarte —desvió la mirada hacia Luke, que sonrió levemente—. No necesitarás guardaespaldas.

—Muy amable por tu parte —repuso Coop.

—Pero que sepas una cosa —continuó Jack—. Pienso investigar un poco. Si resulta que me he equivocado contigo, esperaré una disculpa por tu parte.

Coop se quedó callado por un momento.

—No contengas la respiración.

—¿Cómo te heriste la mano? ¿En aquel entonces?

—No lo sé. Espero que fuera en la cara del canalla que le dio aquella paliza. Pero lo cierto es que no tengo la menor idea.

—Amigo, si lo hubieras planeado no te habría salido mejor —comentó Jack, irónico.
—Dímelo a mí.
—Bueno, esperemos que todo este asunto se aclare antes de que te marches del pueblo.
—¿Qué importa eso? —inquirió Coop.
Jack se volvió hacia Luke.
—Tenemos amigos comunes a quienes sí les importa —y, dicho eso, volvió a subir a su camioneta y se alejó de allí.

CAPÍTULO 14

Las amigas de Maxie, Penny y Rosalie, llegaron el jueves por la tarde. Llevaban muy poco equipaje y el maletero lleno de las delicias que habían pasado el último par de días horneando en la casa de la segunda, en Santa Rosa. Ambas eran viudas, de pelo cano y edad indeterminada. Cuando se reunían para hacer o celebrar algo, risueñas y divertidas, se llamaban a sí mismas Las Viudas Alegres.

Nora se enamoró al instante de ellas.

—Cuidado —le advirtió Tom en un susurro—. Tienen la lengua afilada y son implacables.

Nora no se tomó en serio su advertencia. Le encantaba estar con ellas en la cocina y sus hijas se encariñaron inmediatamente de ellas. Todas eran abuelas experimentadas.

En una ocasión en que Tom no estaba en la casa, Penny preguntó:

—¿Cuándo llega esa mujer?

Nora aguzó los oídos.

—Mañana a primera hora de la tarde —respondió Maxie—. Y tened mucho cuidado con lo que digáis en su presencia. Puede ser insoportable, pero Tom se muestra muy protector con ella. Su marido murió en Afganistán a las órdenes de Tom y mi nieto se siente… ya sabéis, responsable de ella. Si os mostráis críticas con ella o la ofendéis, puede que Tom acabe perdiendo la cabeza y casándose con ella.

—¿Nosotras? —inquirió Penny—. ¿Críticas con ella?

—Esa mujer... ¿ tiene algún nombre, aparte de Doña Tiquismiquis? —quiso saber Rosalie.

A Nora se le escapó entonces una carcajada. Siguió disimulando.

—Darla —dijo Maxie—. Darla Pritchard.

—¿Es buena en la cocina? —fue la pregunta de Penny.

—No sabría decirlo. Lo único que le he visto hacer es leer, cambiarse de ropa varias veces al día y picotear la comida. Cada vez que Duke se le acerca, se retira aterrada.

—Pero esperad a verla —dijo de repente Nora. Todas las mujeres se volvieron hacia ella—. Es la mujer más guapa que he visto nunca.

—Mi querida niña —dijo Rosalie—, ¿te has mirado tú en el espejo últimamente?

—Deberíamos sacar las fotos antiguas —propuso Penny. Para enseñarle a esta niña lo muy guapas que éramos de jóvenes.

—¿Sois amigas desde hace mucho tiempo? —preguntó Nora.

—Nos conocimos cuando éramos madres primerizas —contestó Maxie—. Aquí mismo, en el manzanar. Rosalie y Penny vinieron a recoger manzanas. Rose vivía por aquel entonces en Garberville, Penny en Willet. Y hacíamos algo que la gente de ahora ya no hace: escribirnos cartas. Aparte de reunirnos una o dos veces al año.

—Maxie, ¿tú has vivido siempre en el manzanar?

Se hizo un momentáneo silencio, seguido por una carcajada que solo consiguió dejarla aún más confusa.

—No, Nora... Yo llegué al manzanar cuando tenía dieciocho años, buscando trabajo. Era una chica de granja pobre como las ratas, de Idaho. Fui a parar aquí por casualidad. Fue el único sitio donde me contrataron.

—¿Cómo es que fuiste a parar aquí?

—Por lo de siempre, cariño. Siguiendo a un hombre. Un leñador. Murió en un accidente y yo no tenía manera de volver a la casa familiar, que por otro lado tampoco tenía mucho que ofrecerme. Así que… pedí trabajo aquí. El viejo no quería contratarme, pero su mujer me acogió. Empecé recogiendo manzanas, pero terminé trabajando en la casa.

—¿Como yo?

Las tres mujeres se pusieron a tararear y a reír por lo bajo.

—Sí, como tú —dijo Maxie—. Dime, ¿te traerás a las niñas este fin de semana? Con las cuatro aquí, estarán vigiladas a cada momento.

—Había pensado en pedir a Noah y a su mujer que me ayudaran con ellas, dado que me quedaré aquí todo el fin de semana. Pero el martes por la tarde las traerá mi padre. Tengo tantas ganas de que os conozca…

—Como nosotras de conocerlo a él. Cuéntales a Rosalie y a Penny la historia, querida… la de su reencuentro contigo.

Nora les proporcionó la versión abreviada, intentando no presentar a su madre bajo una luz demasiado mala. No fue mucho después cuando Tom entró en la cocina, dispuesto a cenar, y la cálida y familiar atmósfera volvió a reinar en la cocina.

El viernes todavía estaba lloviznando, así que Tom y Junior sacaron unos toldos con la idea de montarlos el fin de semana si el tiempo no mejoraba. Darla llegó a primera hora de la tarde y, siguiendo la tónica de los viernes anteriores, fue como si hubiera llegado una reina. Tom subió sus maletas al cuarto de invitados mientras Maxie procedía a presentarla a todo el mundo. Las mujeres habían estado sentadas a la mesa preparando saquitos con trozos de manzana seca, canela en rama y clavo. Su intención era regalárselos a todos los que fueran al festival.

—Ha sido un viaje largo —comentó Darla cuando hubo terminado de saludar a las mujeres—. Voy a ponerme algo más cómodo.

Maxie no dijo nada, sino que miró a sus amigas con las cejas bien arqueadas.

Casi al momento, volvió Darla con una absoluta expresión de perplejidad en el rostro.

—Hay una niña en mi habitación.

—¡Oh! —exclamó Nora, levantándose de inmediato—. Lo siento, no me había dado cuenta…

—¿Está dormida, Darla? —preguntó Maxie, interrumpiendo a Nora.

—Sí. En mi cama —respondió Darla, claramente consternada.

—Pues entonces podrías cambiarte de ropa en mi habitación —sugirió la mujer—. Es Berry, una de las hijas de Nora. Tiene dos años. La pequeña está en su cuna, en el dormitorio de Tom. También está durmiendo.

—¿Voy a tener que compartir mi habitación con alguien? —inquirió Darla, incómoda.

—No, querida. Nora vive en el pueblo y se volverá a su casa después de cenar. Mañana, a la hora de la siesta, acostaré a Berry en mi cama. De todas formas, ya te lo avisé: durante los festivales de fin de semana, solemos tener la casa llena y una agenda muy apretada, con muchísimo trabajo.

Fue entonces cuando Darla hizo algo que dejó absolutamente consternada a Nora. Lejos de ofrecerse a ayudarla, le dijo:

—Pues entonces me iré a otra habitación a leer. ¿Me avisarás cuando la niña desocupe mi habitación?

—Claro que sí, querida —respondió Maxie. A continuación, con un sarcasmo que claramente Darla no llegó a detectar, preguntó—: ¿Deseas algo más?

—No, gracias. Estaré bien —y abandonó la cocina.

El sábado amaneció claro y despejado, con el sol ahuyentando la neblina del alba. Nora había llegado al manzanar para ayudar a montarlo todo, después de dejar a las niñas todavía dormidas a cargo de Adie. Su primera intención había sido bajar al pueblo y recoger a Adie y a las pequeñas una vez que estuvieran despiertas, pero en aquel momento tenía sus dudas: no le parecía correcto.

—Maxie —susurró—, tengo la sensación de que las niñas van a significar una molestia. Puede que no sea demasiado tarde para que le pida ayuda a Ellie Kincaid. Su hija es lo suficientemente mayor como para quedarse a cuidar a las mías, aparte de que le encanta jugar con ellas.

—No, yo las quiero aquí —dijo Maxie—. Y no son ninguna molestia.

—Todas queremos que vengan —intervino Penny—. Y Adie ya contaba con pasar aquí los dos fines de semana.

—¿Estás del todo segura?

—Absolutamente.

Pero Nora esbozó una mueca. Tener a las niñas allí los dos días seguidos la obligaría a ella a pasar más tiempo en la casona, para estar pendiente de que no molestaran a nadie. Y sabía que, al lado de Darla, se sentiría talmente como un zapato viejo.

Pero, en cualquier caso, no dispuso de mucho tiempo para recrearse en su sentimiento de inferioridad, porque justo en aquel preciso momento empezaron a llegar los primeros visitantes. Tan pronto como Adie llegara con las niñas, la colaboración de Nora sería necesaria para repartir las cestas, ayudar a la gente con las escaleras o proporcionarles sacos y cajas para las manzanas que se llevaran a casa.

Más y más rostros familiares fueron apareciendo, muchos de ellos con vistas a pasar toda la jornada allí. Vio a unos niños, con un perro, jugando con un disco volador entre los manzanos. El porche corrido que rodeaba toda la casa estaba atestado de gente y Nora pudo distinguir a Maxie y a sus amigas agasajando a los invitados. En el patio estaban disponibles grandes termos de té y de limonada, litros y litros de sidra fresca y mesas cargadas de pasteles y panecillos. La gente descansaba en mantas extendidas sobre el suelo o en tumbonas al pie de sus respectivas camionetas. Había hasta un par de grandes parrillas montadas, con trabajadores del bar de Jack sirviendo hamburguesas y perritos calientes. Entre ellos, Nora alcanzó a distinguir a Rosalie y a Penny afanándose en abrir enormes bolsas de patatas fritas.

La sola imagen de Berry corriendo con otros niños, riéndose y disfrutando a placer, bastaba para llenarle el corazón de alegría. A Fay la cargó durante buena parte de la mañana en la mochila que llevaba a la espalda, mientras se ocupaba en todo tipo de tareas, desde repartir sidra hasta recoger manzanas.

—Hora de descanso.

Oyó de repente la voz de Tom, a su espalda, y sintió que la aligeraba del peso de la bebé.

—Ayúdame, que voy a cargarla yo.

—¡Oh, Tom, seguro que estás demasiado ocupado para eso!

—Todos estamos ocupados —repuso mientras se ajustaba la mochila con su ayuda, y se rio cuando sintió las manitas de Fay sobre su cabeza—. ¿Te estás divirtiendo? —le preguntó a Nora.

—¡Te lo diré cuando haya recuperado el aliento! ¡Cuando dijiste que vendría gente, no me imaginaba que sería tanta!

—Pues será así todo el fin de semana y el siguiente.

Poco después, vio que Fay se había quedado dormida con la cabecita sobre el hombro de Tom, mientras él continuaba repartiendo cestas.

Nora tardó un momento en ir a buscar a Berry para conseguirle un perrito caliente. Se sentaron luego en los escalones del porche, lo más lejos posible de la multitud. En cuanto comió el último bocado se escapó corriendo de nuevo, para acercarse esa vez a la familia del reverendo Kincaid, que se había instalado con una manta en el patio, a la sombra de un manzano.

—Hey —la saludó alguien.

Nora se volvió para descubrir a Darla sentada también en el porche, a su lado.

—Hola. ¿Estás disfrutando del festival?

—Oh, sí y no —respondió ella—. Todo esto es muy social, ¿verdad? He conocido a alguna gente muy agradable, pero... ¿dos días seguidos recogiendo manzanas? Se me ocurren otras cosas más útiles. Y no consigo hablar con Tom, de tan ocupado como está —señaló la nave con la cabeza—. Al parecer, tú sí te las has arreglado para monopolizar su atención durante un rato.

—Oh, ¿te refieres a Fay? Lo de cargarla él en la mochila ha sido idea suya. Pero una idea estupenda, por cierto: la espalda me estaba matando y parece que Fay ni siquiera se ha despertado.

—¿Dónde está tu marido? —quiso saber Darla.

Bueno, no era la primera persona que se lo preguntaba, pensó Nora. Pero ¿por qué había sentido aquella pregunta como si fuera una puñalada?

—No tengo, Darla. Estoy sola con las niñas.

—Oh, perdona. ¿Tu marido también falleció? ¿Como el mío?

Nora negó con la cabeza.

—No, no llegué a casarme. Y antes de que me lo preguntes, tampoco hay un hombre en mi vida ahora mismo —y añadió, con una súbita punzada de culpabilidad—: Siento mucho lo de tu marido. Maxie me lo contó.

—Gracias. Las cosas han mejorado mucho desde que Tom entró en mi vida. El destino es muy extraño, ¿no te parece? Tan pronto era una doliente viuda cuando al minuto siguiente me estaba enamorando del amigo de mi marido.

Nora le sonrió mientras luchaba para sus adentros con la envidia.

—Eso es maravilloso. Tom es un hombre muy bueno.

—Umm, y guapo también. ¡Y verlo aquí, con toda esta gente! Todo el mundo lo adora. Es un vendedor nato.

—Bueno, yo no suelo verlo así —admitió Nora—. Aquí no hay más que granjeros. Llevar un manzanar es un trabajo duro.

—Yo pienso en Tom como en un jugador profesional de béisbol que sabe que su cuerpo no aguantará para siempre. En algún momento una persona como él deberá buscarse un trabajo menos exigente físicamente.

—O contratar a los colaboradores adecuados —sugirió Nora—. Maxie aún sigue recogiendo manzanas, aunque Tom ha intentado mantenerla alejada de las escaleras. Es divertido ver cómo se vigilan el uno al otro.

—Yo no veo a Tom recogiendo manzanas hasta los setenta. Y

tampoco me veo a mí viviendo en un manzanar. El restaurante decente más cercano está a casi una hora en coche de aquí.

—Supongo que no habrás comido en Jack's.

—¿El bar del pueblo? —Darla esbozó una mueca—. No me va la comida de bar. Demasiada grasa.

—Jack's tiene muy buena reputación —señaló Nora—. Tengo entendido que acude gente de toda la comarca. El cocinero, Preacher, es conocido por sus platos: pastel de carne, costillas, estofados, sopas, pan artesanal...

—Yo no como pan —dijo, palmeándose el vientre plano—. No cabría en estos tejanos si lo hiciera.

—¿Tom y tú salís a menudo a comer fuera? —preguntó Nora. A él, evidentemente, no le importaba caber o no en sus tejanos.

—No mucho. Pero estoy segura de que eso cambiará cuando termine la temporada de recogida y Tom vaya a verme y yo deje de venir aquí cada fin de semana. Yo solo he venido para hacer un máster en Davis. Tengo muchas ganas de llevar a Tom a mis restaurantes favoritos.

Pero Nora no estaba pensando ya en salidas a comer fuera.

—Cuando termines tu máster, supongo que te volverás a casa.

—Por supuesto. Mi casa está en Denver.

—Pero ¿cómo verás a Tom entonces?

Un inequívoco brillo asomó a los ojos de Darla.

—¿Puedes guardarme un secreto?

—Claro —contestó Nora. En cualquier caso, pensó, no tenía precisamente muchos confidentes.

Darla se abrazó una rodilla, entrelazando los dedos.

—Hemos hablado algo del futuro. Como por ejemplo que Maxie se merece una jubilación cómoda y descansada. En algún lugar donde no tenga que trabajar ni cocinar mucho. Algún tipo de complejo residencial para personas mayores donde se lo hagan todo. Donde pueda relajarse y disfrutar aún más de la vida.

—Pero Maxie adora el manzanar —replicó Nora, experimentando un punto de pánico ante aquel pensamiento—. ¡Ella adora cocinar, trabajar el huerto, tener mucha gente alrededor...!
—Por favor —la interrumpió Darla, riéndose, e hizo un gesto con el brazo, barriendo el aire—. ¿A ti te relaja esto?
Nora tragó saliva.
—Maxie adora esto. ¡No puedo imaginarme a Tom sin ella aquí!
—¿Quién ha dicho que Tom se quedaría aquí? Míralo ahí fuera.
Lo miró. En aquel preciso momento parecía la viva imagen de la felicidad, riendo y divirtiéndose con los hombres del pueblo, bromeando con sus esposas mientras llenaba sacos y sacos de manzanas... y volviéndose para que todo el mundo pudiera admirar a Fay dormida. Toda aquella gente iba a estar muy cansada cuando aquello terminara, pero se sentiría contenta de haberse reunido con sus amistades, con sus vecinos, con todo el pueblo... por no hablar de los que acudían de lugares lejanos cada año para el evento.
—¿Ves lo magnífico que es? Dime una cosa. Si es capaz de vender manzanas con tanta facilidad, sin hacer el menor esfuerzo, ¿te imaginas lo que podría hacer con un producto que le reportara toneladas de dinero?
—Lo que vende Tom son manzanas —repuso Nora en voz baja.
—Quizá no por mucho tiempo.
—¿Qué quieres decir?
—Bueno, hemos estado hablando acerca de las posibilidades de jubilar a Maxie, vender el manzanar e instalarnos en la ciudad en vez de en el campo. Con la experiencia de Tom en los negocios, su licenciatura y su capacidad de persuasión con la gente, podría conseguir prácticamente cualquier cosa. Te lo repito: es un vendedor nato.
Nora intentó decirse que no tenía absolutamente ninguna excusa para sentirse como un globo desinflado. No había nada

entre Tom y ella, salvo una amistad de la cual le estaba muy agradecida. Además de que él se merecía tener una vida propia: una esposa, hijos...

—Así que... ¿os vais a casar, entonces?

—Bueno, no estamos comprometidos —alzó las manos y agitó los dedos, como para demostrarle que no llevaba anillo alguno—. Pero, entre tú y yo: creo que eso es solo cuestión de tiempo.

—Enhorabuena —dijo Nora, detestando la debilidad que ella misma escuchó en su voz.

—Gracias —respondió Darla, estirándose perezosamente—. Bueno, seguro que tú deberás volver al trabajo, mientras que a mí todavía me queda algo que leer. Y quiero cambiarme de ropa para la tarde.

Nora tuvo que morderse la lengua para no preguntarle por qué. En lugar de ello, soltó una gruesa mentira.

—Me alegro de haber hablado contigo, Darla.

—Lo mismo digo, Norma.

—Nora.

—Ah —soltó una carcajada—. Es verdad.

El domingo en el manzanar fue una repetición del sábado, con la llegada de muchísima gente, en gran parte nueva. La gran diferencia para Nora fue que su padre y Susan llevaron a las pequeñas y estuvieron todo el día con ellas, dándoles de comer y poniéndolas a dormir la siesta. Y, mientras lo hacían, tuvieron además ocasión de conocer a medio pueblo.

—El domingo por la tarde es mi día habitual de estar con mi hija y mis nietas —oyó Nora que Jed le estaba contando a alguien—. Y sí, es verdad: estuvimos alejados durante demasiados años, pero la suerte y el reverendo Kincaid nos volvieron a unir. Un amargo divorcio... pero estoy seguro de que eso ya lo sabréis...

Nora se sonrió para sí misma mientras lo oía a escondidas.

Jed no parecía expresar culpabilidad o vergüenza alguna: tan solo exponía los hechos. Lo admiró por ello.

Por la tarde, la gente empezó a retirarse. La primera fue Darla. Tom llevó sus numerosas maletas al Caddy rojo y, tras recibir un casto beso de despedida, la invitada se marchó. Poco después Rosalie y Penny cargaron sus cosas en el coche. Al verlas, Nora corrió hacia su vehículo para dar a cada una un fuerte abrazo.

—¿Volveréis? —preguntó.

—Te veremos el jueves —dijo Rosalie.

—Mientras tanto, intenta que Maxie descanse un poco antes del próximo fin de semana.

—No me gusta descansar —dijo Maxie—. Ya descansaré cuando esté muerta.

Las tres se echaron a reír, pero Nora no. Porque cargaba con el secreto de que Maxie tendría que trasladarse a una residencia para que Tom pudiera vender el manzanar y casarse con Darla.

Cuando el sol de octubre estaba bajo y las nubes se acumulaban en el horizonte, Tom le dijo que podía irse con las niñas. Y le sugirió que se tomara parte de la mañana libre.

—Ha sido una semana muy larga para todos. No tenemos por qué empezar al romper el día. Duerme un poco más, si puedes.

Le entraron ganas de agarrarlo de las solapas de la chaqueta y suplicarle que no jubilase a Maxie, que no vendiera el manzanar y se marchara de allí. En lugar de ello, no pudo evitar sonreírle.

—¿Dormirás tú?

—Lo intentaré, pero, cuando oiga a Maxie trastear en la cocina y Duke me acerque el hocico a la cara, seguro que me levantaré. Y me gusta madrugar.

Nora también le había tomado el gusto a madrugar, sobre todo desde que tenía un trabajo que adoraba. Y más ahora que disponía de un coche para desplazarse y ahorrar tiempo.

Después de haber pasado la tarde entera jugando en el manzanar, Berry y Fay necesitaban dormir. Jed y Susan quisieron disponer de un rato para hablar con ella, así que se dio prisa en bañarlas y acostarlas. Fue entonces cuando su padre la sorprendió aún más, por si no lo hubiera hecho lo suficiente.

—Tus amigos del manzanar son maravillosos —le dijo. Y, tomando a Susan de la mano, añadió—: Quiero hacerte una propuesta, para que te la pienses con tiempo. Y, por favor, no te sientas en absoluto presionada. Si tienes interés en acabar tus estudios, yo dispongo de algunas ventajas como profesor titular. No solo podría sufragarte la carrera; tras hacer algunas indagaciones, he descubierto que puedo proporcionarte incluso un alojamiento familiar. Y servicio de escuela infantil en el campus. Nora, si deseas volver a estudiar, nada me gustaría más que ayudarte.

Se quedó sin habla por un momento, aunque él ya le había mencionado el tema de la universidad más de una vez.

—¿Alojamiento familiar? —preguntó.

—No me atrevería a ofrecerte mi hogar, aunque estaría más que encantado de que las niñas y tú os mudarais a mi casa. Pero respeto tus normas. Tómate todo el tiempo que necesites, no solo conmigo, sino con cualquier persona que quiera entrar en tu vida. Tus hijas son verdaderos tesoros. No tomes ningún riesgo.

—¿De verdad que eso sería posible? ¿La universidad?

Jed asintió con la cabeza.

—No es la respuesta a todo, Nora, lo sé bien. Pero es un buen lugar, con buena gente. Si la cosa te funciona bien aquí y estás satisfecha, no hay necesidad de cambiar las cosas. Pero, si es el dinero lo que te impide ir a la universidad, te digo desde ya que eso no tiene por qué ser así. Sin que sea necesaria una gran inversión. Y Stanford es una universidad de prestigio.

—Solo cursé un año —le informó ella—. Y mis notas no eran muy buenas. Era solo una alumna de primer curso, nada experimentada.

—Podrías repetir esas clases, si fuera necesario.

Susan le tomó entonces la mano y se la apretó.

—Nora, esto es solo una sugerencia, una posibilidad. Tengo

dos hijas: una terminó sus estudios en la facultad de Medicina y la otra escogió ser madre y ama de casa. Las dos son igualmente inteligentes e igualmente firmes en sus ideas sobre lo que significa la felicidad. Esto es algo a considerar. Y nuestra oferta permanecerá en pie.

«Tengo cosas que resolver aquí», pensó Nora, pero no llegó a pronunciar la frase. En lugar de ello, dio a ambos las gracias. Una vez que se hubieron marchado, pensó a fondo sobre la propuesta que acababa de recibir. Primero, tendría que encontrar una manera de regularizar su situación en la casa. La pequeña casa que habitaba con sus hijas pertenecía a alguien. Podía pertenecer a una persona particular, a un banco o al propio condado, con lo que tendría que pagar impuestos. No podría dormir por las noches con la conciencia tranquila sabiendo que estaba cometiendo una irregularidad de aquella clase. Y, en segundo lugar, tenía que saber qué iba a pasar con Maxie.

Y con Tom.

CAPÍTULO 15

Nora había vuelto a quedarse callada, lo cual no había sorprendido demasiado a Tom. No había disfrutado de un solo fin de semana libre en mucho tiempo, a lo que se habían añadido los dos seguidos del festival de las manzanas. Además de ser una buena trabajadora, tenía sus responsabilidades como madre. Así que la arrinconó para preguntarle:

—¿Volverá a visitarte tu padre el domingo?

—No se lo perdería por nada del mundo.

—Quiero que te tomes el fin de semana libre para que puedas aprovechar bien la visita. Tienes que descansar.

Ella soltó un suspiro.

—Creo que te tomaré la palabra.

—Eso no quiere decir que tengas que quedarte allí. Podrías traer a las niñas a cenar —le sugirió él.

Nora pareció sorprendida.

—Escucha, creo que ya he molestado lo suficiente a Maxie...

Él se echó a reír.

—A Maxie le encanta tenerte en casa. Esta semana se ha tomado varias tardes libres para salir un poco por ahí. Por cierto, ¿por qué no te tomas la tarde del viernes libre, duermes una siesta si te apetece y traes luego a las niñas a casa para que las cuide Maxie? Tú y yo podríamos salir a cenar fuera.

—¿A cenar?

—Hay un restaurante muy bueno en Arcata. Me gustaría llevarte. Ya le he preguntado a Maxie si no le importaría quedarse con las niñas y le gusta la idea.

Nora frunció el ceño.

—¿Por qué?

Tom se quitó la gorra y se rascó la cabeza.

—No estás dispuesta a ponérmelo fácil, ¿verdad? Pues porque has trabajado como una esclava durante tres semanas seguidas, a veces con Fay a la espalda mientras recogías manzanas o ayudabas a mi abuela. Vamos, es solo un capricho. Solo tienes que aceptar y punto. El sábado siguiente será la fiesta del campo de la calabaza en la granja de Jilly: habrá un montón de comida y de bebida, y paseo en ponis para los niños. Yo te llevaré para que puedas escoger tu calabaza. A las niñas les encantará.

Se lo había quedado mirando consternada, boquiabierta. Al fin se obligó a cerrar la boca y tragó saliva.

—Eh... eres muy amable... pero me temo que no voy a poder.

—¿Por qué? ¡Es un plan fantástico!

—¿Quizás porque no salgo con hombres? —era una pregunta y una respuesta al mismo tiempo.

—Entonces no lo mires de ese modo. Considéralo una simple salida de amigos. Invitaré yo, como recompensa por lo muy duro que has trabajado.

Nora enarcó una ceja y ladeó la cabeza.

—¿Como si estuvieras recompensando a Jerome, a Eduardo o a Juan?

—Más o menos. Solo que tú eres más guapa.

—Bueno, por muy tentadora que suene la oferta, aun así tengo que rechazarla. Pero gracias.

—¿Estás hablando en serio? ¿Por qué? Yo pensaba que estaba siendo muy caballeroso.

Ella reflexionó por un momento y dijo al fin:

—No hay una manera cortés de decirte esto, Tom, pero me prometí solemnemente a mí misma que no volvería a mentir nunca, así que te lo voy a soltar y, si tú me odias, tendré que vivir con ello. Eso sí: no me despidas. Necesito el dinero. Tengo cosas que solucionar que requieren dinero. Allá va: me siento un poco incómoda con Darla. Es una buena persona y todo eso, pero me siento como una pueblerina cuando estoy con ella. Como una especie de Cenicienta, solo que el zapato de cristal aún no ha aparecido.

—¿Qué? —inquirió él, perplejo.

—Cuando hablo con ella, me siento como si estuviera de nuevo en el colegio y fuera la última de la clase. Por eso, me temo que no funcionaría.

—¿Que no funcionaría el qué? ¡No me digas que pensabas que Darla saldría con nosotros!

—Bueno, ha venido aquí todos los fines de semana. Lleva tiempo haciéndolo. Yo solo supuse…

—Este fin de semana no vendrá. Supongo que tendrá otros planes.

—¿De veras?

—De veras. Y ahora, ¿saldrás conmigo, Cenicienta? —le preguntó con una sonrisa.

—No te rías de mí, por favor. Probablemente me siento como una pobrecita porque lo soy en realidad. Ciertamente eso no es culpa de Darla, pero de todas formas…

—Nora, Darla no va a venir. Solo estaremos tú y yo. Bueno, tú y yo y algunas veces mi abuela y tus hijas.

—¿Soy entonces tu cita de recambio? —inquirió ella—. Porque apuesto a que podrías conseguir alguien mejor.

Tom gruñó y se volvió hacia otro lado.

—Como quieras —masculló—. ¡No pienso pedírtelo de rodillas!

—Está bien —cedió Nora, hablando con su espalda—. ¡Está bien, siempre y cuando no sea una cita de verdad!

Él se giró rápidamente para mirarla.

—Será una cena y luego el festival del campo de las calabazas. Y con que te relajaras lo suficiente, lo pasarías muy bien. Me ducharé antes de irnos… ¡y me portaré bien todo el tiempo mientras no insistas en provocarme!

★★★

Nora dio su consentimiento a los planes de Tom pese a estar segura de que se trataba de una mala idea. Era peligroso, ya que sabía que se había enamorado de él. Tom iba a ser su príncipe azul mucho después de que se casara con la princesa y vendiera el huerto. Pero si transigió fue porque aquella era una oportunidad única. No solamente Darla no regresaría pronto, sino que la temporada de cosecha estaba a punto de terminar y ella tendría luego que cambiar de trabajo y de vida.

Así que hizo la colada en casa de su vecina, se puso una bonita blusa y un chaleco que había heredado de su vecina Leslie, se calzó unas botas del mercadillo de la iglesia y remató su vestimenta con sus mejores tejanos… que eran casi nuevos. Esa noche no se recogió el pelo en una cola de caballo, sino que se lo dejó suelto, algo que hasta el momento nunca se había molestado en hacer por causa del trabajo en el manzanar. Se pintó un poco los labios y los ojos. Una vez bañadas las niñas y vestidas con sus pijamas, metió en una bolsa los pañales y el biberón de Fay, con sus mantas favoritas, y salió para el manzanar.

Tom podía considerar aquello como una simple salida de dos amigos a cenar, pero para ella representaba algo muy especial. Sin embargo, cuando llegó a la casona, percibió un problema que no se había esperado en absoluto: Maxie estaba demasiado esperanzada.

Nora sabía que Maxie no le tenía precisamente mucho aprecio a Darla. La había oído hablar de ella con sus amigas. «Doña Tiquismiquis» la llamaban. Y sabía asimismo que Maxie la apreciaba mucho a ella, quizá porque tenían varias cosas en común, como por ejemplo sus pésimos antecedentes familiares. Y les gustaban los niños, y los perros, y les hacían gracia las mismas cosas. Pero Nora quería advertirla de que no se entusiasmara demasiado ante la perspectiva de su «presunta» cita con Tom.

Al final no tuvo oportunidad de hacerlo. Dio a sus hijas el

beso de buenas noches y poco después se encontraba sentada en la camioneta de Tom, rumbo al restaurante.

—¿Por qué estás nerviosa? —le preguntó él—. Esta no será la primera vez que compartamos una comida juntos. Lo hemos hecho antes muchas veces.

—Sí, pero esto es extraño —repuso ella—. Esta vez va a ser en un restaurante.

¡Y qué restaurante! Todo maderas oscuras, velas y mucha gente disfrutando. Tom la guio hacia su mesa, una mesa pequeña y encantadora algo alejada de la multitud, junto a un ventanal por el que se veía el cielo estrellado. Se quedó al mismo tiempo embelesada y horrorizada.

El camarero les entregó las cartas de menú.

—Nora, pide una copa de vino —sugirió Tom—. Te servirá para relajarte. ¿Qué vino prefieres?

—No tengo la menor idea.

Tom se dirigió al camarero:

—Un pinot grigio, por favor. Y a mí tráigame un Sam Adams. Y, mientras miramos las cartas, desearíamos un aperitivo de calamares y hojas de parra rellenas.

—Perfecto —respondió el camarero.

Nora miró brevemente su carta de menú. Cerrándola de golpe, siseó:

—¡Esto es demasiado caro!

Él cerró su carta y se la quedó mirando fijamente al resplandor de la vela.

—Te diré lo que haremos, Nora. Si no tienes inconveniente, yo pediré por los dos. ¿Qué tal si compartimos una ensalada griega y pedimos unos kebabs de pollo? A no ser que tú prefieras otra cosa.

Nora negó con la cabeza. Luego asintió y él se echó a reír.

—No pasa nada, Nora. Esto es como una inversión de negocios, supongo. Lo de invitar a un empleado a cenar. Por supuesto, cuando termine la temporada de cosecha, la cosa será diferente.

—No hagas eso —le pidió ella—. No hables como si este tipo de cosas fueran a repetirse.

Tom cerró su carta y dijo:

—Tonterías. ¡Parece que tienes miedo de que yo pueda llegar a gustarte! Escucha, tómate esto con tranquilidad, ¿de acuerdo? De camino hacia aquí, apenas has abierto la boca. ¿Es ese el problema? ¿No quieres que yo te guste fuera del trabajo? Porque yo prefiero dejártelo claro desde un principio: por mí no hay ningún problema, al contrario. Nos llevamos bien, así que... ¿por qué no? Y entérate de una cosa: la realidad es que disfruto mucho con tu compañía.

«Tengo muchas, muchísimas razones para preocuparme por todo esto», se recordó de pronto Nora. «Como por ejemplo terminar con el corazón destrozado».

El camarero apareció con sus copas.

—Pruébalo —le sugirió Tom—. Espero que te guste. Y espero que te relajes un poco.

—De acuerdo —dijo, tomando un sorbo, y alzó la mirada hacia el camarero—. Está muy bueno, gracias.

Bebió otro trago y suspiró profundamente. Pensó que él tenía razón: debería ser más cordial. Se relajó todo lo que pudo, bajó su copa y dijo:

—Te pido disculpas. Esto es muy especial. No quiero estropearlo.

—Estupendo. Y ahora dime: ¿cómo van las cosas con Jed?

—Muy bien —respondió ella—. Sigo intentando no dejarme abrumar por su generosidad y él continúa admirándome por ello. Se ha ofrecido a ayudarme a terminar los estudios, si es que todavía estoy interesada. Siendo como es profesor en Stanford, supongo que puede ayudarme a entrar y a conseguir un apartamento familiar. Si yo me decidiera, él podría ayudarme al respecto.

—¿Y quieres hacerlo?

Nora bajó la mirada.

—Con el tiempo, creo que sí —contestó—. Ahora mismo tengo unos cuantos cabos sueltos que atar. Pero es un destino muy bueno, ¿no te parece? Y bueno para mis hijas, también. Lo mejor que puedo hacer por ellas es darles ejemplo.

Tras los aperitivos, pidieron otra copa de vino y continuaron hablando de su vuelta a la universidad. Lo que no pensaba decirle era que le gustaría asegurarse de que Maxie no se jubilara antes de que estuviera realmente dispuesta a hacerlo.

—Esto que voy a decirte no se lo he contado a nadie, aparte de a Noah —le confesó—. ¿Me guardarás el secreto?

Él esbozó una mueca.

—Si no perjudico a alguien por ello...

—Es sobre mi casa. Cuando Chad me trajo a Virgin River, yo creía que la había alquilado. Pensé que tenía planes al respecto. Fay no tenía ni dos semanas y era invierno. Yo no le hacía muchas preguntas. Cuando nos dejó tiradas allí y se largó en su camioneta con la mayor parte de nuestras cosas, yo esperé que me desahuciaran en cualquier momento, pero eso no ocurrió. Simplemente guardé silencio y me dejé ayudar por mis vecinas: me llevaron comida, sellaron bien puertas y ventanas para que no me congelara de frío, me ofrecieron pequeños empleos a tiempo parcial mientras la nieve empezaba a derretirse. Pero fueron pasando los meses y nadie me envió factura alguna de alquiler. Yo pagué lo que pude de las que recibía de gas y electricidad... facturas dirigidas a algún propietario desconocido. Al cabo de un tiempo, me di cuenta de que Chad debió de haberse enterado de que la casa estaba abandonada o algo parecido. El caso es que la he estado ocupando de manera ilegal, sin saberlo. Debo mucho dinero, a la compañía eléctrica por lo menos, aunque es muy poco lo que gasto en un hogar tan diminuto.

Tom se la había quedado mirando asombrado.

—Oh, no —dijo ella—. Oh, Dios, acabo de decirte algo que tú ni siquiera eres capaz de imaginar. Por favor, no me pierdas el poco respeto que puedas tenerme... Pienso arreglar las cosas. Estoy ahorrando hasta el último dólar. Pagaré todo lo que debo de alquiler, te lo juro.

—Nora, para. Estoy sorprendido, sí… pero de que ese hombre descuidara hasta ese punto el bienestar de sus propias hijas.

Ella se encogió de hombros.

—No es una buena persona precisamente, Tom. Pero antes de que desperdicies tu furia con él, acuérdate de que yo misma me metí en ese lío.

—Te encontrabas en una situación muy vulnerable. Sin hogar y con dos niñas pequeñas a tu cargo. No permitas que ese tipo se libre tan fácilmente.

—Parece que no lo ha hecho. Lo último que sé es que va a pasar una temporada muy larga en prisión. Ojalá no te hubiera contado todo esto…

Él le tomó entonces la mano por encima de la mesa, para apretársela en un gesto reconfortante.

—Me alegro de que me lo hayas contado. Has luchado mucho, deberías sentirte orgullosa de ti misma, en vez de flagelarte. ¿Hay alguna manera de que pueda ayudarte con esto?

Una dulce sonrisa asomó a los labios de Nora.

—Tom Cavanaugh, eres un hombre bueno y generoso como el que más. Gracias, pero no. Todo saldrá bien. Dispongo de muchas opciones.

Llegó la ensalada y, una vez que el camarero se hubo marchado, Tom le dijo:

—Creo adivinar algunas de esas opciones. No vas a quedarte aquí, ¿verdad?

Ella reflexionó por un momento antes de responder:

—Hace menos de un año, vivía en una casa diminuta llena de corrientes de aire, no tenía apenas comida y tenía que mantener a dos niñas pequeñas. Quería tan poco en aquel entonces… lo único que deseaba era seguridad y un poco de calor. Ahora, en cambio, quiero mucho más. Y puedo conseguirlo, también, siempre y cuando trabaje duro y mantenga una actitud positiva, optimista.

—¿Qué es lo que quieres, Nora?

Ella se mordió el labio inferior. Luego, muy suavemente, respondió:

—Quiero llegar a ser como Maxie —le apretó la mano—. Pienso hacer todo lo que esté en mi mano y más por mis hijas.

—Si haces eso, Nora, entonces te parecerás a Maxie más que nadie.

—¿Cómo fue? Quiero decir, ella te crio, ¿no? ¿Cómo fue?

Tom soltó una carcajada.

—Probablemente la cosa no fue tan fácil como puede que pienses. Era muy estricta. Y yo me cansaba de escuchar sus sermones sobre el trabajo duro y el sacrificio. Me quejaba al abuelo de lo dura que era conmigo, y él me respondía que todavía debía sentirme agradecido, que ella se había ablandado para cuando yo vine al mundo. Creo que la única persona a la que no reñía era al abuelo, que era el hombre más dulce que ha pisado la tierra nunca. No creo que tuviera jamás un solo día malo… al menos que yo me diera cuenta. Y Maxie lo adoraba. Pero a mí me quería de una manera mucho más dura. Si no hacía los deberes, no podía salir. Si me negaba a comerme la ensalada del plato, se quedaba sentaba a mi lado hasta que las hojas echaban musgo. A los dieciséis años lo que más deseaba en el mundo era un coche, para no tener que tomar el autobús para ir al instituto o que me llevara mi abuela en su coche, y… ¿sabes lo que me dijo ella? «Supongo que entonces querrás trabajar más horas en el manzanar, ¿verdad, Tom?».

—¿Te pagaba por trabajar en el manzanar?

—Las primeras veinte horas por semana, sí. Maxie calculaba que con ese tiempo me pagaba el alojamiento, la comida y la ropa. Yo solía quejarme constantemente de lo dura que era conmigo. Me moría de ganas de abandonar el manzanar y de salir de Virgin River. Quería ver mundo… ¡y vaya si lo vi! Vi un montón de mar y un montón de desierto. Y mírame ahora: de vuelta en casa.

—¿Qué fue lo que te impulsó a volver?

—Me cansé. Me había marchado lo más lejos posible y resultó que echaba de menos estos malditos manzanos.

—Y a Maxie —le recordó ella—. Echabas de menos a Maxie.

—Así es. Que me enrolara en los marines debió de haberla matado, pero jamás me dijo una sola palabra excepto: «Tienes que hacer lo que tengas que hacer». Ella solía decir siempre: «Aquello que es fácil lo puede hacer cualquiera». Nunca se descorazonaba por nada. Un año sufrimos una helada muy temprana, que acabó con buena parte de los árboles, y... ¿sabes qué dijo Maxie? Que al año siguiente la cosecha sería doble y mejor, ya que la naturaleza es sabia. Y así ocurrió. Después de cuatro años de universidad y seis en el ejército, finalmente pensé que Maxie no viviría para siempre y regresé a casa. A veces pienso que eso fue lo más inteligente que he hecho en mi vida. Pero otras veces me pregunto si no me moriré de aburrimiento uno de estos años.

—Tom —le dijo ella, casi consternada—, ¿estás aburrido?

—A veces me pregunto si habrá algo más en esta vida que recoger manzanas...

—Oh, no... ¡Yo no podría imaginarme una vida mejor! ¡Podría pasarme el resto de mi vida en ese manzanar! Podría ser para siempre feliz en esa espaciosa, acogedora cocina tuya.

Él le sonrió.

—Dijiste que aspirabas a mucho.

—¡Eso es mucho!

—¿Qué te hace estar tan segura de que podrías ser feliz para siempre llevando esta vida? —le preguntó.

—¡Algunas cosas que tú ya sabes! Quiero decir, yo me quedé muy afectada cuando descubrí que me había quedado embarazada no una, sino dos veces, pero... ¿alguna vez me imaginé viviendo sin mis hijas? ¡Nunca! ¡Ellas son mi vida!

—¿Qué hay de los viajes a Jamaica? ¿De los palcos de primera en los partidos de la NBA? ¿De la cantidad de restaurantes diez veces mejores que este en el que estamos?

—¿Tú crees que eso sería divertido? —replicó ella, encogiéndose de hombros—. Supongo que sí. ¿Sería eso más importante, más significativo que la cocina casera, los viejos y cómodos edredones, los acogedores fuegos de chimenea, la fruta y la verdura fresca durante todos los días del año? —sacudió la cabeza—. Me gusta trabajar duro por algo duradero, permanente. O al menos que dure más que un viaje a Jamaica.

—Otro argumento a favor de que termines tus estudios universitarios —le recordó él.

Justo en aquel instante llegaron sus platos y el camarero esperó a su lado durante unos segundos para asegurarse de que no necesitaban nada más. Nora cortó cuidadosamente un tierno trozo de pollo marinado y se lo llevó a la boca. Masticó lentamente. De repente, alzando la barbilla, cerró los ojos y lo saboreó con delicia. Una vez que tragó el bocado, volvió a abrirlos y sonrió.

—Y este de aquí es otro argumento a favor de los buenos restaurantes. Increíble.

Pudo haber uno o dos momentos bajos durante su cita, pensó Tom. Sobre todo durante el trayecto de ida a Arcata, cuando ella se mantuvo callada y nerviosa, y también durante su confesión acerca de que debía algún dinero por la casa que habían ocupado. Pero una vez que se acabaron la ensalada y les sirvieron el plato principal, Nora empezó a mostrarse de lo más locuaz y animada. Pareció como si quisiera contárselo todo sobre su experiencia en la cocina de su abuela, sobre la forma en que sus hijas se habían vuelto más y más alegres y dicharacheras a cada momento, sobre todo lo que había aprendido de Maxie y sus amigas sobre la vida misma.

—Esta fiesta de las manzanas que acaba de terminar...

—Fue idea de Maxie —le informó—. Ella convenció al abuelo de que la organizara cuando mi padre era niño. En aquel entonces la publicitaban con carteles y octavillas que repartían por los negocios de la comarca.

—Yo no me imaginaba nada de esto en absoluto. Cuando vi que la gente acudía en tropel, ¡me quedé abrumada! Para esa gente, esa fiesta es algo mucho más importante que comprar manzanas. Quieren formar parte de lo que Maxie y tú hacéis. Casi todas las habitaciones de tu casa se llenaron de visitantes, de vecinos que se ponían al tanto de las últimas novedades, comiendo, disfrutando, jugando con los niños de sus amigos y conocidos... ¿Te dije que estuve ayudando a Maxie y a sus amigas a confeccionar cerca de trescientas bolsitas de regalo? Ella secaba los trozos de manzana, con la canela en rama y el clavo, y nosotras confeccionábamos los saquitos. Además, ahora ya sé hacer panecillos de canela.

—Has progresado mucho desde aquel pésimo café que hiciste el primer día —le recordó él.

—Te mentí cuando te dije aquello de que a mi padre le gustaba fuerte —le confesó ella, riéndose.

—Ahora ya lo sé. Fue una buena mentira.

Aunque ella ya estaba llena y él también, Tom insistió en pedir postre y café. Le encantaba la manera en que disfrutaba y saboreaba cada bocado. Compartieron una tarta de queso de postre.

—¿Sabes una cosa? Espero que no pierdas nunca esa capacidad tan tuya de apreciar el valor de los placeres sencillos de la vida.

Nora se echó a reír.

—Oh, puedes estar tranquilo. Pero algún día espero poder apreciar también placeres algo más complejos.

Tom pinchó un trozo de tarta y lo alzó para acercárselo a la boca. Ella negó con la cabeza.

—Oh, no puedo...

Pero él insistió hasta que vio cómo se cerraban sus labios sobre el tenedor. Nora volvió a cerrar los ojos mientas paladeaba la tarta con delicia, y de repente Tom casi se excitó. El corazón empezó a latirle acelerado con todo tipo de sensaciones: posesión, adoración, excitación, entusiasmo. Intentó racionalizar aquella reacción, motivada por el simple y estúpido hecho de haberle acercado un tenedor a los labios. Pero el caso era que no podía esperar para compartir aquel tenedor, para poner los labios en el lugar donde los había puesto ella.

Nunca antes había experimentado algo parecido.

Poco después, cuando estaban atravesando la plaza en dirección a la camioneta, él le tomó la mano. Fue casi como si ella no se hubiera dado cuenta mientras se lanzaba a hacer una especie de recapitulación mental de la comida, del ambiente del restaurante, del añadido deleite de aquel sabroso postre. Él la escuchaba con una sonrisa. Se descubrió escuchándola con maravillado interés. Nora no tenía la menor idea de lo muy hermosa que estaba. Y, mientras caminaban, se acercó lo suficiente para aspirar el perfume de su pelo, un limpio y dulce aroma a flores.

No había mucha gente en la plaza, pero tampoco estaba precisamente desierta. Aun así, cuando llegaron a la camioneta, la hizo volverse. Ella levantó la cabeza y lo miró, expectante. Apoyando una mano sobre su cadera, Tom alzó la otra para delinear su mandíbula con los nudillos y detenerla debajo de su mentón. Lo siguiente que hizo fue alzarle la barbilla, bajar la cabeza y depositar un leve y cauto beso en aquellos carnosos labios.

Sí. Le gustó.

Lo probó una vez más. Y otra.

De repente, ella le puso una mano sobre el pecho, murmurando.

—Mira, yo no quiero hacer enfadar a Darla y…

—Esto no tiene nada que ver con Darla. Se trata únicamente de ti y de mí.

—Bueno, permíteme que lo exprese de otra manera. No quiero meterme en el territorio de Darla.

—Yo no soy su territorio. Somos amigos. Su marido estaba en mi escuadrón… y todo eso. Yo solo la estoy ayudando… —e inclinó la cabeza con la intención de besarla de nuevo.

—¡Espera! Tú sabes todo lo que he pasado yo durante estos últimos años. No quiero meterme en más problemas.

—Eh… ¿qué?

—No quiero enredarme en una situación de la que podría salir dolida y escarmentada… como, ya sabes, me ocurrió antes.

Tom entrecerró los ojos.

—¿Estás sugiriendo que yo podría hacerte algo parecido a lo que ese hombre os hizo a ti y a tus hijas? Tú sabes que yo no soy esa clase de persona.

—No, no lo eres —susurró Nora—. Lo sé bien.

—Es solo un beso —dijo él—. Yo lo quiero. Y tú también.

Ella asintió débilmente. Al fin y al cabo, se había hecho aquella solemne promesa a sí misma...

—¿Podrás entonces callarte por un momento y besarme?

Ella ya tenía los labios entreabiertos, como si hubiera estado dispuesta a decir algo más. Pero, para el enorme alivio de Tom, no llegó a hacerlo. Empezó a acariciarle los labios levemente con los suyos en un beso que no tardó en volverse serio, intenso, exigente y, por la manera en que ella lo acogió, muy de su gusto. Nora había estado conteniendo el aliento y lo soltó lentamente mientras alzaba los brazos hasta su cuello.

Tom se acomodó mejor contra ella mientras la obligaba delicadamente a abrir la boca con la lengua, lamiéndola con dulzura. Luego, alzándola levemente, la acorraló contra la puerta de la camioneta. Debería haberle preocupado que la gente los estuviera mirando, pero no fue así. En lo único que podía pensar era en su menudo cuerpo contra el suyo, en el sabor de su boca y en el hecho de que después de tantos quiebros, de tantas excusas, había reaccionado con pasión a sus caricias. La oyó gemir ligeramente y lo interpretó como una pequeña victoria: ella también lo deseaba.

—Oh, Dios —susurró.

Volvió a por más, besándola de nuevo. Sabía que, si no se refrenaba a tiempo, perdería el control; ya no se acordaba de la última vez que le había sucedido aquello con una mujer. Consciente de que no podían seguir más adelante, se obligó a soltarla, dejó que resbalara todo a lo largo de su cuerpo hasta que sus pies tocaron el suelo... y buscó algo estúpido que decir para disculpar lo que acababa de suceder.

—No ha sido tan malo, ¿eh?

—No. Nada malo en absoluto.

—Gracias. Me refería al beso, no al cumplido.

—Espero que tendrás cuidado con mis sentimientos —le soltó ella de pronto, sorprendiéndolo—. No sería bueno para ninguno de los dos que yo me enamorase de ti.

—¿Estás segura? —le preguntó, inclinando la cabeza y sonriendo contra sus labios.

—Completamente. Creo que deberíamos irnos ya y relevar a Maxie de sus tareas de niñera.

—Si quisieras, podría llevarte a un lugar más íntimo. Para seguir besándonos —le sugirió él.

—Tom, tengo que acostar a las niñas, porque te anuncio desde ya que esta noche se me va a hacer muy larga. Voy a pasar la mitad de la misma pensando en la maravillosa velada que hemos pasado, en estos fantásticos besos... y la otra mitad esperando no haber cometido un gran error.

Él sonrió y le besó la punta de la nariz.

—Pues yo espero que puedas dormir algo, Nora. Porque mañana pienso llevarte al festival de las calabazas.

—Lo sé —dijo ella con un suspiro—. Y, para el lunes por la mañana, estaré esperando a ver el zapato de cristal delante de mi puerta.

CAPÍTULO 16

Tom estaba seguro de que Maxie quería conocer hasta el último detalle de su salida con Nora. Prácticamente parecía reverberar de necesidad. Pero él no pensaba decir nada. Nora sí que comentó en la cocina que se había divertido mucho y disfrutado de la comida más sabrosa que había probado nunca.

—Será mejor que esto no salga de la cocina, Maxie, pero tengo que admitir que ha sido un regalo maravilloso. ¿Y bien? ¿Nos encontraremos todos en el festival de la calabaza?

—Yo te llevaré, Nora —se ofreció Tom.

—Oh. Maxie, ¿irás con nosotros?

—Gracias, querida, pero no. Iré por mi cuenta. Puede que no estéis dispuestos a retiraros cuando yo, o que yo quiera marcharme antes. Prefiero usar mi propio vehículo.

—Entiendo —repuso Nora, divertida.

—Te ayudaré con las niñas —le dijo Tom—. Yo me encargo de llevar a Berry al coche, ocúpate tú de Fay. Luego te seguiré hasta casa para ayudarte también a acostarlas.

—No —replicó Nora—. Puedo arreglármelas sola. Es mucha molestia para ti.

—Solamente son cuatro kilómetros.

—Cinco kilómetros cuatrocientos setenta metros —precisó ella—. Lo sé bien. Los he caminado varias veces.

—Es por eso por lo que pienso acompañarte —replicó él, dándole un suave golpecito en la punta de la nariz.

Transportar a las niñas siempre era una operación difícil, sobre todo cuando estaban dormidas. No eran solo las niñas: era la cuna portátil que guardar en el maletero, las cosas que recoger, abrocharles los cinturones... Hasta que Tom no aparcó detrás de ella no se dio cuenta de que nunca antes había estado en su casa.

La casa le sorprendió agradablemente. Estaba inmaculadamente limpia y el mobiliario estaba muy bien. Sosteniendo a Berry contra su ancho pecho, con la cabecita apoyada sobre su hombro, susurró:

—Los muebles son muy bonitos.

—Nuevos —dijo ella—. Cortesía de Jed.

—Creo que muy pronto debería ser ascendido a «papá»: muebles, provisiones de todo tipo y la oferta de una carrera universitaria.

Nora soltó una risita.

—Lleva a Berry a mi habitación y acuéstala, anda. Con cuidado.

Tom entró en el único dormitorio y se quedó un tanto asombrado al descubrir que solo había un colchón directamente sobre el suelo y una vieja cómoda de cajones. Pero la cama estaba perfectamente hecha y tenía una blanda y mullida alfombra debajo.

—Necesitas un somier —le dijo en un susurro.

—Ahora mismo eso no es una prioridad —repuso ella—. Además, hasta que Jed trajo la cuna portátil, dormíamos las tres aquí. Era lo más seguro para las niñas: si una rodaba a un lado, no se hacía daño. Deposítala en la cama, Tom, que voy a por la cuna.

—Yo te la traigo —se ofreció, acostando cuidadosamente a Berry en la cama.

Una vez que las niñas estuvieron instaladas, Nora lo acompañó hasta la puerta. Él se volvió hacia ella.

—La casa está muy bien, Nora. Pequeña pero muy bonita.

—Gracias. Con la ayuda de Jed y las vecinas, hemos hecho mucho con poco. Gracias, Tom. Ha sido una velada estupenda. Es probable que no la olvide nunca.

Él se inclinó para darle un rápido beso en los labios. Anhelaba mucho más, pero sabía que debía refrenarse.

—Te recogeré mañana a mediodía. ¿Te parece bien?

—Claro.

—Llevaré un par de tumbonas y una manta para el jardín de Jilly. Tú encárgate de las cosas de las niñas, con algún juguete para que Fay juegue en la manta.

Acto seguido fue a casa consciente de que tendría que enfrentarse con la curiosidad de Maxie. Pero su abuela estaba sentada frente a la televisión, viendo un partido, y no le hizo pregunta alguna, lo cual le hizo sospechar dos cosas. Una era que seguramente deseaba conocer los detalles, pero no quería preguntárselo directamente y traicionarse. La segunda era inequívoca: para la hora de la noche en que siempre se quedaba dormida, de manera que él tenía que despertarla para mandarla a la cama, estaba perfectamente despierta y animada.

—No tengo nada que contar sobre la cita —le informó.

—Yo no te he preguntado nada —replicó ella.

—Ya. Mañana madrugaré para dedicar algo de tiempo al manzanar antes de salir para la finca de Jilly.

—Y yo madrugaré también porque no puedo evitarlo —dijo Maxie.

Después de aquello, Tom se fue a la cama. No pudo dormir mucho.

Jack y Preacher estaban cerrando el bar. En la puerta había un cartel que decía:

Fiesta comunal y festival de las calabazas en el huerto de Jilly. Forasteros bienvenidos. Comida y bebida garantizadas. Diversión opcional.

Con las indicaciones de dónde estaba la finca. Llegaron a la finca algo temprano para poder montar con tiempo el equipo. Kelly, la hermana de Jilly, era la cocinera y estaba a cargo de la comida, pero Jack y Preacher se ocupaban de las parrillas. Para eventos como aquel solían aportar varios tanques de bebidas frías, hamburguesas, perritos calientes, panecillos y más cosas. Las hamburguesas y los perritos los llevaban de la cocina del bar, pero además se ofrecían encantados a cocinar cualquier carne que llevaron los visitantes. Habitualmente dejaban un tarro para propinas en lugar de cobrar cada servicio, y siempre salían mejor así.

Kelly aportaba el resto de la comida. Solía montar una mesa de bufet con productos elaborados a partir de la calabaza: crema, tartas, pipas tostadas, magdalenas y panes. Aparte de eso preparaba una enorme ensalada de patata con huevos rellenos, ensaladas verdes, bandejas de verduras y montones de patatas fritas. La gente del pueblo se presentaba con una gran variedad de cosas: algunos llevaban tarteras y otros portaban comida de mesa con sus propios panes y dulces horneados por ellos, así como cuencos de golosinas de Halloween. Se quedaban todo el día allí y compartían todo lo que les apetecía compartir. Aunque muchos de ellos tenían huerto, se llevaban a casa una calabaza de recuerdo. Y había quienes se presentaban disfrazados.

Antes de que llegara el grueso de la gente, Hank Cooper hizo acto de presencia. Solo.

—Hola —lo saludó Jack—. ¿Has traído a algún Riordan?

—Ahora vendrán. Pensé que a lo mejor tenías un momento para hablar. Puedo ayudarte a montar el equipo, si te parece.

—Ya está montado, hemos llegado temprano —repuso Jack—. ¿De qué querías hablarme?

—Bueno, se trata de esto: a veces hago cosas extrañas. No me refiero al incidente de Fort Benning: aquello fue un percance cometido por un jovenzuelo de veintidós años que se encontró en el lugar equivocado y con la mujer equivocada, y que no tuvo culpa de nada. No, me refiero a que tengo opiniones bastante firmes sobre diversas cosas, como por ejemplo mi oposición a determinadas malas prácticas de ciertas empresas petroleras, las mismas para las que trabajé para darme luego de baja por ese mismo motivo. Puede que no lo entiendas. Es lógico, ya que supongo que no habrás visto nunca lo que ocurre en uno de esos pozos.

Preacher se había puesto a rascar la carbonilla de la parrilla con una espátula.

—En mi opinión, no es injusto disponer de los recursos que nos aportan la tierra o el mar. Pero sí que lo es explotarlos en demasía, contaminarlos y ponerlos en peligro.

—Estoy de acuerdo —secundó Coop—. Bueno, el caso es que con el tiempo me he labrado cierta reputación —continuó—. No siempre buena, pero reputación al fin y al cabo. Y lo que suelo hacer, solo para asegurarme de que siempre pueda salir a flote o de volver a trabajar en caso de que lo necesite... es acumular información. Registros. Documentos.

—Una decisión inteligente. Yo también me guardo cosas —intervino Preacher, sin dejar de rascar.

—Te has metido en bastantes líos, ¿eh? —adivinó Jack.

—Sí, pero me considero un hombre de principios. Hice algunas copias de documentos que me atañían. Tengo un sobre en mi camioneta que me gustaría transferir a la tuya. Podría ser una lectura interesante. Es documentación sobre mi detención, los resultados de la breve investigación que se instruyó y la descarga resultante de responsabilidades, con mi licencia con honores. Rendí buenos servicios al ejército, pero te mentiría si dijera que los militares no se alegraron de verme marchar —se encogió de hombros—. Siempre se ha dicho de mí que tengo un problema con la autoridad.

Jack frunció ligeramente el ceño.

—¿Por qué no me explicaste todo esto desde el principio? ¿Que tenías las pruebas?

—En primer lugar, no sabía quién eras. Aunque te reconocí al momento: nunca olvido una cara. Has cambiado poco. Las canas, quizá —dijo Coop, tocándose las sienes.

—Vaya. Lo estabas haciendo tan bien... —bromeó Jack—. ¿Y en segundo lugar? —le recordó su pregunta.

—Ya te dije que guardo documentos, pero me fastidia tener

que vindicarme. Ante cualquiera, me da igual. ¿Qué le sucedió a la presunción de inocencia? Antes se estilaba.

—¿Está hablando tu orgullo herido? —inquirió Jack.

—A veces lo único que le queda a un hombre es precisamente el orgullo.

—Bueno, sea como sea, me encantará librarte de ese sobre de documentos. Por lo demás, ¿qué puedo decir? Que me alegro de que lo hayas hecho. Por Luke y por mí. Puede que luego te largues a otro lugar, pero nosotros nos quedaremos. No necesitamos hacernos mala sangre entre nosotros, Luke y yo.

—De eso precisamente se trata. Este lugar me está atrapando. Puede que me establezca durante algún tiempo aquí. Y puede que nunca lleguemos a ser amigos, tú y yo.

Jack se encogió de hombros.

—Siempre y cuando no seamos enemigos...

—Ya —dijo Coop, frotándose la nuca—. Pero, solo para que lo sepas, tú tienes la virtud de sacarme de quicio.

—¿De veras?

—Eres tan condenadamente sabelotodo...

Ambos hombres se volvieron de repente hacia Preacher, que estaba sonriendo de oreja a oreja.

—Eso es cierto —se rio por lo bajo—. Pero te caerá algo mejor cuando empieces a ganarle al póquer. Casi nunca gana.

—Qué gracioso —masculló Jack, y se dirigió de nuevo a Coop—: Venga, vamos a buscar ese sobre antes de que se presenten las multitudes.

Una vez puesto el sobre a buen recaudo en su camioneta, Jack se volvió hacia él con la mano tendida.

—Tú también me sacas bastante de quicio. Así que estamos empatados.

Cooper le estrechó la mano. Y se echó a reír.

Tom se levantó antes de las cinco y el primer sonido que oyó fue el que hizo Junior al pasar por delante de la casona al volante del tractor más pequeño que tenían y remolcando una plataforma. Pero lo siguiente que oyó fue el inequívoco tintineo de los postes de la valla metálica. No tardó ni un segundo en ponerse la chaqueta y calzarse las botas.

—¡Diablos!

No tardó mucho en descubrir no ya solamente a Junior al volante del tractor, haciendo rugir el motor a tope, sino también cuatro negros y peludos bultos alejándose del manzanar. Se habían alejado ya casi unos cien metros antes de que Junior apagara el motor.

—¿Los has ahuyentado tú? —preguntó Tom.

—Ajá. Vi uno subido a un árbol y fui a buscar el tractor. Voy a plantar un poste a medio metro del siguiente en este sector. Ahora mismo —dijo Junior.

—Yo te ayudaré. ¿Has tomado ya café?

—No necesito café para espabilarme. ¡Estoy enfadado!

Para cuando la valla estuvo reparada y la mitad de las tareas del manzanar hechas, ya era mediodía. En aquel instante lo último que necesitaba era pasar el día rodeado de gente y de chiquillos en la fiesta de la calabaza, pero se había comprometido con Nora. Sabía que llegaría tarde a su casa, pero se imponía una ducha y un afeitado.

Al final, ya habían dado las doce y media cuando llegó a su casa. Exhausto.

En el instante en que la vio, sin embargo, se sintió revivir.

—Perdona —le dijo—. Tenía intención de llegar a tiempo, pero...

—Oh, Tom, por favor, no te disculpes... no pasa nada. ¿No preferirías que fuéramos en coches separados?

—¿Por qué?

Nora se encogió de hombros.

—Quizá no quieras dar la impresión de que somos, ya sabes...

—¿Amigos? —sugirió él.

—Por supuesto —repuso ella y, de manera inconsciente, se llevó los dedos a los labios.

—Iremos en tu coche. Así no tendremos que trasladar los asientos de las niñas al mío. Voy a cargar las sillas en el maletero.

—Con el carrito, por favor.

En el asiento trasero, Berry canturreaba:

—¡Ca-la-ba-zas, ca-la-ba-zas!

Poco después extendían la manta sobre el césped, no lejos de la gran casa de estilo victoriano. Berry enseguida empezó a tirar a Nora de la mano, suplicándole que la llevara a ver las calabazas. Alguien había llevado unos cuantos ponis para que los montaran los niños. Había también un caldero lleno de agua donde los críos hacían flotar manzanas, un pasatiempo de Halloween. Las manzanas habían sido un obsequio de la finca Cavanaugh; la propia Maxie se había encargado de llevarlas.

Maxie las saludó efusiva y enseguida se hizo cargo de Berry.

—Me las llevaré a dar una vuelta y la cansaré —le dijo a Nora.

—¿No preferirías quedarte con Fay? ¡Berry es agotadora!

—Creo que podré aguantarle un rato el ritmo —repuso, y desapareció con ella.

Tom saludó al grupo de hombres que se hallaba alrededor de la parrilla.

—Ahora mismo vuelvo.

—Ve con tus amigos y tómate tu tiempo. No te preocupes por mí.

Ella también tenía sus amigos. Su vecina Leslie se acercó para sentarse un rato con ella en la manta. A los pocos minutos se incorporaba Martha. Cerca de una hora después, Maxie estaba de vuelta con Berry y otros hombres y mujeres conocidos de Nora se acercaron para saludarla: Noah y Ellie Kincaid; Mel Sheridan y Paige Middleton; Becca Timm, la maestra y muy pronto señora Cutler, ya que estaba a punto de casarse con Denny, ayudante de Jilly en la finca. Kelly Holbrook le presentó a su hija adolescente, Courtney, y esta a su mejor amiga, Amber. Las dos se ofrecieron a cuidar a las niñas, e incluso pasearon a Fay en el carrito.

Desde donde se hallaba sentada, Nora no perdía de vista a Tom, que se reía y bebía cerveza con su grupo de amigos a la vez que ayudaba de cuando en cuando a cargar grandes calabazas en los coches de los visitantes.

«Amigos», le había dicho que eran. «El problema con nosotras las mujeres», pensó Nora mientras admiraba a su sensual y atractivo amigo, «es que cuando nos besa un hombre, ya pensamos que nos quiere». Los besos no eran más que eso: besos. Un beso no hacía una relación. Además, ¿acaso había espacio en su vida para una relación? Probablemente no, aunque nada en Tom sugería que pudiera llegar a ser tan insensible, irresponsable y cruel como había sido Chad. Y, aparte de las numerosas diferencias de carácter que los separaban, tenía que recordar que Chad había sido un jugador profesional de béisbol en constante movimiento, viajando siempre de un sitio a otro. Nora lo había visto tan poco cada vez que, en aquellas pocas ocasiones, y enamorada como había estado de él, había terminado rindiéndose a sus caricias con demasiada rapidez, con demasiada facilidad.

A Tom, en cambio, lo veía cada día. Pasaba muchas tardes sentada a su mesa. Había visto de primera mano lo mucho que se preocupaba por su abuela. Aquel hombre era un verdadero príncipe a sus ojos.

¿Y si continuaban siendo amigos durante años? ¿Amigos que salieran de cuando en cuando a cenar, o al pueblo para asistir a algún evento? ¿Y si como buenos amigos que eran, compartían también algún que otro beso? Solo un factor realmente crucial podía quitarle el atractivo a aquella idea: que todo ello no fuera bueno para sus hijas. Pero la realidad era justamente la contraria. Todo en Tom, y en Maxie, y en el manzanar… era absolutamente maravilloso para sus niñas.

Por supuesto, no podría besarse con Tom si él se estuviera besando con otra mujer. De la relación con Darla no habían hablado para nada. Nora solamente sabía que supuestamente la mujer pasaría en California unas dos o tres semanas más.

Tom les llevó entonces la comida: crema, pan y magdalenas

de calabaza. Al poco rato volvió con una soda y un par de perritos calientes: uno untado de mostaza y otro sin nada para Berry. Una bandeja de ensalada de patata, otra de repollo, verduras y patatas fritas aparecieron también a su lado. Y por último llegaron las galletas, el dulce y la tarta.

—¿Qué tal marcha por aquí la ingesta de azúcar? —inquirió Maxie durante una de sus visitas a su manta, mirando a Berry. La niña estaba tumbada boca arriba, leyendo.

—Creo que esta noche tocará desintoxicación —dijo Nora.

—¿Quieres que le dé a Fay el biberón, ya que estoy aquí?

Nora se sonrió. Si al final decidía trasladarse al sur, para vivir cerca de su padre y estudiar en la universidad, echaría de menos a Maxie tanto como a Tom.

—Eso sería estupendo. Si pudiera, se lo tomaría ella sola, pero es un bebé.

Maxie se instaló en una de las sillas que había llevado Tom y acomodó a Fay en su regazo.

—Hacer esto me trae recuerdos tan bonitos… —le confesó—. Nora, me recuerdas mucho a mí cuando era joven. Cuando el padre de Tom era un bebé, yo trabajaba todo el tiempo. Trabajaba muy duro en el manzanar. No recuerdo ahora si estaba realmente obligada a hacerlo, ya que estaban los padres de Warren y los trabajadores contratados. Pero tenía a mi hijo en una hamaca durante todo el día mientras hacía cosas.

—Creo que la tuya fue una generación de grandes trabajadores y trabajadoras —dijo Nora—. Mi generación, en cambio, es la *tecno*: la de la obsesión por la tecnología.

—Yo, en el fondo, estaba intentando justificar mi existencia. Deseaba desesperadamente demostrar a todo el mundo que Warren no había cometido un enorme error al casarse conmigo.

—¡No puedo creerme que alguien pudiera pensar eso!

—Oh-oh —Maxie se rio—. ¡El padre de Warren ni siquiera había querido contratarme y se puso furioso cuando se enteró de que su hijo quería casarse conmigo! ¡Estaba embarazada!

Nora frunció el ceño.

—¿Warren y tú os conocisteis en el manzanar, os casasteis y luego tú te quedaste embarazada enseguida? —le preguntó.

—¡Oh, cielos, no! Yo me presenté aquí buscando trabajo con lo que las jóvenes de hoy llamáis un «tripón». No tenía un céntimo, estaba perdida, embarazada y sola. Intenté disimular mi embarazo todo lo que pude. En aquella época, tener un hijo ilegítimo era un problema. Las solteras embarazadas eran escondidas en sus familias y sus bebés entregados en adopción. Fue la madre de Warren la que me contrató —se rio por lo bajo—. No fue algo divertido en aquel tiempo, sino más bien terrible, pero la madre de Warren le soltó esto a su marido: «¡Te echaré yo misma de esta casa antes de que tú eches a esta pobre chica! ¿Es que no ves que necesita ayuda para mantenerse a sí misma y a su hijo no nacido? —sacudió la cabeza, pero luego se echó a reír.

Nora estaba completamente perpleja. Tuvo que hacer verdaderos esfuerzos por no abrir la boca de asombro.

—Así es, cariño. Me fui detrás de un leñador de Idaho, bueno para nada. Bueno, él me dejó que lo acompañara. Y viví en un campamento de leñadores junto con otras mujeres mientras mi leñador me ignoraba y me visitaba cuando quería. Yo era una jovencita estúpida e ingenua que esperaba que mi príncipe azul me arreglaría la vida.

—Y entonces murió —recordó Nora.

—Que Dios guarde su alma —repuso ella—. No está bien hablar mal de los muertos, pero, si no hubiera muerto, no sé lo que habría sido de mí. El caso es que no podía seguir en aquel campamento sin su protección, por así decirlo. Tuve que largarme a buscar trabajo. Así que caminé e hice autoestop por todo el condado hasta que llegué a este manzanar en temporada de cosecha, al igual que tú.

—Y te enamoraste del hijo del dueño.

—Para ser justa, me resistí todo lo que pude. Pobre Warren... ¿en qué estaría pensando? ¡Yo llevaba en mi vientre al hijo de otro hombre!

—Debió de haber estado pensando en lo mucho que te quería.

—Era el hombre más guapo que había visto nunca. Nos reíamos mucho. Era capaz de hacerme olvidar mi mal humor simplemente diciendo: «Maxine, probablemente tienes razón, pero... ¡eres tan condenadamente chillona!». Era bastante mayor que yo: me sacaba doce años. Y estuvimos casados durante cuarenta. Nos casamos justo antes de que naciera el bebé. Planeábamos tener un montón de hijos, pero al final resultó que solo pudimos tener ese. Cuando yo lloraba y lloraba y me disculpaba porque no podía darle uno que fuera realmente suyo, él me consolaba y me daba las gracias por habérselo dado. «Este es mi hijo», me decía. Era un cielo de hombre. Warren había salido a su madre.

—Y tu hijo, el padre de Tom, falleció en un accidente de avión —recordó Nora.

Maxie respiró hondo y asintió con la cabeza. Cerró los ojos por un momento, como demostrando que era imposible que una madre pudiera superar la pérdida de un hijo.

—Nuestros hijos no nos pertenecen, Nora. No son una posesión nuestra. Es como si Dios nos los prestara para criarlos y educarlos para que sean libres. Mi hijo, desde que fue capaz de alzar la cabeza, estuvo decidido a volar alto y rápido. Y a mí no me trajeron a este mundo para frustrar los sueños de un joven. Aunque... había veces en que tenía que preguntarme a mí misma si no habría sido más feliz si lo hubiese desviado de aquel camino de alguna manera, aunque eso hubiera significado tener a un joven triste y amargado viviendo en casa y viviendo lo suficiente para recoger miles y miles de manzanas. Pero no. Por supuesto que no.

Nora anheló de pronto ser como ella. Tuvo que enjugarse una lágrima.

—¿Cómo? ¿Estás llorando? Para ahora mismo. Yo he sufrido, sí, ¡pero he llevado la mejor vida que cualquiera se podría imaginar! Nunca he encontrado a una sola persona cuya vida hubiese querido cambiar por la mía, ¡y créeme que la he buscado! —se interrumpió por un momento, reflexionando—. Bueno, quizá Penny, una vez al año. Cada Navidad su hijo le regala un crucero de diez días por alguna remota parte del mundo. Sí, creo que lo del crucero me gustaría.

Nora soltó una carcajada.

—Si yo pudiera, te regalaría uno. No te preocupes, Maxie... No se lo diré a nadie.

Maxie se rio también por lo bajo mientras Fay ladeaba la cabeza y se quedaba por fin dormida.

—Nora, este es un pueblo muy pequeño. El mayor error que pude cometer fue fingir algo que no era. La gente que había por aquí en aquel entonces sabía perfectamente que yo me presenté en Virgin River preñada, que me casé con el hijo del propietario cuando estaba de ocho meses, que crie al hijo de un leñador como si fuese de Warren... Aquella gente contó todo eso a los que vinieron después, supongo. Al menos hasta que la joven esposa de mi hijo me entregó a su bebé y él murió poco después... con lo que volvieron a cundir las noticias sobre mí. Nora, aquí no hay muchos secretos. Y los que hay no suelen durar mucho tiempo.

Tom estuvo pendiente de Nora durante el pícnic. Le presentó, por ejemplo, a Jilly, quien le hizo una visita guiada por la enorme casa de estilo victoriano de la finca. Ayudó luego a Berry a sacar una calabaza mientras Nora estaba en la casa y le prometió que la ayudaría a dibujar una cara en ella. Intentó convencer a la niña de que descansara leyendo en la manta, y lo consiguió por un rato, pero enseguida la niña no tardó en volver a ponerse en movimiento, sobre todo para jugar con los ponis.

Pero larga como había sido la jornada, y cansado como estaba de tanto jugar con los niños, se alegró de que el día terminara al fin cuando vio el sol de octubre ocultándose detrás de los árboles. Ayudó a Nora a recoger sus cosas para volver a casa.

El día había dejado asimismo agotada a Berry. Tom la había visto enfadarse de cuando en cuando, ponerse tozuda o enfurruñada, pero la rabieta que agarró mientras la arrastraban al coche lo dejó sorprendido. La niña modosita y tímida había desaparecido. Gritó y pataleó salvajemente, lo cual tuvo el efecto de despertar a Fay y hacerla llorar.

—Vaya, ¿así que esto es lo que pasa cuando no duerme la siesta? —le preguntó a Nora.

—Sí, y Fay tampoco ha dormido mucho... tan solo una cabezada mientras estuvo en brazos de Maxie. Voy a tener que meterlas directamente en la bañera y luego a la cama.

Tom la ayudó a meterlas en casa. Mientras ella las bañaba, se dedicó a descargar las cosas, trasladó de nuevo las sillas a su camioneta y metió el carrito, la manta y las demás cosas en la casa. Para cuando terminó, Berry estaba envuelta en una toalla, lloriqueando aún después del aparentemente inacabable disgusto que se había llevado, mientras Nora secaba a Fay.

—¿En qué puedo ayudar?

—Si pudieras traerme el biberón de Fay, te lo agradecería.

Él así lo hizo, mientras Nora les ponía los pijamas. Se quedó allí como un pasmarote, con el biberón en la mano, sintiéndose inútil, hasta que Nora le entregó a Fay.

—¿Te importa hacerte cargo de ella? Tengo que serenar un poco a Berry a ver si se duerme. Me temo que ha comido demasiado.

—Por supuesto —dijo, él colgando su chaqueta en el respaldo de una de las sillas de la cocina. Acto seguido se sentó en el pequeño salón con Fay mientras Nora le preparaba a Berry un vaso de leche caliente y desaparecía luego con ella en el dormitorio. Desde donde estaba aún podía oírla llorar, y a su madre susurrarle palabras de consuelo.

De modo que así era la vida con hijos, pensó. Eran necesarias todas las manos disponibles y en todo momento.

Fay llevaba ya sus buenos veinte minutos con el biberón, pero ya se le estaban empezando a cerrar los ojos. De vez en cuando, cuando los abría y le miraba, sonreía con expresión soñolienta. Dios, qué bonita era... Nunca le habían entusiasmado demasiado los niños, pero aquel bebé y su en aquel momento malhumorada hermana mayor, se le estaban metiendo verdaderamente en el corazón.

Se quitó las botas para ponerse cómodo. Cuando Fay se quedó finalmente dormida en sus brazos, advirtió que se había hecho un silencio en el dormitorio. Supuso que Nora no tardaría en reunirse con él en el pequeño salón, pero lo cierto era que no tenía ninguna prisa. Acunar a aquel bebé en los brazos mientras dormía le producía una sensación sorprendentemente placentera: de alguna manera, le hacía sentirse más grande y más fuerte. Era una sensación curiosa, como si todas sus capacidades se hubieran confabulado para mantener a aquella niña a salvo, segura.

Por fin, y como había pasado ya demasiado tiempo sin que volviera Nora, se acercó sigilosamente al dormitorio y asomó la cabeza, con Fay en los brazos. Bueno, delante tenía la explicación. Nora y Berry se habían quedado dormidas en el colchón, abrazadas. Su primer pensamiento fue acostar al bebé en la cuna y despertar luego suavemente a Nora para desearle buenas noches.

En lugar de ello, sin embargo, tras acostar a Fay en su cunita, se tendió él mismo al otro lado de Berry, de manera que la niña quedó entre los dos. Arropándose y arropándolas con el edredón, pensó: «Me quedare aquí solo un rato...».

La cama era demasiado pequeña y baja, el colchón demasiado fino... pero nunca en toda su vida se había sentido mejor. Era incapaz de moverse. Fay descansaba en su cunita mientras Berry se abrazaba a él, roncando suavemente: Tom podía oler su dulce aliento. Nora, por su parte, parecía musitar dormida, en un lenguaje indescifrable. Su sueño no era profundo ni constante, dado que era profundamente consciente de las niñas, así como de la propia Nora.

De repente, como si no hubiera transcurrido más que un segundo, oyó un canto de pájaros y sintió algo en el pelo. Abrió los ojos para descubrir las primeras luces del alba filtrándose por las rendijas de la persiana… y a Nora deslizando los dedos por su cabello.

—No sabía que tenías el pelo tan largo. Lo suficiente al menos como para que te despiertes con él de punta —le susurró ella.

—Parece que también a ti te cansó mucho el pícnic —musitó él a su vez—. Fuiste a tranquilizar a Berry y al final fue ella la que te puso a dormir.

—Los niños pueden darte una lección de cansancio que jamás creerías posible. ¿Tenías intención de quedarte a pasar la noche?

—No al principio. Pero, en algún momento de la noche, debí de despertarme y decidir que ya no iba a irme a ninguna parte. Ahora, sin embargo, tengo que marcharme.

—¿Crees que Maxie se enfadará? O quizá esté preocupada.

Él negó con la cabeza.

—Sea lo que sea lo que piense de esto, lo disimulará.

—¿Te apetece una taza de café?

—¿Estará bien Berry sin nosotros aquí?

Nora asintió.

—Cuando se despierte, irá directamente a la otra habitación. Prepararé el café.

Media hora después, Tom se estaba despidiendo en la puerta.

—Los vecinos habrán visto mi camioneta aparcada toda la noche delante de tu casa.

—Tú eres una persona admirada aquí, Tom. No creo que a mis vecinas les preocupe que vaya a enredarme con una mala persona. Y además solo somos amigos…

Sus labios se curvaron en una sonrisa.

—Hay amigos y amigos —dijo, y deslizó un brazo por su cintura para atraerla hacia sí. Le acarició los labios con los suyos una vez, y otra, y todavía una tercera hasta que de repente se los devoró en un abrasador beso.

Ella le echó los brazos al cuello para apretarse contra él y,

Dios… la sensación fue tan maravillosa que creyó morir. Pero se obligó a refrenarse.

—Tengo que irme —dijo, y se dio cuenta de que tenía la voz ronca—. Hoy tengo que trabajar el doble ya que tú te has tomado el fin de semana libre —se burló.

—Si necesitas que trabaje, ya sabes que lo haré con gusto.

—Lo que yo necesito es que descanses y que disfrutes de la visita de Jed. No puedo esperar para oír lo que te traerá esta vez. Si es inteligente, le traerá un poni a Berry —y, después de darle un leve beso en los labios, se marchó.

CAPÍTULO 17

Maxie estaba de pie en la cocina cuando entró Tom. Lo miró con los ojos entrecerrados y, arqueando una ceja, le preguntó:
—¿Quieres el desayuno? ¿O ya has desayunado?
—Me muero de hambre, pero, si vas a fulminarme con la mirada, ya me lo prepararé yo.
—Yo no he dicho nada. Y tampoco te he fulminado con la mirada.
—¿Qué estabas haciendo?
—Luchar para permanecer despierta. No he dormido bien.
—Está bien, te contaré lo que ha pasado. Las niñas estaban muy inquietas: demasiado azúcar y poca siesta. Nora las bañó y luego yo di el biberón a Fay mientras ella tranquilizaba a Berry... hasta que todos nos quedamos dormidos con las niñas. Vestidos. Pero no debería haberte contado todo esto, Maxie. Ya soy mayorcito para pasar las noches donde quiera.
—Sí que lo eres. Pero esa chica me gusta mucho y ha vivido experiencias terribles. No voy a pedirte que no te acerques a ella... quiero que lo hagas. Ya sé que estás contemplando la posibilidad. Pero, Tom, ten cuidado. No le hagas daño a Nora.
—Yo nunca le haría deliberadamente daño a nadie.
—Lo sé, lo sé —repuso, cansada—. Quiero que seas prudente, que te tomes tu tiempo. ¡Pero también quiero que me saques de este suspense! ¡Ya soy vieja!
Tom le sonrió.

—Vas a tener que dejar que elija a mi propia chica. Pero, al margen de eso, no hay razón para que no puedas meter a Nora en tu vida. Ella te quiere mucho, Maxie.

—Bueno, todo sería más fácil si me dejaras a mí elegir a la chica de la que te enamoraras. ¡Al fin y al cabo, sé más de ese tipo de cosas que tú!

—¿Enamorarme, dices? Maxie, creo que te estás precipitando un poco.

Y, sin embargo, aquellas palabras lo persiguieron durante todo el domingo mientras trabajaba en el manzanar. Ciertamente no se estaba enamorando. Simplemente se sentía atraído. Y, por lo que sabía, Nora también se sentía atraída por él. Ya había recorrido aquel mismo camino desde la edad de los quince o los dieciocho años. Pero nunca se había enamorado.

Se dijo que el hecho de que se muriera de ganas de hablar con ella o de verla durante todo el domingo nada tenía que ver con sus sentimientos. Aquel domingo terminó siendo uno de los más largos que había vivido desde su regreso de Afganistán, pero se dijo que no era más que una cuestión de magnetismo. Al fin y al cabo, Nora tenía un encanto especial.

Pero, no se enamoraría de ella. Nora arrastraba una pesada carga, no solo por lo que se refería a las niñas, sino también por un problemático pasado que todavía se estaba esforzando por superar y comprender. Él, en cambio, lo que buscaba era algo completamente distinto: una mujer sin compromisos. Una mujer dispuesta a echar raíces y a convertirlo a él en el centro de su vida.

Pero, cuando llegó el lunes y Nora apareció en el manzanar, sintió como si se iluminara por dentro. Antes de que pudiera evitarlo, estaba sonriendo como un bobo. Como era habitual, ella fue la primera de sus trabajadores temporeros en llegar. Se dirigió directamente a la oficina para darle los buenos días y él se levantó de su escritorio para plantarse frente a ella. Tomándole las manos entre las suyas, la miró fijamente a los ojos.

—He estado pensando... Será mejor que llevemos cuidado. No deberíamos ir tan rápido.

Ella ladeó la cabeza y frunció el ceño.

—Explícame por qué sonríes de oreja a oreja mientras me dices esto.

—Me lo pasé muy bien el sábado. El viernes y el sábado. Pero somos adultos, tú tienes una familia en la que pensar y yo tengo una gran responsabilidad. Seamos cautos. Si existe cierta atracción entre nosotros, no hay razón para que no podamos disfrutar de ella como lo que es. Lo que no querremos, estoy seguro, será lanzarnos de cabeza a algo realmente complicado. Tendremos que mantener esto en un nivel amistoso. Ligero. Ya sabes.

—¿Esta es tu idea de una propuesta «sin compromisos»?

—Yo solo estoy diciendo que no quiero que nuestra amistad, una amistad demasiado íntima, se interponga en la manera en que cada uno gestiona su vida. Si dejamos que esto vaya más lejos, que evolucione demasiado rápido, podríamos acabar arrepintiéndonos. No queremos complicaciones. Ni desengaños.

Ella le sonrió.

—Oh, tienes razón. No querríamos eso para nada.

—¿Lo entiendes, entonces? —inquirió él—. ¿Que no tenemos que tomarnos esto demasiado en serio? ¿El hecho de que nos estemos llevando tan bien?

—Perfectamente.

—Y aquí... deberemos comportarnos de manera profesional. Sentar ejemplo. Ya sabes.

—Por supuesto —dijo ella, y esperó—. ¿Es eso todo?

—Eso creo, sí.

—Entonces me pondré a trabajar. Las manzanas no van a recogerse solas.

Él asintió. Pero seguía tomándole las manos.

—Voy a necesitar las manos —dijo, retirándolas.

—Claro.

La oyó reír por lo bajo mientras abandonaba la oficina. Bueno, pensó, ella podría reírse todo lo que quisiera, pero él se sentía ya mucho mejor, después de decirle lo que le había dicho. Probablemente debería haber añadido que no estaba enamorado y que tampoco iba a estarlo, pero en aquel momento resultaba más fácil pensar que ella no tardaría en descubrirlo con el tiempo.

El problema de aquella teoría se le reveló a las once de la mañana. Junior estaba en la prensa, Jerome se había ofrecido a repartir manzanas en las tiendas del pueblo, Juan y Eduardo estaban recogiendo al otro lado del manzanar... y Tom se encontró con Nora. Estaba subida a una escalera, muy alto, cargando con un saco poco pesado, apenas lleno con unas cuantas manzanas. Él trepó por la escalera hasta encaramarse en el peldaño inmediatamente inferior de manera que quedaron frente a frente, con su rostro parcialmente oculto por una de las ramas del árbol.

Le acarició los labios con los suyos una vez, dos, y deslizó luego un brazo por su cintura, para atraerla hacia sí... y enseguida apoderarse de su boca en un largo, profundo y húmedo beso.

—Guau —exclamó ella—. ¿Es esta tu manera de rebajar intensidad en nuestra relación?

—¿Qué te parece? ¿Te gusta?

Ella se llevó los dedos a los labios.

—Me gusta tu manera de besar: un par de besos tentativos, y luego un beso grande. Solo tengo un problema: mi imaginación.

—¿Eh?

—Si esta es tu versión de algo ligero y juguetón... siento cierta curiosidad por saber qué sucedería si fueras en serio conmigo.

—Pero eso no va a ocurrir —le recordó él—. Ya lo hemos hablado.

—Claro. Está bien.

Así que repitió el beso. La besó como un hombre hambriento, la besó hasta quitarle la respiración. Y abrazándola cada vez con mayor fuerza.

—Si sigues así, vas a convertir las manzanas de mi saco en sidra.

«Solo una vez más», se dijo Tom, besándola de nuevo. Pero dado que aquel iba a ser el último beso en mucho tiempo, lo alargó todo lo que pudo. Solo se interrumpió cuando empezó a sentir que se excitaba.

Se recriminó para sus adentros por unos segundos: solo un estúpido como él habría podido permitirse aquel tipo de contacto con una mujer con la que pretendía guardar las distancias. Pero ahora tenía que ponerle oficialmente fin. No más juegos. Nada de más besos de cinco minutos de duración entre las manzanas.

Sin embargo, a las dos de la tarde volvió a encontrarla en el manzanar. Nada más verla, la liberó del pesado saco, la acorraló contra el tronco del árbol y la besó hasta dejarla sin aliento. Una y otra vez.

Cuando se apartó para dejarla respirar de nuevo, ella se echó a reír.

—Sé que quieres que comprenda que no hay pasión ni deseo alguno en esto, sino solamente amistad, pero tengo que serte sincera: me está costando mucho entender el concepto. Representas una verdadera distracción.

—Lo mismo digo —la acusó él—. No estoy haciendo esto porque desee ir en serio contigo. Lo estoy haciendo porque sabes a manzanas y a miel, y a mí me gustan las manzanas y la miel.

—Y tú sabes a toneladas de testosterona. No voy a acostarme contigo.

—Bueno, yo creo que podríamos hacerlo. Sin involucrarnos mucho.

—No —replicó ella.

—Pero ¿por qué? Quiero decir, si lo hiciéramos como amigos que confiamos el uno en el otro. Y sin que eso interfiriera en nuestras responsabilidades.

—¿Esa frase hecha te ha funcionado alguna vez?

—No lo recuerdo. Pero probablemente sí. Es brillante.

—No. Eso no va a suceder.

—¿De veras?

—De veras.

—Bueno. Pero entonces, ¿podrías hacerme el favor de dejar de ser tan bonita? ¿Tan sumamente atractiva?

—Eres patético —lo acusó ella, riéndose—. Llevo ropa de trabajo y estoy sin maquillar. Y, a pesar de lo que puedas decirme, dudo que huela o que sepa tan bien.

Los labios de Tom buscaron instantáneamente su cuello, para besárselo y lamérselo. Gruñó. Y enseguida volvió a la carga.

—No —dijo ella—. Por muy divertido que esté resultando esto, te recuerdo que tengo que trabajar.

—¿Ya te has cansado de mí? —le preguntó.

—Por ahora sí —respondió ella con una sonrisa—. Tu comportamiento profesional me está matando.

Tom la soltó con un suspiro. La ayudó a colgarse de nuevo el saco al hombro.

—Gracias —le dijo ella—. Ahora ve a hacer algo importante —y le dio un pequeño empujón.

—De acuerdo. Pero tengo la sensación de que volveré.

—Eso ya lo sé.

Tom sabía que no era un mentiroso muy bueno, y la culpa de ello la tenía Maxie. Ella siempre le había dicho que mentir generaba un karma negativo y que, a menudo, el mentiroso terminaba atrapado en su propia mentira. Que era la manera que tenía Dios de expresar su sentido del humor. Cuando, de niño, en el colegio, ella descubría que no había hecho los deberes, le advertía de esta forma: «No le digas a la profesora que no has podido porque tu abuela se ha muerto, a no ser que quieras que se muera de verdad. Las mentiras tienen una manera muy curiosa de convertirse en verdades».

Y, sin embargo, sospechaba que algunas mentiras, las pequeñas, podían ser tan seguras como necesarias. Así que cuando Darla le llamó por teléfono para preguntarle: «¿Qué tal fue la caza? ¿Cobraste alguna pieza?», su respuesta fue: «Ninguna en absoluto».

—Bueno, pues yo te he echado mucho de menos. Me muero de ganas de verte. Y he estado pensando que, si puedes sacar algo de tiempo libre para salir a cazar, quizá podrías sacarlo también para hacerme una visita en Davis.
—Por desgracia, no puedo. Este fin de semana salgo otra vez de caza.
—¡Tom! ¿Otra vez?
—Aquí la caza es una tradición, algo muy importante para las relaciones de la comunidad —se alegró de que ella no pudiera ver la mueca que esbozó bajo el peso de aquella tontería.
—Yo no estaré en Davis mucho tiempo más —le recordó ella—. Y te echo de menos. Echo de menos el manzanar.
—Bueno, si quieres pasar el fin de semana con Maxie, ella estará más que gustosa de entretenerte.
Justo como se había temido, Maxie lo estaba escuchando. La rapidez con que su abuela se personaba en la cocina cada vez que él hablaba por teléfono era algo pasmoso. Vio que había puesto unos ojos como platos al tiempo que le enseñaba los dientes.
—Aunque me temo que este fin de semana vendrán también sus amigas —se apresuró a añadir para disuadir a Darla.
Maxie puso los ojos en blanco y volvió al salón para seguir viendo la televisión.
—Bueno, ¿cuánto tiempo estarás fuera? —quiso saber Darla.
Había veces en que no resultaba fácil ser un hombre, pensó, y él se estaba revelando como uno absolutamente típico. Era capaz de montar un M16 y salir a perseguir insurgentes sin el menor temor o vacilación, pero no de decirle a una mujer interesada que su relación no tenía futuro. Que no tenía ningún interés para él. En realidad, hasta le provocaba cierto desagrado. Esperaba de hecho que terminara cuanto antes su estancia en Davis y volviera a Denver para olvidarse de él.
—Bueno, saldremos el sábado por la mañana muy temprano, acamparemos esa noche y estaremos de vuelta hacia el mediodía del domingo —le dijo. No era casualidad que Darla se mar-

chara precisamente sobre esa hora, en caso de que se presentara en Virgin River.

—Bueno, eso descarta la posibilidad de que vengas a Davis para que pasemos el fin de semana tú y yo solos. Siendo así las cosas, ¿para qué habría yo de molestarme en ir a Virgin River para pasar una sola tarde contigo?

Había puesto un inequívoco énfasis en la palabra «solos», y Tom tragó saliva.

—Lo siento, Darla, pero esta es una tradición importante que estaba grabada en piedra mucho antes de que yo supiera que ibas a hacer ese máster en Davis. ¿Cuánto dura ese máster, por cierto?

—Solo un par de semanas más, lo cual es terrible porque... ¡tenemos muchas cosas de qué hablar! ¡Como por ejemplo del futuro de esta relación!

«Díselo», se ordenó. «Dile que no hay ningún futuro». Pero en lugar de ello, repuso:

—Ay, es una pena que ese máster coincidiera con una época tan ocupada del año.

—Bueno, decirte ahora que estoy increíblemente decepcionada sería un eufemismo.

—Lo siento, Darla, pero estas cosas no dependen de mí.

La conversación continuó: él se disculpó, ella se enfurruñó... y al final colgó el teléfono. Tom desvió luego la mirada hacia el salón y se encontró con la fulminante mirada de Maxie.

—¿Por qué no puedes ser sorda como la mayoría de las abuelas? —le espetó.

—Vete al infierno. ¿Qué fue lo que te dije sobre mentir?

—¿Qué es lo peor que podría suceder? ¿Que me viera obligado a salir de caza y no disparar un solo tiro?

—Ni siquiera quiero hablar de ello. Solo te diré una cosa: que será mejor que no vuelvas a decirle que yo estaré disponible para entretenerla durante un fin de semana. ¿Estás loco? ¿Quién cargaría con esas maletas suyas?

Muy a su pesar, Tom se echó a reír.

★★★

Nora no tenía mucha experiencia en el amor. De hecho, su limitada experiencia era más bien pésima. Pero desde entonces había desarrollado cierta capacidad de intuición, y esa intuición le decía que tenía aterrorizado a Tom Cavanaugh. Durante toda esa semana él le había soltado un sermón sobre responsabilidades y sobre atracción entre amigos, sobre que lo suyo no iba en serio, pero durante toda la semana no había sido capaz de quitarle las manos de encima. Se lo había encontrado de continuo acechándola entre los manzanos, esperando la oportunidad de saltar sobre ella. Algo que sabía hacer muy bien...

En aquel momento lo empujó una vez más y se echó a reír, aunque por dentro estaba reverberando de alegría. Tal vez él no supiera lo que estaba sintiendo, pero ella sí. Se estaba enamorando de él. Pero dado que su única experiencia con el amor había sido desastrosa, no se oponía a la idea de dar un tiempo muy largo a aquella relación para que se fuera desarrollando, aun a sabiendas de que podría no funcionar de la manera en que ella fantaseaba.

Lo que esperaba de todo corazón era que llegara un día en que Tom encontrara en ella y en sus hijas una absoluta justificación a sus esfuerzos y a su espera. Cuando él la abrazaba, se sentía como transportada a otro planeta. Todo en ella se estremecía y ablandaba. Se derretía de deseo por él. Cuando lo veía abrazar a sus hijas, se le saltaban las lágrimas.

Durante aquellos cuatro últimos días, tanto si era consciente de ello como si no, la había estado cortejando. Por primera vez en mucho tiempo, se sentía llena de esperanzas. Esperanzas de levantar cabeza por sí misma, de ser perfectamente capaz de mantener a sus hijas, de vivir en un lugar seguro... y, posiblemente también, de encontrar el amor de un hombre bueno.

El jueves después del trabajo, regresó a casa para encontrarse con una nota fijada a su puerta. En una semana su casa, propiedad de una entidad financiera, sería subastada. Se esperaba de ella que la desalojara lo antes posible.

Arrancó rápidamente el cartel. Las niñas estaban con Adie, que seguro que lo habría visto. Probablemente lo habría visto todo el vecindario. Presa del pánico, entró y encendió la luz, y luego la cocina. Por algún milagro, no le habían cortado la energía eléctrica.

Fue a buscar a las niñas a casa de Adie, que la recibió con una expresión de alarma en los ojos.

—Nora, ¿qué quiere decir eso?

—Era de esperar, Adie —repuso ella, haciendo acopio de valor—. Esta no es mi casa.

—Pero… ¿qué vas a hacer?

—Llevarme a las niñas, darles la cena y bañarlas. Ya decidiré algo.

Maxie estaba preparando un pollo asado en casa y Tom se había quedado a trabajar hasta tarde en su despacho, repasando la contabilidad en su portátil. Tenía que ponerse al día. Cazar a una preciosa mujer por el manzanar requería su tiempo y él ya le había dedicado demasiado.

Deseaba prolongar aquella caza. Confiaba en que más tarde o más temprano sería capaz de convencerla de que invirtieran algo más el uno en el otro. La deseaba, y no había duda de que ella también lo deseaba a él. Podría negociar su situación y… ¡qué diablos! Convertirse en su novio estable. El pensamiento le hizo sonreír mientras continuaba diciéndose a sí mismo que aquello no constituiría un verdadero compromiso.

Oyó llegar un coche y por un momento pensó que Nora había vuelto para cenar. Era del todo posible. Maxie podía haberla visto antes en el huerto o incluso llamado por teléfono. En todo lo que llevaban de semana no había ido a cenar con sus hijas ni un solo día.

Se levantó de un salto y abrió la puerta: un Cadillac rojo acababa de detenerse frente al porche trasero. Volvió a entrar en la oficina y, apoyándose en la pared, exclamó para sus adentros: «¡No!».

No podía imaginarse qué diablos estaba haciendo Darla allí... y cómo iba a arreglárselas él para ahuyentarla.

La puerta de la oficina se abrió de pronto y allí apareció ella, toda sonriente.

—Sabía que te encontraría en la oficina.

—Darla, ¿qué estás haciendo aquí?

—Salí muy temprano de Davis y me he tomado el día de mañana libre, para poder estar contigo. Supongo que me volveré el sábado, dado que tú estarás ocupado. Pero en serio, Tom, creo que deberías dedicarme algo de tiempo.

Quitándose la gorra, se pasó una mano por la cabeza.

—Darla, no deberías haberte presentado sin avisar. Habría sido posible que no estuviera aquí.

Ella se tensó, aparentemente ofendida.

—En primer lugar, te mandé un correo electrónico hace dos días. Justo después de nuestra conversación, que por cierto fue un poco tensa. En segundo lugar, ¡tú mismo me dijiste que era bienvenida aquí cada vez que me apeteciera venir! Cada fin de semana, si así lo quería. No sé... —los ojos se le llenaron de lágrimas y le lanzó una mirada implorante—. ¿Qué es lo que ha pasado? Me dijiste que estabas interesado en mí, pero luego... ¡De repente es como si hubiera contraído una enfermedad contagiosa!

—Darla, Darla...

—No —dijo ella, retrocediendo ligeramente—. Yo no sé lo que ha cambiado, pero durante los dos primeros fines de semana que estuve aquí te mostraste tan atento conmigo, tan cariñoso... No me imaginaba lo muy apasionado que eras hasta que me besaste y, francamente, desde entonces he estado contando los minutos esperando el momento en que podamos pasar una noche bajo el mismo techo, sin que tu abuela esté durmiendo en el cuarto de al lado...

—Intenté explicarte lo del festival de las calabazas.

—¿Y la cacería? ¿Intentaste explicarme eso también? ¿O simplemente me soltaste que no estarías disponible? Tom —continuó, derramando una lágrima—. Por primera vez en un año, me sentía con esperanzas. ¡Feliz!

—Ya basta —le dijo con tono suave, atrayéndola hacia sí y apoyando su cabeza sobre su pecho—. Te pido disculpas, pero hay muchas cosas de las que deberíamos hablar. Y no estoy seguro de por dónde empezar, ni cómo —la apartó ligeramente—. La cena ya está servida. Necesito ducharme y probablemente a ti te apetecerá una copa de vino.

Sorbiéndose la nariz, Darla se enjugó las lágrimas.

—Tal vez debería marcharme...

—No voy a dejar que conduzcas de vuelta a Davis en este estado, llorando y todo.

Cuando ella alzó la mirada hacia él, Tom no creyó haber visto nunca unos ojos tan grandes y tan tristes... Nunca lo había mirado de esa manera. O sí: el día en que la visitó de regreso de la guerra, para consolarla y hablarle de la gran persona que había sido su marido.

—Entremos en casa. Yo me daré una ducha, tú comerás algo con Maxie y luego nos iremos tú y yo a un lugar tranquilo para hablar. Arreglaremos todo esto.

—De acuerdo —repuso ella, triste—. ¿Querrás hacerte cargo de mis maletas?

—Por supuesto —respondió Tom, al tiempo que pensaba: «Maxie me arrancará la cabeza por esto»—. Pero entremos primero y dile a Maxie que estás aquí. Dado que no abrí el correo electrónico, no tenía ni idea de que venías.

—¿No lo abriste? —inquirió Darla, arqueando una ceja—. ¿O no lo leíste? Porque recuerdo que la última vez me prometiste que serías muy cuidadoso a la hora de abrir tu buzón de correo...

—Ya. Pero es que los viejos hábitos son difíciles de cambiar. Vamos —insistió, tomándola del codo.

Mientras la escoltaba hasta la casa, advirtió que iba vestida como si se dirigiera a una reunión importante de negocios en la cual ella fuera a ejercer de anfitriona. Las botas negras conjuntaban con una falda larga del mismo color con borde de flecos y un vistoso poncho rojo. ¿Quién iba a clase vestida de aquella guisa, o conducía cuatro o cinco horas seguidas?

La vida no era justa, reflexionó. Aquella mujer era despampanante a la vez que un intrusivo, invasivo y exigente engorro. La mujer que ocupaba sus pensamientos era mucho más sencilla: vestía unos viejos tejanos que resaltaban sus curvas y una simple sudadera con capucha. Aunque pudiera vestirla con caras ropas de diseñador, no lo haría. Adoraba su estilo sin afectación, su falta de estrategias y artimañas. Era una mujer pura, sencilla y honesta, y eso era todo lo que quería.

Guio a Darla a través del porche y abrió la puerta.

—Maxie —dijo—. Mira quién ha venido.

Su abuela, que se hallaba frente a la cocina, se giró y dio un respingo.

—¡Darla! —exclamó, llevándose una mano al pecho.

Tom no quería perder a su abuela, pero por un instante se le pasó por la cabeza que, si al menos se desmayaba, eso podría distraer la atención de Darla de la que prometía ser una tarde de lo más incómoda.

—Maxie —exclamó Darla, disponiéndose a abrazarla.

—Qué sorpresa —dijo Maxie, resignándose al abrazo y dándole unas palmaditas en la espalda. Por encima de su hombro lanzó una mirada asesina a Tom.

—Te he echado de menos —le confesó Darla con tono tierno.

—Bueno, qué bien que estés aquí. Ojalá hubieras llamado para avisarnos. Me temo que esta noche en la mesa no habrá otra cosa que muchas calorías.

—Oh, no pasa nada. Me muero de hambre. ¿Y adivina qué? He traído un delicioso y muy caro chardonnay. ¿Te tomarás una copa conmigo mientras Tom me sube las maletas y se da una ducha?

Maxie arqueó una ceja.

—Quizá me tome más de una —dijo. Y aunque Darla no entendió el sarcasmo, Tom sí.

Duke entró en ese momento en la cocina, meneando la cola con felicidad... porque evidentemente había dado por supuesto que cualquiera que llegaba al huerto acudía presto a saludarlo.

—No, Duke, no —dijo Darla, alzando una mano a la vez que retrocedía—. Estás tan lleno de pelos...

—Darla, es un perro —le recordó Tom con un tono algo irritado. Luego, para disimular, añadió—: Voy a por tus maletas.

Cuando volvió a entrar en la casa, cargado con sus cuatro maletas, vio que Darla estaba sentada a la mesa de la cocina. En el maletero quedaban todavía un elegante maletín de cuero y su preciada botella de vino. Encontró muy elocuente que la mujer ni siquiera se hubiese molestado en ir a buscar aquellos objetos tan ligeros, en lugar de esperar a que lo hiciera él. Mientras pasaba por delante de vuelta a su coche, no pudo evitar preguntarle:

—Solo por curiosidad, ¿quién te ha cargado las maletas en el coche?

—Oh, no te lo vas a creer. Un vecino amabilísimo que tengo. También es estudiante. Siempre está tan dispuesto a ayudarme... Cada vez que le pido que me eche una mano, se presenta de inmediato ofreciéndose a hacer todo lo que yo le diga.

—¿Te lleva los libros a clase, también?

—Vaya, Tom —dijo con una nota burlona en la voz—. ¿Será posible que estés celoso?

Estaba seguro de que esa noche no tendría ningún problema en aconsejarle que fuera cambiando de planes para el futuro, ya que pensaba darse oficialmente de baja en su vida. Aquella mujer lo estaba volviendo loco.

—Voy a ducharme.

—Gracias, corazón.

No se atrevió a volverse para ver la cara que estaría poniendo su abuela.

★★★

Una vez que Darla hubo terminado de picotear su plato de pollo asado con puré de patatas y salsa, Tom ayudó a su abuela a recoger la mesa y a fregar los platos. Ella, por su parte, se disculpó para subir a ponerse una ropa más cómoda.

—Gracias a Dios —le dijo a su abuela—. Está bien, escucha esto, Maxie. Vas a tener que desaparecer durante un rato, darme espacio. Tengo que decirle cómo están las cosas: que no vamos a seguir viéndonos, ni ahora ni nunca. Es una mujer muy terca. Está muy empeñada conmigo, y te juro que no sé por qué.

—Quizá porque está chiflada por ti —repuso ella con una sonrisa.

Tom se la quedó mirando fijamente.

—Vale, tienes que marcharte ahora mismo. Creo que estás perdiendo el control.

—Bueno, me iré al pueblo. Quizá me pase un rato por Jack's para cotillear un poco. He tenido que beberme dos copas de ese vino para soportar cenar con ella. ¡No vuelvas a sentar a una anoréxica a esta mesa nunca más! Y, por cierto, ¡la fastidió con el vino! ¿Acaso se piensa que los palurdos como nosotros no sabemos apreciar un buen vino? ¡Pero si esta comarca produce caldos de los mejores, de esos que ganan premios! ¡Yo sé un montón de vinos! ¡Que me muera ahora mismo si esa botella ha costado más de cinco dólares!

Tom puso los ojos en blanco.

—¿No tienes nada que hacer… en tu habitación?

—¿Y perderme el partido de los Raiders y los Cowboys?

—Si haces esto por mí, te compraré un televisor de pantalla plana para tu dormitorio.

Maxie le arrebató el trapo de secar de las manos a la vez que replicaba:

—Grabaré el partido. Y leeré un poco. Pero… ¿te importaría

ir al grano con ella? Ya me he cansado de esto. Y, por el amor de Dios, ¡no le mientas!

—Ya, estúpido de mí —reconoció, y se burló de sí mismo—. ¡La que he liado con esa mentira de la cacería!

—¿Lo ves? Si me hubieras escuchado...

—Ya estoy lista —anunció de pronto Darla, con tono ligero—. He traído algunas películas, por si os apetece...

CAPÍTULO 18

Aunque la idea le aterrorizaba, Tom se había impuesto la imposible tarea de ayudar a Darla a entender su posición, que era la de que ni siquiera estaba levemente enamorado de ella. Irónicamente, lo que se lo ponía aún más difícil era el hecho de no poder entender qué era lo que Darla veía en él. Ella no amaba realmente su mundo, su manzanar.

—¿Una película, Tom? —inquirió—. ¿*Mientras duermes*, quizá?

—Darla, antes de nada, tenemos que hablar. Vayamos a la cocina. Te serviré una copa de vino —le ofreció—. Yo me sacaré una cerveza.

Ella esbozó una maliciosa sonrisa.

—Tom, ¿estás intentando emborracharme?

—No. El caso es... —se interrumpió—. Escucha, ¿cómo me dijiste que conociste a Bob?

—¿Te lo dije?

—Creo que sí. No lo recuerdo.

—Estaba en Colorado Springs, haciendo *snowboard*.

Antes le había dicho que en Vail. Esquiando. Lo recordaba perfectamente.

—¿Estuvisteis saliendo mucho tiempo?

—No mucho. Unos pocos meses. Apenas el tiempo suficiente para planificar una bonita boda. Pero él recibió la orden de destino justo antes de la ceremonia.

—Umm —Tom se frotó la mandíbula—. Entonces debiste de enamorarte de él nada más conocerlo.

Darla suspiró.

—Bueno, ¿no es eso el amor? Era un héroe alto, apuesto, condecorado. Mis amigas me envidiaban. ¡Bob era casi famoso!

—¿No te preocupó lo muy complicada que podía ser la vida de casada con un marine? ¿Acaso no le habían destinado antes?

—Tres veces —respondió ella, asintiendo—. Pero no. No estaba preocupada. Y desde luego no pensaba esperar a cumplir los cuarenta para casarme.

—¿Qué?

—Esperaba casarme cuando cumplí los treinta, y, cuando eso no ocurrió, yo…

—¿Cómo? —exclamó Tom, interrumpiéndola—. Bob tenía veintisiete. Se alistó nada más terminar el instituto. Llevaba casi diez años en el ejército. Me dijo que quería hacer carrera allí.

—Bueno, charlas de hombres —hizo un gesto despreciativo con la mano—. Bob era algo más joven que yo.

Se inclinó hacia ella.

—¿Cuánto más joven?

—Unos años. Pero fue amor a primera vista…

Tom recordó que Darla lo había buscado en Google. ¿Por qué no había hecho él lo mismo que ella?

—¿Qué edad tienes?

—¡Tom! ¿Quieres que te enseñe mi carné de conducir?

Él asintió con la cabeza.

—No lo necesito, pero…

—Treinta y cinco —dijo, con un inequívoco tono de disgusto—. ¡Eso no fue ningún problema para nosotros!

—No llevabais mucho tiempo casados cuando él se marchó, ¿verdad?

—Unos dos meses, la mayor parte de los cuales él los pasó en su unidad y yo en Denver, pero nos veíamos todas las semanas. O casi.

Tom recordaba que antes le había dicho que habían vivido

como marido y mujer durante algo menos de un año. Y dos meses eran bastante menos.

—¿A qué viene tanta pregunta? —le preguntó ella.

—Bueno, nos conocemos desde hace muy poco y estoy intentando averiguar algunas cosas. Como por ejemplo la vida que esperarías que lleváramos si nuestra relación fuera en serio...

—¡Estoy segura de que sería muy divertida!

—Ah. ¿Y qué cosas divertidas hemos hecho juntos hasta ahora?

Darla bebió un sorbo de vino, aparentemente más animada.

—No muchas, la verdad... pero es que has estado muy ocupado con la temporada de recogida. Y dijiste que la cosecha no dura todo el año. Supongo que, cuando finalmente dejes de recoger manzanas y de hacer sidra todo el tiempo, podremos disfrutar de algunas de las cosas divertidas a las que yo tengo acceso por mi trabajo: los viajes, los espectáculos, las fiestas... Tengo entradas de temporada para la Sinfónica.

«No me digas», exclamó Tom para sus adentros. Sabía, sin la menor duda, que era imposible que hubiera pescado a Bob con aquel cebo.

—Y de cuando en cuando recibo entradas para palcos en los partidos de los Lakers... Seguro que eso te atrae. Yo no soy muy aficionada a los deportes, pero me gustan los palcos de lujo.

Él le tomó una mano por encima de la mesa.

—Darla, ¿has pensado en lo muy distintos que somos? A mí me gusta ver los partidos en la televisión, a ti te gustan las películas románticas. Yo preferiría salir a cazar antes que ir a un concierto de la Sinfónica. Y, bueno, yo vivo con mi abuela.

Ella se rio por lo bajo.

—Tom, yo adoro a Maxie, pero, si lo nuestro va en serio, no seguiríamos viviendo con tu abuela. ¡Tendríamos que estar solos en algún momento! De hecho, creo que ya es hora de que empecemos a estar solos.

«Para acostarnos», pensó Tom. Lo cual lo llenó de vergüenza. La idea de tener sexo ocupaba su mente... ¡él quería sexo! Aquella mujer era increíblemente atractiva... pero él no la deseaba en absoluto. Ni siquiera quería besarla y ya no sentía curiosidad alguna por ver sus senos perfectos.

Había pasado semanas teniendo ardorosos sueños en los que disfrutaba del mejor sexo de su vida. En los que empujaba a su pareja a cumbres de placer que ella jamás había experimentado, a la vez que lo satisfacía a él de formas inimaginables. Podía saborearla, sentir sus senos y sus pezones duros bajo sus manos, deslizarse en su interior y provocarle un orgasmo en cuestión de segundos, una y otra vez, para despertarse a la mañana siguiente todavía deseoso de ella.

Pero esa mujer era Nora, la mujer a la que no quería desear. En cada uno de aquellos malditos sueños, había sido Nora. La mujer que había tenido hijas con un canalla, la muchacha desesperada por sobreponerse a su mala suerte, que se aferraba desesperadamente a su orgullo...

Y que impresionaba a todo el mundo, él incluido. Aunque se enfrentaba a tremendos obstáculos, no perdía nunca la sonrisa. Era Tom el único que tenía complejos, al aspirar a que la mujer de su vida fuera una inalcanzable mujer de fantasía. Qué estúpido había sido....

Duke se acercó a la puerta trasera. Meneó el rabo y miró por encima de su hombro a Tom, que se levantó para abrirle la puerta, agradecido por la distracción.

—Tenemos muchísimas opciones a nuestra disposición mientras llegamos a conocernos mejor —le estaba diciendo Darla—. Quiero decir, las cosas cambian, Tom. Estoy segura de que no querrás trabajar en el manzanar para siempre. Además, quizá quieras expandir el negocio, delegar su dirección en un buen equipo mientras tú haces otra cosa. Y... ¿sabías que una de las amigas de Maxie vive en un estupendo complejo residencial para mayores?

—¿Cuál?

—Oh, no lo recuerdo. Creo que era...

Duke empezó a ladrar fuerte. Un tipo de ladrido especial que Tom reconoció, no de Duke, que ya tenía diez años, sino de los perros de su juventud, como una llamada frenética y desesperada de socorro. Desorbitando los ojos, se levantó de un salto y abrió la puerta trasera.

—¿Dejaste la verja abierta? —le preguntó a Darla, alzando la voz.

—Yo... eh... No.

—¡Tom! —gritó Maxie, bajando a trompicones las escaleras. Tom mantenía la puerta abierta.

—¡Duke! ¡Duke! ¡Vamos, chico! ¡Ven aquí, Duke!

El perro subió los escalones del porche y entró en la cocina cabizbajo, jadeando de terror, temblando por entero.

—¡La osa! —dijo Maxie—. ¡Llamaré a Junior!

—Yo lo haré; tú encárgate de Duke. No parece que esté herido. Supongo que simplemente estará asustado —sacó el teléfono y marcó un número—. Junior, ha vuelto la osa. Estoy seguro de que la verja se quedó abierta —se interrumpió—. Estaré esperando cerca de la casa, así que no dispares contra todo lo que se mueva: podría ser yo. Llevaré una linterna. No pierdas mucho tiempo.

Volvió al salón, donde estaba el armario de las armas, y sacó un rifle y abundante munición. Se puso luego la chaqueta, los guantes, la gorra.

—¿Qué vas a hacer? —inquirió Darla.

Tom la ignoró.

—¿Duke está bien? —preguntó a Maxie.

El perro estaba tumbado en el suelo de la cocina, panza arriba, dejándose acariciar por su abuela.

—Está bien, solo está asustado. Ten cuidado, Tom.

—Descuida.

—¿Qué vas a hacer? —chilló Darla.

—¡Acabar con esa maldita osa!

—¿No puedes cerrar simplemente la verja?

—¿Y dejar encerrados aquí a esa osa y a sus crías toda la noche? ¿Para que por la mañana entren mis empleados y se los encuentren de cara? No lo creo. ¿No te dije que cerraras la maldita verja nada más entrar?

—No lo sé —dijo ella, e inmediatamente se echó a llorar—. ¡Tú siempre lo hacías por mí!

Aquello era absurdo, pensó exasperado.

—Ya. Maxie, quédate en la casa. Insisto.

—¿No vas a decirme a mí que me quede? —inquirió Darla.

—Sé que no vas a salir de aquí —replicó él, y abandonó la casa.

Junior y Tom sacaron los quads para ir en busca de los osos. Generalmente los utilizaba para remolcar plataformas o arados cuando el tractor era demasiado grande para pasar por entre los árboles. Con aquellos vehículos podrían peinar el manzanar en poco tiempo, pero resultaba trabajoso revisar todas las vallas, iluminar con las linternas las copas de los árboles y enseguida volver atrás no fuese que les hubiera pasado desapercibido un animal.

Estuvieron fuera hasta las tres de la madrugada. No vieron a oso alguno, pero sí profusión de excrementos.

Era probable que la osa y las crías hubieran abandonado el manzanar tras el encuentro con Duke, pero no podían estar seguros. Aquello resultaba desconcertante por varias razones. En primer lugar, ignoraban si aquellos osos se alimentaban de noche: esa no podía ser necesariamente la norma. Tom siempre había supuesto que evitaban el manzanar cuando estaban los trabajadores y penetraban al amanecer o al anochecer, cuando la verja estaba cerrada y el manzanar vacío de trabajadores, pero quizá habían estado rompiendo la cerca por las noches. No había sin embargo, evidencia alguna de que lo hubieran hecho diariamente. Les gustaba alimentarse de la basura y tenían una predilección especial por el pescado: el río corría precisamente al otro lado del huerto. Era posible que se dedicaran a atravesar el manzanar con la idea de alcanzar la corriente de agua.

—Habitualmente Nora es la primera en llegar —dijo Tom.
—Ya no viene antes de la salida del sol —apuntó Junior—. Últimamente no, al menos.
—Estoy seguro de que no se ha quedado ningún animal dentro —dijo Tom al tiempo que cerraba la verja—. De todas formas...
—No te preocupes. Yo llegaré muy temprano. Estaré aquí un par de horas, echando otro vistazo.

Se estrecharon la mano. Junior subió a su camioneta y Tom regresó a la casa. No guardó el rifle en el armario del salón, sino que lo dejó en la cocina.

En el salón descubrió a Maxie dormida en la mecedora, con una labor de punto sobre el regazo. Calzaba las zapatillas de estar por casa, pero por lo demás estaba perfectamente vestida, como para entrar en acción en cualquier momento. A su lado estaba Duke. El animal alzó la cabeza cuando lo oyó entrar y meneó el rabo.

Tom le rascó debajo de la barbilla.

—Sí, gracias, amigo. Buen trabajo —y, sin quitarse las botas, se tumbó en el sofá y cerró los ojos.

Nora estaba levantada, vestida para salir al trabajo y sentada a su mesa con una taza de café, mirando el cartel de la subasta, cuando Adie llamó suavemente a su puerta. Abrió y dijo:
—Pasa. Te he preparado una taza de té. Hace mucho frío esta mañana.

No había duda sobre la sombra de preocupación de los ojos de la mujer.
—¿Has decidido ya qué vas a hacer?

Nora sonrió como para tranquilizarla, aunque no se sentía segura de nada.
—Ya se me ocurrirá algo. Todavía no he hablado con nadie de esto.... Quizá el reverendo Kincaid tenga alguna idea. O Jed... puede que él me sugiera algo. Intenta no preocuparte

—«o Tom», pensó para sus adentros. ¿Qué diría él cuando se enterara de que iban a echarla de su casa?

—¿Sabías que se había ejecutado el embargo de esta casa?

Nora negó con la cabeza.

—Quizá lo ejecutaron hace mucho tiempo. Ha habido muchas ejecuciones de esta clase por todo el país. Son muchas las familias que han estado viviendo en propiedades embargadas durante un año o más antes de ser desalojadas —«como yo», pensó.

—Te ayudaré en lo que sea —dijo Adie—. Ya sabes que siempre has sido bienvenida en mi casa.

—Gracias —dijo, y la admiró una vez más, sabiendo que no tenía un céntimo que compartir y muy poco espacio que ofrecerle bajo su propio techo.

Estaban a principios de noviembre. El Día de Acción de Gracias estaba a la vuelta de la esquina. Había sido incapaz de refrenar sus fantasías sobre los días de vacaciones que se avecinaban. Había tenido intención de pasar tiempo con Jed, pero las atenciones que Tom le había prodigado durante aquella última semana le habían hecho esperar que pudiera proponerle algún plan.

Pero todo cambió cuando llegó al manzanar. Después de cerrar la puerta de la verja, volvió a subir al coche y aparcó frente a la nave. Allí, en la parte trasera de la casa, estaba el coche rojo.

El corazón empezó a martillearle en el pecho. Apenas podía respirar.

Hizo acopio de valor y bajó del coche. Tom no estaba en la oficina, así que preparó café. Probablemente se habría quedado en la cama dado que la noche anterior había tenido invitados. Destrozada por dentro, agarró un saco y una escalera, se puso los guantes y se fue a trabajar.

A Tom lo despertó el aroma del café y del beicon, cuando aún no había salido el sol. No se había movido ni un solo centímetro en las tres horas que había pasado en el sofá: todavía tenía los pies en el suelo. Soltó un gruñido, tosió y se levantó.

Maxie se volvió al oírlo entrar en la cocina.

—¿Los osos?

—No vimos ninguno —dijo—. Si estuvieron escondidos en el manzanar, lo hicieron condenadamente bien. Había muchos excrementos. Duke debió de ahuyentarlos.

—A eso de las tres escuché unos ronquidos procedentes del sofá...

—Ni siquiera me molesté en subir las escaleras. ¿Dormiste algo?

—A ratos. Estuve esperando oír un disparo de rifle.

—¿Y Darla?

—Se acostó poco después de que tú te marcharas. Supongo que no le vio mucho interés a esperarte.

Tom sacudió la cabeza y se rascó la sombra de barba.

—Voy a ducharme. Bajaré en un rato.

Fue a su habitación, recogió ropa limpia y se desnudó hasta la cintura. Estuvo reflexionando mientras se afeitaba. Aunque no estaba ni mucho menos contento con las circunstancias, la perspectiva de tener que lidiar con Darla no se le antojaba ya tan grave. No sabía muy bien cómo sobrevivía esa mujer en su mundo, pero estaba seguro de que en el suyo nunca podría hacerlo.

Un montón de pensamientos crueles asaltaron su mente, como el hecho de que Darla era tan egoísta que ni siquiera era capaz de bajarse de su coche para cerrar la verja en cuanto entraba en la finca, o de sacar su propio maletín... No le diría nada de eso, por supuesto. Pero, si no le decía que no había química entre ellos y rompía de una vez con ella, seguramente Maxie lo haría por él. Su abuela sí que no tenía pelos en la lengua.

Mientras se ponía los tejanos después de ducharse, se rio para sus adentros. Tal vez debería echar la llave al armario de los rifles por si acaso a Darla se le ocurriría sugerirle a Maxie que hiciera el equipaje y se marchara a una residencia.

Acababa de abrocharse el pantalón en el cuarto de baño cuando oyó un estremecedor grito de mujer procedente del manzanar.

—¡Nora!

Bajó a toda prisa las escaleras, saltando los peldaños de tres en tres.

—¡Duke! —llamó al perro—. ¡Duke, muéstrame dónde está la osa! —descalzo y desnudo de cintura para arriba, agarró el rifle de camino a la cocina, seguido por el perro.

Duke, aparentemente superado el susto de la noche anterior, se internó como una flecha entre los manzanos, gruñendo. Tom corrió como si estuviera en juego su vida... o la de Nora. Escuchó de nuevo su grito:

—¡Socorro! ¡Oh, Dios mío!

Pensó que Duke, que iba delante, podría ahuyentar al animal pese a su avanzada edad.

—¡Nora! —gritó para anunciar su llegada mientras seguía a Duke, que ladraba como un desesperado. Todavía oyó gritar una vez más a Nora.

Cuando la vio, tardó un segundo en procesar la escena. ¿Le estaba tirando manzanas a un gran oso negro? ¿Chillando y lanzándole manzanas?

—¡Escóndete detrás del árbol! —ordenó al tiempo que apuntaba con el rifle al animal.

Nora buscó refugio detrás del manzano más cercano y chilló:

—¡Tom! ¡Detrás de ti!

Se giró para descubrir un osezno detrás de él. Aquellos malditos oseznos habían crecido mucho. Continuó apuntando sin embargo a la madre, que se había erguido sobre dos patas, y disparó. Tres veces. La primera la hizo detenerse. El segundo tiro, tambalearse, y el tercer tiro la abatió.

—¡Duke! —ordenó—. ¡Ven!

El perro se apartó de la osa muerta para acudir a su lado.

Tom se acercó lentamente a Nora mientras el osezno corría hacia su madre muerta y la olisqueaba. Pareció mirar a su alrededor, como buscando a sus hermanos, y fue entonces cuando

Tom creyó comprender lo que había sucedido. La escalera de Nora seguía apoyada en el manzano y allí, encaramados en las ramas, estaban los otros dos oseznos.

Nora retrocedió, tapándose la boca con una mano y temblando como una hoja. Con la espalda apoyada en el tronco, se dejó caer débilmente al suelo.

—Ya ha pasado todo —le aseguró él—. Los oseznos no nos molestarán.

Ocultando el rostro entre las manos, empezó a sollozar.

—Dios, oh, Dios...

Tom oyó entonces algunos sonidos distantes: la camioneta de Junior, el portazo de la puerta del porche, un rumor de voces. Situándose de manera que pudiera vigilar a la osa, que seguía tendida en el suelo, dejó el rifle a un lado y se arrodilló junto a Nora. Le retiró delicadamente las manos de la cara.

—Tranquila, ya no hay peligro alguno.

—Estaba subida a la escalera —explicó con voz temblorosa—, ¡cuando me encontré cara a cara con un oso!

—Me lo figuraba. ¿Y la madre?

—Estaba cerca. Solté un grito y me caí de la escalera, y la osa salió entonces de entre los árboles.

—¿Y tú le tiraste manzanas? —inquirió él.

Nora asintió con la cabeza.

—Mi primera idea fue mantenerla a raya con la escalera.

A Tom se le escapó una carcajada. Le puso un dedo bajo la barbilla y le alzó el rostro para darle un pequeño beso.

—Me has dado un susto mortal.

—Bienvenido al club —repuso ella, todavía estremecida.

—¿Por qué no entraste en casa nada más llegar?

Ella se encogió de hombros y bajó la mirada.

—El Cadillac rojo —musitó.

Tom vio por el rabillo del ojo cómo Junior, rifle en mano, daba una patada a la osa muerta para ver si se movía. El gesto ahuyentó a los oseznos. El suelo se estaba empapando de sangre. Miró a Nora.

—Ya, eso. No sabía que Darla iba a venir.

—¿No la invitaste? —le preguntó ella.

—Le dije que iba a salir a cazar... ¡lo que al final resultó ser cierto! Recuérdame que te dé una importante lección sobre las mentiras —volviéndose hacia Junior, le informó—: Tenemos tres cachorros por la zona.

—Se quedaron aquí toda la noche.

—Muy probablemente —repuso Tom, y se giró de nuevo hacia Nora—. ¿Estarás bien? —le preguntó en voz baja.

Se inclinó hacia ella y la besó por segunda vez, demorándose más que la primera. Ella apoyó una mano sobre su pecho desnudo y susurró contra sus labios:

—Tienes que estar congelado de frío.

—¡Ja! Al contrario. ¿No me está saliendo vapor del cuerpo?

Nora le masajeó el pecho con una mano, justo encima de su tatuaje.

—He pasado tanto miedo...

—Vamos —le dijo, levantándola. La abrazó y durante un rato la mantuvo apretada contra su pecho, inmóvil, hasta que le dio un beso en el pelo. Finalmente la soltó y le pasó un brazo por los hombros

—Te llevo a casa. Luego tengo que ayudar a Junior con esos oseznos.

Cuando volvió la cabeza, no solo vio a Maxie a su espalda, con Duke a sus pies, sino también a Darla. La mujer tenía una expresión absolutamente horrorizada, pero no porque estuviera mirando a la osa muerta. Estaba mirando a Tom y a Nora. Y, cuando le sostuvo la mirada, alzó la barbilla con gesto indignado y se giró en redondo para dirigirse a paso de marcha hacia la casa.

Nora se volvió hacia él.

—Creo que preferiría ir a la oficina. O quizá a casa. ¿Hay alguna cláusula en mi contrato laboral que recoja el miedo a los osos?

—Déjame que te acompañe a la cocina. Maxie te preparará

algo caliente, para que puedas dejar de temblar antes de volverte a casa.

—No me apetece nada cruzarme con Darla. Parecía bastante enfadada.

—Ya —reconoció el, respirando hondo—. A mí tampoco. Pero lo que haya que hacerse, se hará.

—Muy bien, pues hazlo —dijo ella, apartándose—. Yo me voy a mi casa a abrazar a mis hijas. ¡He estado a punto de dejarlas huérfanas! —se permitió una leve sonrisa—. Gracias... Has estado magnífico. Esa osa iba a devorarme.

—Me he pasado media noche buscando a esa maldita osa y a sus crías. Darla apareció una vez que ya había oscurecido y no cerró la verja. Duke nos alertó

Le dio una palmadita en el pecho desnudo.

—Bueno, estoy segura de que estará muy enfadada. Será mejor que vayas a verla. Yo me vuelvo a casa —y se dirigió hacia su coche, aparcado frente a la nave—. ¡Buena suerte! —le deseó, despidiéndose con la mano.

Tom recogió su camisa y su chaqueta y fue a buscar a Junior para ayudarlo a acorralar a los oseznos, tarea que se reveló un juego divertido para los trabajadores del manzanar. Con rastrillos y palas los fueron empujando hasta una esquina, para así poder atraparlos. La puerta de la verja permaneció cerrada para que no pudieran escapar al bosque; probablemente eran lo suficiente mayores para sobrevivir, pero prefirieron delegar la decisión en los expertos. Un par de horas después llegó una camioneta del Departamento de Conservación de la Naturaleza del estado con una plataforma y una gran jaula. Al cabo de una hora, los animales fueron trasladados a un hogar de fauna salvaje.

Durante todo ese tiempo no vio señal alguna de Darla, aunque su Cadillac rojo continuaba aparcado en la parte trasera de la casa. Permaneció durante unos segundos en la puerta de la oficina, mirando aquel maldito coche. Probablemente habría sido mejor que Darla se hubiera enfadado lo suficiente para marcharse mientras él se ocupaba de los oseznos, porque era seguro que se marcharía de todas formas después de la conversación que tenían pendiente.

—¿Problemas de mujeres? —le preguntó Junior.

—¿Qué te hace pensar eso? —replicó Tom.

—Bueno, en caso de que no te hayas dado cuenta, una se marchó de aquí a toda prisa después de haber estado a punto de ser devorada por una osa, y si no se fue directamente a tu casa fue porque la otra estaba dentro. Y la otra sigue dentro mientras tú estás aquí mirando su coche como si quisieras que se largara pitando.

—Eres más inteligente de lo que pareces.

Junior se rascó la cabeza.

—No tanto. Estoy divorciado —y se dirigió de vuelta a la nave.

Tom respiró hondo y se encaminó hacia la casa. Maxie se encontraba en la cocina, como de costumbre. Estaba vertiendo una olla de sopa en un recipiente de plástico.

—¿Dónde está? —le preguntó él en voz baja.

—En su habitación. De morros.

—Vale. Yo me encargo.

—Y yo me marcho —dijo Maxie— Me voy al pueblo a ver cómo está Nora y a llevarle un poco de sopa. Estaré fuera durante un par de horas. Espero que el melodrama haya terminado para cuando vuelva.

—Así será —le aseguró Tom, pero para sus adentros deseó que hubiera allí alguien para dispararle como había hecho él con la osa.

CAPÍTULO 19

Tom llamó a la puerta de Darla. Ella le dio permiso y, cuando entró, no vio en absoluto lo que había esperado ver: su equipaje listo para la partida. No, ella seguía perfectamente instalada. Y además sentada en el borde de la cama, esperándolo.

—No sé por dónde empezar —dijo él.

—Permíteme entonces que te ayude —le espetó ella con tono cortante—. Empieza con una disculpa. ¿Y qué es ese olor?

Tom se vio asaltado en aquel momento por una súbita curiosidad: ¿cuántas veces habría engatusado Darla a los hombres para que se casaran con ella? ¿Existía alguna posibilidad de que Bob no hubiera sido el primero? Pero, al mismo tiempo, se dio cuenta de que, a esas alturas, aquello no podía importarle menos.

—Es olor a camisa sucia y a oso.

—Quizá deberíamos hablar después de que hayas tenido la oportunidad de ducharte.

—No, vamos a hablar ahora mismo. Nosotros, tú y yo, no vamos a seguir adelante con esto. No encajamos. No funcionaría. Y tampoco es lo que yo quiero.

—Es algo más que eso —replicó ella, levantándose, pero manteniendo las distancias y arrugando la nariz de asco—. Hay otra mujer en el cuadro. Me has estado engañando con una de tus empleadas.

—Esa es la cuestión. No te he estado engañando porque no

he llegado a compromiso alguno contigo. Ni siquiera un ligero, diminuto, superficial compromiso. Ninguno. Ninguno en absoluto. Y tú y yo no estamos saliendo juntos. No hemos tenido ni tendremos nada en serio. No queremos las mismas cosas, nunca vamos a querer las mismas cosas y ya estoy harto de este juego del ratón y el gato.

—Entonces, ¿por qué me has dado alas?

—¿Que yo te he dado alas? —él frunció el ceño—. ¿Y cómo he hecho yo eso?

—¡Me besaste! Me invitaste a cenar. Me dijiste que podía visitarte cuando quisiera.

—Ay, Dios… Cuando te presentaste aquí la primera vez, yo me mostré abierto a la idea de salir con una mujer guapa… así que adelante, denúnciame. Te tanteé como tú me tanteaste a mí… pero nunca me pasé de la raya. Darla, esto nuestro pudo funcionar durante un día. Pero ya no funciona. ¡Ni siquiera nos gustan las mismas cosas!

—Estoy dispuesta a darte otra oportunidad —afirmó ella—. Obviamente tendrás que deshacerte de esa mujer.

—Eres increíble —replicó él, riéndose a pesar de sí mismo—. Estos trucos, ¿te dan resultado? ¿Esa actitud tuya de no escuchar al otro y seguir como si no hubiera pasado nada? No quiero otra oportunidad. Quiero que nos separemos como amigos, con el convencimiento de que tendríamos que tener mucho más en común y gustarnos mutuamente en pie de igualdad para que pudiéramos compartir una relación que no fuera la de una sencilla y muy superficial amistad. Se acabaron las visitas de fin de semana y las conversaciones sobre un futuro que jamás tendrá lugar.

—Bueno —dijo Darla, y se le saltó una lágrima. Tom sospechó que se trataba de una lágrima muy bien ensayada—. Eso ha sido una grosería casi cruel.

—Eso ha sido lo que tenía que ser. Si pudieras entender la frase «No estoy interesado», podríamos darnos la mano y despedirnos sin acritud.

Ella pareció estremecerse un tanto, como si la furia estuviera empezando a surgir a la superficie.

—¿Qué condenada clase de mujer es la que quieres?

«Craso error, Darla», pensó Tom.

—Quiero una mujer que colabore —respondió—. Una mujer que no se quede sentada esperando mientras una abuela de setenta y cuatro años cocina, limpia y la sirve. Quiero una mujer que acaricie a un perro a costa de que la ropa se le llene de unos cuantos pelos. Una mujer que pueda sentirse especial sin tener que lucir unas botas de más de mil dólares… ¡y quiero una mujer que coma, por el amor de Dios! Una mujer que no esté intentando convencerme a cada rato de que venda el manzanar de mi familia y jubile a mi abuela. Por ejemplo.

Darla se había quedado muda de asombro. Finalmente exclamó:

—¡Oh! ¡Oh, Dios mío!

—Así que esto es lo que va a pasar —continuó él—. Voy a ducharme mientras tú recoges tus cosas. Luego llevaré tu equipaje al coche por última vez, nos daremos la mano e incluso te daré un cortés abrazo de despedida mientras te recomiendo que conduzcas con cuidado. Y, por último, tú te marcharás y cada uno seguirá adelante con su vida. ¿Hay alguna parte de todo esto que no entiendas?

Siguió otro silencio.

—Eres un verdadero animal. No tenía ni idea.

—Dispones de quince minutos —le dijo él—. Tómate tu tiempo —y se retiró.

Mientras se duchaba, pensó que tal vez, si lo que quería Darla era una salida teatral, cargaría ella misma sus maletas en el coche y partiría a toda velocidad sin despedirse. Junior ya se aseguraría de cerrar la verja.

Pero al final no sucedió de aquella forma, por supuesto. Tres cuartos de hora después, ella lo encontró en la cocina y, fiel a su estilo, lo único que portaba en la mano era su volumen de bolsillo.

—Ya estoy lista —anunció con tono seco.

—Bien. Estaré encantado de cargar tu equipaje en el coche.

Estaba cargando la última maleta cuando vio a Junior cerca de la nave y le hizo una señal, indicando la verja. Acto seguido le abrió la puerta del elegante coche. Le tendió la mano y ella se la estrechó.

—Lamento que lo nuestro no funcionara, Tom —le dijo—. Siento no haber encajado en tus planes. Estoy muy decepcionada, la verdad.

Él le dio un seco apretón de manos.

—Conduce con cuidado —le cerró la puerta.

Y contempló cómo abandonaba el manzanar la mujer más superficial y manipuladora que había conocido nunca.

Cuando llamaron a la puerta, Nora tardó un rato en abrir, ya que estaba cargando en brazos a Fay. Era Maxie, que portaba un gran recipiente de plástico.

—Oh, Maxie. ¿Cómo es que has venido? —le preguntó.

—He venido por un par de razones —le dijo—. ¿Puedo entrar?

—Claro —respondió Nora, haciéndose a un lado.

Maxie fue directamente a la cocina, para lo cual solo tuvo que caminar un par de pasos, y dejó la sopa sobre la encimera.

—Quería ver cómo estabas, por supuesto. Y traerte sopa, aunque en realidad lo que quiero es que te vengas a casa a cenar con nosotros esta noche, si puedes... Y necesitaba también dejar el manzanar, ya que Tom, por fin, se ha impuesto la misión de echar a Darla. No tenía ganas de quedarme en casa con ella allí, la verdad —sacudió la cabeza—. Esa chica...

—Oh, Maxie... ¡es una chica muy guapa!

—Ha estado forzando mucho las cosas con Tom, a sabiendas de que él no estaba dispuesto a seguir adelante. Es la persona más desagradable que he conocido en años, pero eso no es asunto mío. Cuento con que Tom haga lo correcto en ese sentido.

—Perdona, pero… ¿a qué te refieres?

—A que no vuelva a dejarse engatusar por ella. Esa mujer ni siquiera le gusta.

—¿Cómo que no? Ella misma me dijo que era solo cuestión de tiempo que acabara casándose con él.

—Rezo entonces para que estuviera alucinando cuando te dijo eso. Pero… eso no me corresponde a mí. Tom es inteligente. Tengo que confiar en él. Y ahora, cariño, ¿cómo estás tú? ¡Me has dado un susto de muerte!

—Dios mío, todavía estoy temblando. No he llevado a las niñas a la escuela infantil: simplemente necesitaba estar con ellas. Una vez que las ponga a dormir la siesta, pretendo disfrutar de un largo baño caliente en la bañera. Estoy absolutamente agotada, lo admito. Acababa de subir a la escalera y no había recogido ni una docena de manzanas cuando me encontré frente a frente con ese osezno. Habían estado allí durante todo el tiempo.

—Ah, con que eso fue lo que sucedió… Te viste entre ellos y la madre. ¿Sabes que pasaron toda la noche en el manzanar? Tom estuvo fuera con Junior intentando localizarlos y sacarlos de allí. Lo siento, Nora: todo esto es culpa nuestra. En el manzanar deberías estar a salvo y no correr peligro alguno.

—No habéis podido hacer otra cosa. Bastante hicieron Tom y Junior con quedarse levantados hasta las tres de la madrugada —cerró brevemente los ojos mientras evocaba la imagen de Tom apareciendo entre los árboles, con el torso desnudo y blandiendo un rifle, tal que un poderoso guerrero. Hasta ese momento no había visto los tatuajes que tenía en el pecho y los bíceps. Abrió los ojos—. Tom estuvo increíble. Me salvó la vida.

—Es posible. Esos osos negros son por lo general pasivos y rehúyen el contacto con la gente, pero cuando están las crías de por medio…

—¿Qué les pasó a las crías?

—Se las llevó una agencia de conservación de la naturaleza —contestó Maxie—. Déjame calentarte la sopa. A Berry y a Fay les gustará: lleva verduras y fideos.

—Por favor, no te tomes más molestias.

—Tengo que matar un par de horas. Si quieres puedo encargarme de las niñas mientras tú duermes una siesta o te relajas en la bañera.

Nora se echó a reír.

—Tomémonos esta sopa juntas, las cuatro. Creo que esta noche me acostaré temprano.

—Ojalá vinierais a casa para que pudiera mimaros un poco. Podría haceros vuestra comida favorita.

Pero Nora tenía cosas en las que pensar, como por ejemplo qué iba a hacer ahora que iba a quedarse sin casa. Y aborrecía tener que pedir más ayuda a quien fuera, de tanto como la habían ayudado ya.

—Cualquier plato que cocines es mi favorito —dijo—. Pero en serio que estoy exhausta. Seguro que fue el susto. Me apetece estar sola con mis hijas esta noche. Quizá te vea mañana.

—Está bien. Pero saca una olla para que pueda calentarte un poco de sopa.

No solo disfrutaron de la sopa, sino que se rieron juntas recordando algunos de los sucesos más entretenidos de las últimas semanas. Pero para cuando Maxie abandonó la casa poco después, Nora ya había llegado a algunas conclusiones. Iba a perder la casa y no había nadie entre sus conocidos a quien pudiera pedir refugio. Noah se había ofrecido, pero no iba a imponerle su presencia y la de las niñas en su hogar. Sabía que Adie no querría perderla y que lo soportaría todo con tal de tenerla a ella y a sus hijas cerca. Maxie y Tom no dudarían en ofrecerle alojamiento, pero el sentido común le decía que él no estaba dispuesto a dar ese paso... y que seguiría preguntándose cuál sería su futuro con ella. Tom quería que lo que compartían fuera algo superficial, sin mayores trascendencias. Y, por lo que sabía, no había casas disponibles en Virgin River que ella pudiera permitirse.

El invierno se estaba acercando rápidamente. Y ella ya sabía lo que era pasar un invierno en Virgin River.

Solo había un lugar al que podía dirigirse. Después de semanas de tantear la situación, había llegado el momento de dejarse ayudar por su padre.

El viernes por la noche, después de acostar a las niñas, lo llamó por teléfono.

—Hola, Jed. Quiero decir... hola, papá.

Tom deseaba ver a Nora. Ella le había dicho a Maxie que estaba agotada y que deseaba estar a solas con sus hijas. Algo perfectamente razonable, pensó, siempre y cuando su abuela pudiera asegurarle que se encontraba bien. Así que el viernes apenas durmió y el sábado madrugó mucho para trabajar en el huerto. Que Nora no estuviera allí no le sorprendió: no le había pedido que acudiera a trabajar. Pero entonces ocurrió una cosa extraña: vio a su abuela salir de casa portando una pequeña maleta.

—¿Qué es eso? —preguntó, acercándose rápidamente.

Solamente cuando la hubo cargado en el asiento trasero del coche se volvió para contestarle.

—Bueno, Nora llamó esta mañana para decir que le gustaría pasarse por aquí más tarde para decirnos algo, así que la convencí de que se quedara a cenar. Dijo que solo vendría ella. Adie se quedará con las niñas para acostarlas. Te he dejado algo de comida hecha para que la calientes y tienes ensalada en la nevera. Ya sabes dónde está el pan... y por cierto, Nora también. Me voy a Ferndale, con mi amiga Phyllis. Pasaré allí la noche, comeré con ella y estaré de vuelta para primera hora de la tarde.

Tom estaba absolutamente perplejo.

—¿Esto estaba planeado?

—No, Tom —respondió ella, paciente—. Te estoy dejando la casa. Calienta la comida: es uno de tus platos favoritos, enchilada de pollo. Tienes la oportunidad de quedarte a solas con Nora. Las cosas se han acelerado mucho últimamente. Puede que sea una anciana, pero una cosa sí sé: cuando hay niños de por medio, el simple hecho de poder mantener una larga conversación puede convertirse en una hazaña. Así que esta es tu oportunidad.

—¿Por qué no piensa traer a las niñas?

—Tom... —Maxie volvió a hacer gala de paciencia—. No lo sé, pero posiblemente tenga cosas que decirte y no quiera que la interrumpan. O cosas que preguntarte en privado. Tú solo calienta la maldita cena y escúchala.

Tom pensó que vivir con una abuela marimandona y rebosante de energía tenía sus ventajas. Maxie lo cuidaba muy bien y atendía además incontables detalles. Pero eso también tenía sus problemas. Como aquel, por ejemplo. Se azoraba ante la idea de quedarse completamente a solas con Nora. Y no podía evitar sentirse también un poco irritado por el hecho de verse obligado a hacerlo.

Nora se presentó a las seis vestida exactamente de la misma manera que durante su primera y única cita. Estaba guapísima. Tom le sostuvo la puerta, incapaz de pronunciar una palabra.

—Hola —lo saludó ella, entrando—. Gracias por haberme permitido venir.

—¿Permitido? —le preguntó él—. Quería verte ayer, hablar contigo, asegurarme de que te encontrabas bien. Maxie me comentó que le dijiste que querías estar sola. Me alegro de que hayas venido.

Ella miró a su alrededor.

—Pero ¿dónde está Maxie?

Tom le sacó una silla. Se había tomado algunas molestias para preparar una mesa bien bonita para los dos.

—Visitando a una amiga en Ferndale. Se quedará a pasar la noche allí. Volverá mañana. ¿Te apetece una copa de vino?

—Sí, claro. Pero ¿por qué Maxie no me dijo que no estaría en casa? Yo quería explicaros algo a los dos.

—Quizá fuera una decisión de último momento, pero no te preocupes. Lo que no entiendo muy bien es por qué no has traído a las niñas —dijo, abriendo una botella de pinot grigio.

—Es un poco complicado, pero no quería que nos distrajeran —esperó a que él le tendiera la copa y se sentara frente a ella—. ¿Tú no vas a beber?

—Oh. Claro —y se sirvió una copa, aunque en aquel momento no estaba en absoluto interesado en el vino. La deseaba a ella. Así que esperó. Y esperó. Pero ella seguía sin decir nada—. ¿Brindamos por algo?

Ella sacudió la cabeza.

—No, no lo creo. Quizá sea esta la mejor manera de explicarlo —echó mano a un bolsillo del chaleco y sacó una nota de papel doblada. Se la entregó.

Tom la abrió, sin dejar de mirarla a los ojos. Luego bajó la vista y vio un anuncio de subasta de una propiedad ejecutada... y la dirección era la de Nora. Alzó rápidamente los ojos.

—¿Qué es esto?

—Estaba clavado en mi puerta. Creo que ambos sabíamos que esto iba a ocurrir tarde o temprano. Yo no poseo esa casa. Ni siquiera la alquilo. Probablemente llevaba varios años abandonada.

—¿La subasta es el viernes que viene?

Ella asintió.

—Dejo el trabajo. Lamento no haberte avisado antes. ¿Serás capaz de arreglártelas sin mí?

Tom se había levantado.

—¿Adónde vas a ir?

—Bueno, este cartel me ha obligado a tomar una decisión y quizá eso sea una buena cosa, después de todo. Pienso aceptar la oferta de mi padre. Me mudo a Stanford. Bueno, nos mudaremos a su casa hasta que pueda conseguirme un apartamento familiar, lo cual podría llevar un par de meses, teniendo en cuenta las vacaciones y demás. Volveré a la universidad. Es un gesto muy generoso por su parte.

Tom se inclinó hacia ella.

—¿Y qué pasa con lo nuestro?

—¿Lo nuestro? —repitió ella—. No sé a qué te refieres. No creo que tú estés preparado para eso, Tom.

—¿Por qué dices eso?
—Por favor, siéntate, me estás poniendo nerviosa —una vez que él se hubo sentado de nuevo, continuó—. Recuerdo que estabas muy preocupado temiendo que me hubiera tomado demasiado en serio tus besos.
—¡Vamos! Seguro que sentiste lo mismo que yo sentí.
Ella le tomó la mano por encima de la mesa.
—Escucha, no pasa nada. Lo entiendo. Entiendo que mi situación te resulte complicada, hay muchas cosas en las que pensar. Que nos besáramos sin compromiso… eso es algo mucho más fácil de llevar. Lo acepto.
—Mira… —empezó él, pasándose una mano por la cara, sin saber en absoluto lo que iba a decir a continuación—. Puede que tu situación me resulte un poco intimidante, lo admito. No porque haya algo malo en tener un par de hijas… son unas niñas fantásticas. No se trata tanto de ti… como de mí. Creo que necesitaría tomarme algún tiempo para reflexionar sobre si estoy capacitado o no para cargar con ellas. No quería decirlo así… ya sabes lo que quiero decir.
—Sí, sé lo que quieres decir —repuso ella con una sonrisa—. Lo comprendo, de verdad. Y no quiero que pienses que yo esperaba más. Estoy siendo sincera contigo.
—¿De veras? ¿No esperabas más?
Nora se encogió de hombros.
—Si por algún giro del destino hubiéramos terminado conociéndonos más, o durante mucho más tiempo, las cosas habrían podido evolucionar, pero eso no ha ocurrido y…
—Nos conocemos desde hace unos meses, Nora. Eso no es un día…
—Lo sé —repuso ella—. Y de verdad que lo he disfrutado.
Él se recostó en la silla.
—No sé qué decir. De repente vas y te marchas. Sin previo aviso.
—Me temo que así son las cosas, la idea no ha sido mía. Pero me siento agradecida, ¿sabes? Al menos no tengo nada que

temer: Jed es un buen hombre. Cuanto más lo conozco, más conciencia tengo de lo afortunada que soy de que nos hayamos encontrado después de tantos años. Mis hijas tendrán un abuelo y yo los he visto juntos. Es muy bueno con ellas, tanto como lo fue conmigo. Es tan dulce... Y tiene la paciencia de un santo.

—¿Ya se lo has comentado a él?

Nora asintió.

—Tenía que tomar una decisión lo antes posible.

—¿No se te ocurrió hablarlo conmigo? —le preguntó él.

—Oh, Tom. No podía cargarte con eso. Ya sabes cómo han sido las cosas. Este pueblo ha sido tan maravilloso conmigo... Mucho antes de que me encontrara ese cartel clavado en mi puerta, la gente se apresuró a ofrecerme su ayuda. Espacio. Seguridad. Noah me aseguró que no debía preocuparme nunca. Adie se ofreció a acogernos en su casa, y eso que vive en una diminuta y que nosotras somos tres. No tengo la menor duda de que Maxie y tú también habríais estado dispuestos a ayudarme, a ofrecerme vuestra casa. Pero yo sigo empeñada en la loca idea de poder arreglármelas algún día por mí misma y abrirme camino sola...

—Pero tu padre...

—Jed es mi padre y se siente en la obligación de compensarme por todo lo ocurrido. Y no solo eso, sigue recordándome que, si no nos hubiéramos separado, estas son las cosas que él habría querido que hiciera, de todas formas. Se toma tantos esfuerzos en convencerme de que se trata de una solución perfectamente aceptable, que no es algo que él haga movido por la culpabilidad... —sacudió la cabeza—. Lo que pasa es que no quiero más caridad, si es que puedo evitarlo. No quiero que me sigan compadeciendo.

—Nora —dijo Tom en voz alta—. ¡Yo no te compadezco!

—Yo no querría que me trataras con compasión, Tom. Yo lo que quiero es construir una vida para mí y para mis hijas, y no apoyarme en la amabilidad de alguien para que lo haga por mí. Hasta ahora he tenido que aceptar la caridad de los demás porque no me ha quedado otro remedio. Pero, créeme, me siento mejor ahora que ya me considero capaz de mantenerme sola, de ser independiente.

Tom se quedó callado por un momento y alcanzó luego su copa de vino. No para beber un sorbo, sino un par de largos tragos.

—Creo que no estoy preparado para esto —reconoció.

—Bueno, todavía faltan algunos días —dijo ella—. No puedo abandonar mi casa de la noche a la mañana. Jed vendrá mañana, con cajas de mudanzas. A principios de esta semana lo tendremos todo empacado. Volverá con un camión alquilado para llevarse los muebles. Yo le acompañaré en mi coche hasta su casa.

—¿Se lo has dicho a alguien?

Ella sacudió la cabeza.

—Me va a llevar un par de días despedirme de todo el mundo, agradecer a la gente del pueblo todo lo que ha hecho por mí. Y voy a recordar muy bien esto, ¿sabes? Voy a recordar muy bien lo que es necesitar ayuda y que una buena persona te tienda su mano. Créeme cuando te digo que les compensaré, os compensaré todo el bien que me habéis hecho.

—No consigo asimilarlo —admitió él—. Es demasiado rápido.

Ella se dispuso a levantarse.

—No pasa nada, Tom. Soy consciente de la sorpresa que te he dado. Pero te acostumbrarás a la idea.

—No lo creo —replicó él, levantándose también—. Siéntate. Déjame sacar la cena del horno...

—Umm, si no te importa, la verdad es que no tengo mucha hambre —se llevó una mano al estómago—. Decirte todo esto me ha puesto muy nerviosa y me ha quitado el apetito. De todas maneras, en casa tengo una buena provisión de sopa de Maxie.

—Una ensalada, entonces. Come al menos algo.

Nora sacudió la cabeza.

—Creo que ya hemos terminado de hablar y de verdad que tengo que irme...

—No —dijo él, rodeando la mesa—. No puedes marcharte sin más —y la atrajo hacia sí.

Pero ella le puso las manos sobre el pecho.

—Tom, piénsalo bien. Seguro que no querrás...

Pero él la abrazó con fuerza y se apoderó de su boca en un abrasador beso. Esa vez no fue un beso tentativo, sino todo lo contrario. Ella podía saborear en sus labios una verdadera desesperación, que, tristemente, era un reflejo de la suya. Detestaba aquello tanto como él, ya que había sido lo suficientemente estúpida como para esperar que, andando el tiempo, podrían terminar juntos.

—No te marches todavía —le pidió él con voz ronca—. Déjame hacer algo. Déjame alimentarte. Abrazarte. Tener sexo contigo... Lo que sea que me pidas, por favor.

—¿Me harás la pedicura?

Estremecida, contempló el ardiente brillo de sus ojos.

Tom volvió a apoderarse de su boca, para besarla con ardiente necesidad. La obligó a abrir los labios para explorar con la lengua el dulce interior de su boca. Y ella se lo permitió, le echó los brazos al cuello mientras sus grandes manos se deslizaban por su espalda hasta su trasero, apretándola contra sí cada vez con mayor fuerza.

Le estaba devorando la boca y ella no solo cooperaba, sino que acudía al encuentro de su fiebre con la suya propia. Transcurrió un buen rato antes de que él se retirara.

—Esto es mejor que una pedicura —murmuró, haciéndola reír.

—Creo que sé lo que estás intentando hacer.

—Nora, no permitiré que te suceda nada malo. Cuidaré de ti y, ya sabes, me importas mucho. Si solamente quisiera sexo, podría conseguirlo. Te necesito. Tengo protección —le prometió.

Ella también. La habían tomado desprevenida, con la guardia baja, dos veces; había empezado a tomar la píldora desde que empezó a trabajar a tiempo parcial en la clínica del pueblo. Aunque había puesto la excusa de que no deseaba correr riesgos, lo que realmente no había querido arriesgar había sido su corazón. Bueno, diablos, ya era demasiado tarde para eso.

Lo besó de nuevo, profundamente, deslizando los dedos por su corto cabello.

—Oh, Tom —susurró contra sus labios. Y él la cargó en brazos para subir las escaleras hasta su cama.

CAPÍTULO 20

Aquel no era el escenario que habría escogido para su primera vez con Nora, pero en la casa no había ningún otro lugar donde habría podido hacerlo. Y, si hubiera tenido alguna sospecha de que aquel encuentro acabaría de ese modo, habría hecho todo lo posible por mejorarlo.

—Lo siento, ya sé que esto no es lo ideal... —se disculpó.

—¿Es aquí donde duermes cada noche? —le preguntó ella.

—Sí, cada solitaria noche —precisó él—. Excepto la única noche que pasé en tu casa. Desde que volví, siempre he dormido aquí.

—Hay una cosa que tengo que saber —le dijo Nora—. Por favor, dime la verdad. ¿Darla durmió aquí alguna noche desde que empezó a visitarte?

La apartó ligeramente para mirarla a los ojos.

—Nunca. Créeme, yo no llegué tan lejos con Darla.

—La besaste. Os vi.

—Bah, fue un beso de amigo. Quizá cargado de alguna esperanza. Pero eso fue antes. Me di cuenta de que ni siquiera podía ser su amigo. No ha habido nadie, Nora.

—Debería haber impuesto una regla antes de que empezaras a perseguirme por el manzanar: no beso a chicos que besan a otras mujeres.

Tom bajó los dedos a los botones de su blusa.

—Solo a ti.

Ella no dejó de mirarlo a los ojos mientras él le desabrochaba la blusa y se la abría. Llevaba un sencillo sujetador de algodón y Tom dejó escapar el aire en un suspiro, para deslizar suavemente los dedos por la tela como si fuera un delicado encaje francés.

—Dios —murmuró, hasta que encontró el broche y lo soltó—. Dios —repitió, y acercó los labios a su cuello, a su pecho, a sus senos.

Ella echó la cabeza hacia atrás, con los ojos cerrados. El contacto de sus palmas callosas era áspero, pero la acariciaba con tanta delicadeza que la sensación era maravillosa. Aunque se había afeitado, la sombra de barba de las mejillas y el mentón le rascaba la piel. Sus labios, oh, sus labios, eran suaves y húmedos, y encajaban perfectamente con los suyos. Le sostuvo la cabeza entre las manos para apartarlo ligeramente.

—No es justo. Yo también quiero ver tu pecho desnudo.

Él se sentó sobre los talones, entre sus piernas, y se sacó bruscamente la camisa por la cabeza, probablemente haciendo saltar algún botón en el proceso. Tanto apresuramiento la hizo reír. Pero enseguida se tornó seria cuando sus dedos buscaron sus tatuajes: había visto antes el dibujo de una rama de espino alrededor de sus bíceps, pero apenas se había fijado en la llama que se enroscaba en su pectoral derecho. Debió de haber estado demasiado estremecida por el susto del oso para darse cuenta.

—¿Qué es esto? —le preguntó.

—Fuego —susurró él contra su cuello—. Cosas de marines. Algunos de nosotros... ya sabes. Pero no hables ahora.

—¿Tienes más? —quiso saber ella.

—Después —dijo Tom para enseguida concentrarse en un seno y apoderarse del pezón con los labios, quitándole el aliento.

Mientras le lamía el pezón, sus manos encontraron el botón de sus tejanos y se los fue bajando hasta que tropezó con sus botas.

—Debiste haber preparado esto mejor —le dijo ella.

—Contigo no puedo pensar. Te deseo tanto...

Volvió a sentarse sobre sus talones y se ocupó de quitarle las botas y los tejanos, que arrojó lejos. Su mirada se vio atraída inmediatamente por la diminuta braga. Soltó un gruñido. Lanzándose sobre la braga, la acarició con la boca al tiempo que la aferraba de la cintura, quitándole el aliento y haciéndole alzar las caderas de manera inconsciente. Riendo de felicidad por lo bajo, terminó por quitársela y volvió a acariciarla, llenándose la boca con su sexo.

Y, oh, Dios, enseguida sobrevino el orgasmo. En el preciso instante en que su lengua empezó a atormentarla, perdió todo control.

Incorporándose de nuevo, Tom susurró contra sus labios:

—Eres maravillosa. Nora, estar contigo es justo como me había imaginado...

—En algún momento tendrás que quitarte el calzoncillo —le recordó ella, jadeando.

—El calzoncillo —repitió él—. Sí —y se sentó para desvestirse del todo, no antes de sacarse un preservativo del bolsillo—. Y eso también —señaló su chaleco, su blusa abierta y el sujetador desabrochado—. Deshagámonos de esto.

Nora se dejó hacer mientras él la incorporaba para poder retirarle la ropa y dejarla tan desnuda como lo estaba él. Cuando terminó, dedicó unos segundos a contemplarla en silencio.

Nora era consciente de que no poseía un cuerpo perfecto. Y, sin embargo, Tom la miraba como si fuera la mujer más bella que había visto en su vida.

—Nora —susurró—. Eres increíble.

Él era el impresionante: tenía un torso hermoso, que parecía esculpido en piedra, con unos excitantes tatuajes, perfectos abdominales, hombros anchos y fuertes y unos enormes bíceps. Toda una obra de arte. El centro de su pecho estaba sombreado por una fina mata de vello que anheló enseguida lamer.

Pero él parecía tener otros planes. Agarrándola de las corvas, le separó las piernas. Deslizó un largo dedo sobre su clítoris y comenzó a masajeárselo, observando cómo ponía los ojos en blanco. Con otro dedo comprobó que estaba dispuesta: nunca había estado más dispuesta en toda su vida.

—El preservativo —gruñó ella.

Oyó cómo rompía el envoltorio. Le tomó una mano y se la llevó a su sexo para que pudiera sentir cómo se enfundaba el preservativo. Luego, sin retirarle la mano, se concentró en acariciarla un poco más. No demasiado, ya que estaba tan deseoso como ella.

En el momento de hundirse dentro de ella, se inclinó para besarla en los labios.

—Te deseo —musitó.

—Y yo a ti.

—Y quiero que esto dure.

Nora pensó entonces: «¿Cómo puedo renunciar a él?».

—Estoy dispuesto, así que si tú también lo estás...

Empezó a moverse y ella gimió, bajando las manos hasta sus nalgas para acercarlo aún más hacia sí. Él se removió un par de veces hasta que el gemido de Nora se trocó en un grito de impaciencia y, cuando eso sucedió, continuó percutiendo contra ella y sobrevino el segundo orgasmo... ¡bam!

Nora lo mantenía cautivo con sus músculos internos.

—Oh, cariño —susurró él contra sus labios—. Es maravilloso.

Ella se derrumbó, floja y desmadejada. Tardó algunos minutos en poder recuperar mínimamente las fuerzas.

—Tú no has llegado —musitó al fin.

—Lo sé —repuso él—. Me estoy muriendo de ganas.

Ella se echó a reír y le frotó suavemente los hombros.

—Ahora te toca a ti.

Tom se incorporó lo suficiente para mirarla a los ojos. Los de él estaban ardiendo.

—¿Quieres llegar conmigo? —le preguntó.

—No sé si podré...

—Sé dónde está tu punto secreto... Seguro que podrás. Quiero sentirlo otra vez... juntos.

—Bueno, pues no me eches en cara si luego yo no...

Tom empezó a moverse de nuevo. Le acarició los labios con los suyos y bajó la cabeza para darle un fuerte lametazo en un seno.

—Oh —gritó ella—. Dios.

Él continuó percutiendo contra aquella zona favorita de su sexo hasta que ella perdió el sentido, con las piernas enroscadas en torno a su cintura, los brazos alrededor de su cuello... y le dio exactamente lo que quería.

Y él se lo devolvió, curvando levemente la espalda y dejando escapar un ronco gruñido de placer.

Tom la estrechaba contra su cuerpo, acariciándole suavemente la espalda.

—Quédate conmigo esta noche —susurró.

—Ya sabes que no puedo.

—Llamemos a Adie para decirle que necesitamos que se quede con las niñas. Dile que le pagarás mil dólares si se queda esta noche con ellas. Dos mil.

—Qué desesperado te veo. No, tengo que irme a casa.

—Todavía no. Por favor. Solo dame algo más de tiempo para pasarlo contigo así... —le besó el hombro, el cuello, la oreja, los labios.

—Solo unos minutos más —dijo ella suspirando con una impotencia que era un reflejo de la suya. Se arrebujó contra él.

—Separarme de ti esta noche será lo más duro que he hecho nunca. Ya sabemos que lo que hemos tenido es especial. Dime que lo sabes, Nora.

Ella alzó una mano para acariciarle una mejilla y asintió.

—No voy a llorar —le dijo con voz temblorosa—. Voy a agradecerte para siempre la belleza de todo esto y no voy a llorar.

Volvieron a hacer el amor y Tom intentó conducirse con la mayor lentitud y dulzura posible. En toda su vida, ni siquiera en la guerra, se había sentido nunca tan cerca de la locura: tenía la sensación de que la vida se le estaba escapando entre los dedos.

Cuando finalmente asumió que tenía que soltarla, la cabeza empezó a martillearle. La llevó a su coche, y se montó con ella para bajarse luego y abrirle la verja. Finalmente, la besó con pasión y la abrazó durante unos segundos más hasta que, con un nudo en la garganta, contempló cómo se alejaba.

Cerró la verja y se aferró a ella, con la cabeza apoyada contra los barrotes. Permaneció allí hasta que se quedó casi demasiado frío para caminar.

Jack Sheridan estaba trabajando en el bar el domingo por la mañana cuando entró Hank Cooper.

—Hola —lo saludó Jack, aunque no con un tono excesivamente simpático.

—Hola.

—¿Café? —le ofreció Jack.

—He venido a despedirme.

—¿Te vas?

—Sí, de golpe. Anoche recibí una llamada de teléfono. La versión breve es que nuestro amigo Ben, el de la costa de Oregón, ha muerto.

La noticia sobresaltó a Jack. Estuvo a punto de derramar el café.

—¿Qué?

—Asesinado. Lo enterraron ayer. Un tipo encontró el número de teléfono de Luke garabateado en una pared de esa vieja tienda que tenía. Y había algunos efectos personales para mí. Bueno, para alguien llamado Henry Cooper.

—¿Henry? —inquirió Jack.

—Sí, Henry. Hank. He tenido un montón de nombres. El caso es que voy a recoger esas cosas. Y a averiguar lo que pasó.

—Vaya, lo siento. ¿Luke se va también?

—Me lo propuso, pero no tiene sentido que vayamos los dos. Ya le llamaré en caso de que lo necesite.

—A mí también me puedes llamar —se ofreció Jack—. Si cuando llegues allí ves que necesitas refuerzos...

—Gracias —dijo Coop, bebiendo un sorbo de café—. El caso es que no sé cuándo volveré, así que quería decirte... —vaciló—. Mira, entiendo que en aquel entonces hiciste lo que tenías que hacer. Lo asumo. Y entiendo también que, aunque en su tiempo a mí me pareció fatal, no fue en absoluto culpa tuya. No quiero cargar eso sobre mi conciencia.

—Por lo que a mí respecta, el asunto está cerrado, pero ¿cómo es que te preocupas ahora de tu conciencia? Ya hablamos de eso cuando volviste...

Coop se encogió de hombros.

—No tengo la menor idea de lo que está pasando, eso es todo. La cosa podría complicarse.

—Espero que lleves cuidado. Y que seas prudente —le dijo Jack.

Coop sonrió.

—Eso es algo que aprendí de nuestro último encuentro. La prudencia es mi lema —bebió otro sorbo de café, bajó la taza y echó mano a la cartera.

—No pienso aceptar tu dinero.

Coop le tendió la mano.

—Creo que quizá habríamos podido ser amigos, si hubiéramos tenido más tiempo y no hubiéramos sido tan testarudos. Bueno, si tú no hubieras sido tan testarudo.

Jack le estrechó la mano y sonrió.

—Le pediré noticias tuyas a Luke. Y, si vuelves por aquí, podríamos echar una partida de póquer.

—Claro. Me encantaría desplumarte —repuso Coop.

—Buen viaje, hombre —Coop ya se había vuelto para marcharse cuando Jack lo detuvo—. Hey, amigo. Ha estado bien que te pasaras por aquí. Gracias.

—De nada. Y cuida bien a mis amigos, Jack.

—Eso no tienes necesidad de pedírmelo. Llama si necesitas ayuda.

A primera hora de la tarde, Maxie entró en la cocina. Encontró a Tom sentado a la mesa, comiendo un estofado frío directamente de la sartén. Sonriendo, le preguntó:

—¿Hambriento?

Él hizo a un lado la comida y le pidió:

—Siéntate, Max. Tenemos que hablar de un par de cosas. Cosas importantes.

Se sentó, recelosa.

—Sí, he tenido un buen viaje, gracias por preguntar.

—Esto puede que te resulte un poco difícil al principio, pero vas a tener que encontrar una manera de acostumbrarte a la idea. Voy a casarme con Nora.

Maxie desorbitó los ojos de asombro. Se había quedado boquiabierta.

—Ahora mismo. Bueno, tan pronto como ella me diga que sí. Ya sé que no es eso lo que tú esperabas que hiciera, casarme con una mujer con un par de niñas... un par de niñas hijas de un canalla que está en prisión... pero es lo que va a ser. Creo, a pesar de la vida tan atropellada que ha llevado, que es una persona firme, sólida. Una persona moral, muy decente. Puede que haya cometido unos cuantos errores en el camino, pero buena parte de ellos han tenido que ver sobre todo con los traumas de su infancia, de la cual, por cierto, sé muy poca cosa...

—Tom, a mí me gusta Nora —lo cortó Maxie.

—Ya lo sé, ya lo sé. Eso es obvio. Pero una cosa es que te guste como trabajadora y como amiga, y otra que te guste como mi esposa. Son cosas diferentes. Y sé que tú has llevado una vida muy diferente de la suya, Maxie. Tú para mí has sido más una madre que una abuela y sé que la mujer que me crio tiene un rígido código moral...

Maxie se irguió, tensa.

—¿Rígido código moral?

—¡Eras tan condenadamente estricta que, cuando te veían, las manzanas corrían para salvar su vida! Yo siempre pensé que me casaría con una mujer del mismo tipo que tú, ¡pero resulta que he tropezado con esta!

—Tom, Nora es...

—Te estoy avisando antes de dar el primer paso, no puedes juzgarla según tus anticuados estándares. No puedes condenarla por haber tenido un par de hijas fuera del matrimonio, y demás cosas de esa clase. La aceptamos al cien por ciento, tal como es.

—¡Tom! ¿Crees que yo la condenaría por eso? Tú sabes que tu abuelo y yo...

—Lo sé, tuvisteis que casaros. Siempre has sido sincera en eso. Esto es muy distinto, pero no me importa. No me importaría ni aunque tuviera seis hijos: la necesito en mi vida. No voy a renunciar a ella —se pasó una mano por la cara.

—Tom, ¿es que no me estás oyendo? Nosotros no tuvimos que casarnos, nosotros...

—¡Te lo estoy diciendo, no me importa! Porque voy a traer a Nora y a las niñas a vivir a esta casa con nosotros. Siempre podríamos irnos a otra, pero si voy a seguir trabajando en el manzanar...

—No, Tom, de ningún modo quiero que os vayáis a otra casa y me dejéis aquí en el huerto, en un caserón tan grande como este —replicó ella, aunque no estaba segura de que la estuviera escuchando. Parecía estar sordo, ciego y algo trastornado—. Tom, Tom, mírame. ¿Te ha dicho Nora que se casará contigo?

—No, pero lo hará porque tiene que hacerlo. Van a echarla de casa y ella está pensando en trasladarse a Stanford a vivir con su padre, pero yo no lo consentiré —aseguró—. Ya encontraré una manera de arreglarlo si es que quiere volver a la universidad.

—Aquí tenemos universidades —le dijo Maxie, como hipnotizada por la pasión de su nieto—. Nunca te había visto así antes.

—Probablemente porque nunca había estado así antes. Sabía que me estaba enamorando de ella, pero pensaba que tendría tiempo para acostumbrarme a la idea de convertirme en marido y padre de la noche a la mañana. Mira, yo no necesito tiempo Solo necesito una cosa...

—¿Puedes callarte un momento y escucharme solo por un segundo? —le preguntó Maxie con tono tranquilo.

—No intentes razonar conmigo, Max, porque yo...

—¡Tom! ¡Cállate y escúchame! —vio que se quedaba muy quieto, pendiente de ella—. Así está mejor. Sigues estando algo aturdido, pero mejor.

—No he dormido nada y...

—Lo entiendo, pero ahora, por favor, intenta escucharme. Tienes que tranquilizarte y abandonar ese comportamiento tan lunático. Nadie va a casarse contigo si continúas hablando como un loco de remate.

—Puede que esté un poco loco —reconoció—. Por lo menos me siento como tal.

—Respira hondo —le sugirió ella—. Yo quiero a Nora. Si se viene aquí como tu esposa, yo seré la mujer más feliz del mundo. Pero escúchame bien: si le dices que tiene que casarse contigo, cualquier mujer con dos dedos de frente saldrá corriendo.

Se quedó callado por un momento mientras asimilaba aquella información.

—Ya —dijo al fin. Pero parecía perplejo.

—Dile lo que sientes. Dile simplemente lo que sientes y pregúntale si podría rebajar sus estándares lo suficiente para aceptarte como marido.

Tom se recostó en la silla.

—Muy graciosa.

Ella sonrió.

—No podría hablar más en serio Y antes de que salgas de aquí como un rayo, asegúrate de no llevar una bota de otro color y de subirte la bragueta.

Él bajó la mirada: efectivamente, llevaba una bota negra y la otra marrón. Y la bragueta abierta. ¿Cómo se las había arreglado Nora para obrar ese efecto sobre él?

—Las mujeres se fijan en esas cosas. ¿Has acabado conmigo?

Tom asintió.

—Voy a ver a Nora ahora mismo —afirmó—. Una vez que me cambie de botas.

Maxie se quedó donde estaba hasta que su nieto se cambió la bota y abandonó la casa. Casi inmediatamente después, él volvió a entrar para darle un beso en la frente.

—¡Gracias, Max!

Maxie continuó sentada. «Dios mío», pensó, meneando la cabeza. Verdaderamente Tom no tenía la menor idea de nada. Habían hablado del hecho de que su abuelo no había sido su abuelo biológico, pero lo cierto era que, por aquel entonces, Tom había sido mucho más joven. Un niño. Maxie había considerado imperativo que lo supiera por ella, y no por algún amigo del pueblo o del instituto. Y le había sorprendido que no se hubiera enterado antes de esa manera. Él solo le había hecho una pregunta: si él era hijo biológico de su padre. Y Maxie había respondido: «No hay duda alguna sobre ello: tú eres su viva imagen. Te enseñaré el álbum de fotos cuando quieras». Aparentemente había oído su respuesta, la había aceptado y se había quedado tranquilo. La historia biológica de su abuelo y de su bisabuelo no le había importado gran cosa en aquel entonces.

Cuando Tom aparcó delante de la pequeña casa que en aquel momento contenía todos sus sueños y esperanzas, el coche de Jed estaba allí. Respiró hondo y llamó a la puerta.

—Adelante.

En ese momento pensó: «No traigo flores, ni anillo, ni nada».

Abrió la puerta y vio a Jed sentado en el sofá, leyendo un cuento a las pequeñas. Berry alzó la mirada, esbozó una leve sonrisa y lo saludó. Tom se aproximó a Jed y le tendió la mano.

—No te levantes, Jed. Solo he venido a hablar unos minutos con Nora.

Jed se la estrechó rápidamente, sonrió y asintió antes de retomar la lectura. Nora tenía una caja de cartón abierta sobre la mesa y parecía estar llenándola con ropa doblada. ¿Tan pronto?

—¿Puedo hablar contigo un momento? —le preguntó.

—Claro —respondió Nora—. Aquí me tienes.

Atravesó el diminuto salón y se plantó ante ella.

—¿A solas?

—¿Dónde? —inquirió ella—. ¿En el baño?

—Quizá podríamos sentarnos en... eh, la camioneta —pero incluso mientras lo decía, le sonó estúpido. Además de que no era precisamente la manera en que deseaba que recordara una proposición de matrimonio.

Ella se inclinó hacia él para susurrarle:

—Si es sobre lo de hoy, no hay nada que hablar. Todo está bien.

—Quiero casarme contigo —musitó él a su vez.

Nora casi se rompió el cuello, de la rapidez con que alzó la cabeza.

—¿Qué? —exclamó.

Incómodo, lanzó una mirada por encima del hombro. Jed los estaba observando por encima de sus gafas de lectura.

—Te quiero —le confesó Tom en voz baja—. Quiero casarme contigo.

Nora frunció el ceño y volvió a acercarse a él.

—¿Estás bebido? —susurró.

—¡No! ¡En mi vida he estado más sobrio! Demasiado sobrio. Cásate conmigo. Aprenderás a quererme, te lo prometo.

Ella tragó saliva.

—Tom, esto es muy repentino.

—Tan repentino como que tú estés llenando cajas. Escucha, no te vayas. Déjame que cuide de ti, déjame...

Pero Nora estaba sacudiendo la cabeza. ¡No podía rechazarlo!

—No has podido disponer de tiempo suficiente para pensarlo.

—Horas —respondió él—. No he pegado ojo en varias noches.

—Pues probablemente estés alucinando —estiró el cuello para

echar un vistazo a Jed—. Deberías haberte tomado más tiempo para pensártelo.

—Ya lo he pensado. No necesito más tiempo. Te necesito a ti.

—Pero a ti te preocupaba precisamente que lo nuestro pudiera ir en serio.

—Sí, porque soy un imbécil. Me estaba enamorando de ti y eso me aterraba. Nunca antes he estado enamorado, pero ahora lo estoy. Te quiero. A ti y a las niñas. Si necesitas más tiempo, por mí estupendo... pero no te marches del pueblo. Te quiero.

Jed carraspeó. Ambos se volvieron para mirarlo.

—Esto es demasiado precipitado —susurró ella—. ¿Y si no funciona?

—Funcionará —replicó él—. Tiene que funcionar porque nunca antes me había sentido así. De hecho, ni siquiera estoy seguro de querer sentirme así, pero así son las cosas. Te juro, Nora, que seré un buen marido. Y padre. Y tendremos a Maxie al lado para que me patee si cometo algún estúpido error. A ella le encanta patearme.

—No estoy segura de estar preparada para cruzar esa línea, lo cual no tiene nada que ver con mis sentimientos por ti. Estoy loca por ti, de hecho. Pero...

—Yo estoy absolutamente seguro de que funcionará. Pero, si necesitas más tiempo, me presentaré en la subasta de esta casa y la compraré. Y, si quieres volver a la universidad, me aseguraré de que lo hagas —enarcó una ceja—. Ya sabes que en la zona hay universidades.

Ella se echó a reír.

—¡No puedes comprar una casa!

—Sí que puedo. Puedo comprar tres casas y una camioneta. No estoy arruinado. Pensaba plantar más árboles y comprar un tractor nuevo, pero esto es más importante. Puedes venir al huerto y ver cómo son las cosas aquí después de la temporada de recogida.

—O podría ir a Stanford y podríamos hablar por teléfono, comunicarnos por email y visitarnos los fines de semana.

—Podríamos —dijo él—. Pero estaríamos separados. O tú podrías casarte conmigo y dejar que te entregara todo lo que tengo.

—Escucha, intenta comprender, mis padres se casaron a toda prisa y la cosa terminó mal.

—Sí, lo siento. Sé que lo pasaste muy mal de niña. Yo no sé nada de cómo les fue a mis padres, pero sí sé lo muy bien que estamos los dos juntos. No conozco a pareja alguna que encaje tan bien. Somos el uno para el otro.

Ella puso los brazos en jarras.

—¿Qué te hace pensar que yo soy la mujer adecuada para ti?

Él se echó a reír y la tomó de las caderas, acercándola hacia sí.

—¿Estás de broma? Eres demasiado orgullosa y testaruda, por ejemplo. E insistes en hacer las cosas por ti misma. Me gustan las mujeres como tú y como Maxie, mujeres que no tienen miedo de sí mismas, que no ponen límites a sus objetivos. ¿Sabías que Maxie lo pasó muy mal de jovencita? Pues así es —terminó, ignorando su asentimiento—. Pero eso no la impidió ser una gran madre y abuela... como tú. Y aunque tú has sufrido unos cuantos golpes en cuestiones amorosas, sé que eso no ha afectado a tu capacidad para dar amor. Das tanto amor que deslumbras.

—¡Tom! —exclamó ella. Se estiró para mirar a su padre, pero él ya no estaba. Asustada, corrió hacia la puerta. Jed estaba fuera. Había sentado a las niñas en el carrito grande—. ¡Papá, fuera hace frío!

—Tenemos los abrigos puestos. Vamos a dar una vuelta a la manzana, no te preocupes.

—¿Estás seguro?

—Nora, tómate unos minutos para hablar con tu... Para hablar con Tom.

Ella regresó y cerró la puerta, y al instante se encontró en los brazos de Tom. Estaba sonriendo.

—Te estoy diciendo la verdad... Empecé a desearte desde el mismo instante en que te vi, y empecé a amarte a la semana de haberte conocido. No estaba seguro de que fuera una buena idea, dado que eras una empleada mía. Pero me atrapaste. Todo en ti me atrapó: la manera en que reías cuando no tenías motivo para hacerlo, la manera en que llorabas cuando anhelabas el amor y la confianza de tu familia... Nora, tú eres todo lo que quiero en mi vida. Nada más importa ahora mismo. Si necesitas pensártelo, me aseguraré de que poseas esta casa, sin ningún compromiso, mientras reflexionas.

—Tom...

—Me quedé como vacío por dentro porque estaba aterrado... Tenía que contarte lo que sentía antes de que te marcharas para empezar una nueva vida. Pero te prometo que, si me das una oportunidad, te compraré un buen anillo, te daré la boda que tú quieras, te entregaré todo lo que tengo y te llevaré flores cada día de mi vida.

A Nora se le llenaron los ojos de lágrimas.

—Te quiero, Tom. Y no por lo que puedas darme, sino por ser quien eres.

Él le acarició una mejilla con los nudillos.

—Aceptaré lo que sea que quieras darme. Cásate conmigo o piénsatelo durante un tiempo, pero no me dejes. Te quiero con todo mi ser.

—Si te quedas conmigo, tendrás que quedarte con la familia entera —le advirtió ella—. Tendrás que ser el padre de mis dos hijas.

—Me esforzaré todo lo posible. Creo estar preparado para ello. Yo ya les gusto —sonrió—. Y tú también tendrás que quedarte con mi familia. Maxie está decidida a vivir ciento veinte años.

—Entonces sí. Me casaré contigo.

EPÍLOGO

A principios de junio, cuando el tiempo en las montañas era ya cálido y soleado tras un largo invierno, Nora estaba sentada en el porche de la casa del manzanar. Maxie se hallaba en la cocina preparando una suculenta cena porque Jed y Susan iban a pasar el fin de semana con ellos. Berry y Fay jugaban en el porche.

La boda, sencilla y discreta, se había celebrado en el salón de la casa de Maxie antes de Acción de Gracias, y desde entonces se habían convertido en una familia extensa. A Jed le encantaba visitar el manzanar y se había enamorado del estudio de las diversas especies de manzanos. No había podido evitarlo: era un investigador nato. Como consecuencia, apenas se había movido de allí durante la temporada de primavera.

Se acarició el vientre. Había concebido por Navidad, era otra niña la que llegaría para septiembre. Tom estaba entusiasmado y esperaba que, al igual que sus hermanas, se pareciera a su madre.

Nadie la había querido nunca de una manera tan desinteresada como aquel hombre. Sus hijas estaban encantadas con el amor y las atenciones que Maxie y él les prodigaban.

Como si lo hubiera convocado con el pensamiento, lo vio atravesar el patio. Se rio al descubrir que portaba un ramillete de flores de manzano.

Poniendo un pie en el primer escalón del porche, le tendió el ramillete.

—Tienes que dejar de hacer esto —le dijo ella, aceptándolo—. Son manzanas desperdiciadas.
—Te prometí que te regalaría flores cada día.
—Y que me amarías cada día, cosa que haces hasta el exceso.
—Bueno, esa es la parte fácil —repuso Tom.

www.ingramcontent.com/pod-product-compliance
Lightning Source LLC
LaVergne TN
LVHW091621070526
838199LV00044B/889